田中陽造著作集

人外魔境篇

文遊社

田中陽造著作集

人外魔境篇

目次

シナリオの根　自作について　71

美しい人　1991〜2016　145

人外魔境——異能人間たち　191

犯罪調書

田中陽造著作集　人外魔境篇

はじめに

私は一九三九年、東京の日本橋に生まれたが、思えばとんでもない場所に生まれてしまった。六年後、日本橋は東京大空襲のど真ん中に位置して、炎上した。

六歳の私はわけも分からぬまま、深夜防空壕へと避難させられたが、すでに先に避難した近所の人々の気配は只事ではなかった。蠟燭の光の中で泣き叫ぶ人もいれば、お経を上げているお婆さんもいる。そんな狂騒の頭上を地響きと共に轟音が地上におびただしく落下する。それは米軍が雨あられと落とす焼夷弾だったらしいのだが、その時の私は知らない。日本が戦争というものをやっていたことも知らない。誰も、教えてくれなかった。

ただわけもなく、天上から恐怖の塊が、死をともなって降って来る。それが未来永劫続くものと思いこんでしまった。天罰である。六歳にして私は天罰を受けてしまったらしい。困ったものである。この時の記憶が、どうもつきまとっていまだに消えない。

仕事に行き詰まった時、あの時の恐怖や、焼け落ちかかった市街の炎の一種の妖艶さが甦ってきて、やっぱり勝てないな、と思う。なにが勝てないでもない。ただ勝てない。ようするに自分の記憶に勝てない。だから、ただ愚かに私の作品はどこかであの時の恐怖と炎を内包してしまう。

夜があけても、外はまっくらだった。商店や店舗のビルの立て込んでいた地帯である。それがからっぽになって、黒煙が立ち込めていた。地上で燃えた物体の煙が重く天上を覆い尽くして、すぐ頭の上まで垂れ込めている。アスファルトが赤々と光っていた。並木が燃え上がっていた。

天罰である。私は、困った。いつまでこの地獄図の中を歩きまわるのであろう。橋の上から見ると、隅田川が燃えていた。爆撃された船の重油が水面を一面焼いている。水が燃えるという不条理を前にして、天罰だ、とやはり愚かにも私は思っていた。

夏の病院

夏の病院

いきなり、なんだけど、悪名高いハルシオンというクスリは、眠剤としても、抗鬱剤としても、傑作だと思う。

酒のつまみにも、よい。苦みがほどよくて、ウィスキーととても合う。バーボンのロックでハルシオンをポリポリ齧りながら飲むのは、はっきり言って快楽だ。人間は、と言うと大げさだが、こういう精神的快楽があることを一度は知るべきだと思う。が、私は今はハルシオンを用いていない。入院した精神病院で調合してくれたクスリを嚥んでいる。これは苦いだけで、とても酒の肴には向かない。

戦争をやった国にはクスリがはびこる。兵士たちの恐怖を拭い去るために、さまざまな薬物が開発される。戦場はだから薬物の壮大な実験場でもある。そこで、効果を確かめられた薬物の恩恵を我々は蒙っている。いや、恩恵と言うのかどうか——。

クスリを嚥んでいて、怖いな、と思ったことはある。落ちる感覚とでもいうのか――。マンションのベランダを乗り越えて、隣家のベランダに渡ったことがある。理由はない。ただ無性に、ベランダからベランダを渡って行きたかったのだ。

四階だった。隣との境には仕切りがある。そこを越えるには、ベランダの鉄柵から身を乗り出して、外側から仕切りを跨がなければならない。両手で仕切りのパイプを握って、空間の中に突き出た体をひねって、眼下の景色を眺めて、落ちてみようか、と思った。死の誘惑というのでもない。ただ落ちる快楽がある。そして、何度かの墜落を、幻覚して、ふとまだパイプに摑まって、宙に浮かんでいる自分に気がついた。あの時、もし手を離していたら、と今でも考える。確実に死んでいたろうな、と。危なかったことは、他にも色々ある。しかし、クスリへの反応は個体差がある。個人の感覚を語っていたら、きりがない。クスリはひとつの経験なのだ。それを知るためには、自分で実験してみるしかない。

精神科の病院は面白かった。夏、一日の終わりの夕焼け。心地よく冷房のきいたホールで、ソファに後ろ向きに坐って、窓枠に顎を乗せ、近くに見える調布飛行場をうっとり眺める。朝・昼・晩と精神安定剤の服用が義務づけられているから、神経は溶ろけ加減。セスナやヘリコプターが大きな夕陽のなかを離発着する姿がとても優美に見える。すると、足の裏をくすぐられた。十七才の少女がくすくす笑っている。ミキちゃんというこの少女が親愛の気持ちを表したのだ。

「くすぐったい？」

「うん。気持ちいいよ」

するとと少女は実に熱心に足の裏をくすぐり続けるのだ。

私が入院した日、ミキちゃんは、ホールでバレエを踊っていた。バレリーナのような、短いスカートを翻して、くるくると爪先立ちで旋回していた。その時、彼女の神経のバランスは危うかったらしい。バレエは彼女の危険信号なのだ。その危機を回避して、楽しそうに私の足をくすぐった。彼女の病気は自閉症の逆。自開症とでもいうのか、他人と自分との距離がとれない。だから病院の外では生きられない。

人間は壊れやすい。どこか壊れた患者たちを何人も見たけれど、共通しているのは優しさだ。優しさは弱さなのか、と疑ったほど、彼女らは脆く傷ついていた。だからクスリが必要だ、と言うのではない。が、やっぱり無いより、あったほうがよい。精神科の病棟で守られていると、娑婆で達者に働いている人間たちが、かえって不気味に思えてくる。いや、壊れていない人間もいいものだな、とも思うのだが。どうも、ある痛ましさをもって人間を見る習慣が身について、離れない。これはクスリ遍歴の結果である。

刺青の皮

シナリオ・ライターという仕事をやっていると取材でいろんな場所へ行ったり、いろんな物を見たりする。

妙なもので、いちど変なものを見ると、変なものとの遭遇が続いたりする。二十年前のあの頃もそうだった。

東大の医学部には非公開の陳列室があり、医学的に珍しい奇形児がずらっと並んでいたり、胎児をおなかに入れたままの妊婦がなかば解剖されたまま標本になっていたり、けっこう怖い場所だが、そこで夏目漱石の脳髄がホルマリン漬けになってぷかっと浮いてるのを見たときには、呆然としてしまった。そのときの感想は、あー、文学が溶けてゆく、というものだった。

富山県の地検で殺人事件の調書を読んでいたら、一枚の写真がはさんであった。若い女が全裸で映っていた。被害者の死体だった。事件はわけの分からないもので、失恋で逆上した青年が猟銃を持って女子高校に乱入し、生徒たちを黒板の前に整列させてひき金をひいた。タマは青年を失恋させた当人にあたらずに、べつな女子生徒に命中した。喉元から入った弾丸が脊髄を切断して外に抜けた、と調書にある。即死だった。その遺体の写真が調書に挟みこまれていたのだ。大量の失血で皮膚が青白く澄み、乳房は豊かに張り、腰は華奢、ややひらきかげんの両脚がすんなり伸びていた。異様に美しい死体だったが、なぜ傷口も見えない完璧な肉体が写真に撮られたのか、謎だった。検分写真なら傷口とその生態反応が撮影されてあるべきで、その類の写真は一枚も残されていなかったのだ。これはやはり、とぼくは考えた。不運にして、しかしあまりにも美しい遺体に断ちがたい愛着を抱いた何者かが写真を撮り、調書のなかに残したのではないか。花が咲きかけた刹那に断ち切られた生命の悲しみを、見る者に訴えているのではないか、と。

その美しい死体と一緒につながっていつも思い出すのは皮のことだ。皮といっても毛皮ではなく、人間の皮なのだ。それも刺青を施した皮である。

まったく、なんの酔狂であんなものを見にいったのか、今でも不思議だが、東京本郷の戦前からあるるお邸《やしき》まででかけた。

ひろい応接間に通されて医学部教授のご主人を待つあいだ、ふと見ると壁になにかが飾ってある。蝶々みたいだな、と同行の者が言った。たしかに極彩色の羽をひろげた蝶に似ていたが、あまりにも巨大すぎる。なんか、変わった飾り物だな、と話していたらご主人がやあやあ、と現れて、それ、いいでしょう、とおっしゃる。ハア、と曖昧に答えると、それ刺青の皮ですよ。と淡々としている。そのときも、ショックで呆然としてしまった。

刺青をした人間の皮を剝いだのだ。しかも親子二代にわたって剝いでいるという。ちなみに父上は戦前の東大の医学部部長だった。人間の体内の微粒子を観察するうち、刺青というものに行きつき、その魅力にとりつかれてコレクターになった。下町の銭湯をめぐり歩いて、刺青をした人間をみつけると、その場で交渉して、刺青を買ったのだという。つまり死んだら、ただちに遺体をひきとり、皮を剝ぐ。この皮はいい出来ですよ、と病理学の教授はこともなげにおっしゃる。皮を剝ぐ、技術のことを言ってるのだと気づくまで、数秒間かかった。言葉をうしなったぼくは、まー、戦前だから出来たことですよね、と話をつなぐ。すると教授は微笑して、イヤ今でも皮は剝いでるよ、刺青した人は死んでも皮を残したがるからね。頼まれてしかたなく剝いでるんだよ。

で、翌日、教授の研究室を訪れた。大きな青いポリバケツに極彩色の人間の生皮が漬けこまれていた。ポリバケツは一個ではなく、五個あった。刺青の皮が五枚。それを見たときから、ぼくは想像力を失ったような気がする。現実のほうがずっと凄いんだもの——。

彫文の緋牡丹

1

あれは、いつ頃だろうか。脳蓋の片隅にひとつの言葉が浮んで、白々と漂い始めた。それは〝悪党〟という語で、つねづね悪党を自称する映画屋たちとのつき合いにどうやら退屈し始めたのが原因のようだ。そもそも悪党というのは如何なる種類の人間を指すのか未だに分らないが、その替り〝悪党芸術〟なるものの正体が朧げに見えてきた。そう言うとすぐ大南北あたりを想像するだろうが、舞台の上のコシラエモノにそれほどの毒気があるとも思えない。人間死んだらそれっきり。魂魄いくら祟ろうと、生き延びた方ではへとも思わない。だから、若い女に奪われた夫の伊右衛門を返せと髪振り乱し、四谷左門町の御家人長屋を裸足で叫びまわった実説四谷怪談、中年婆あのお岩の方がお化けよりこわい。それを仕組んだ舞台の上の狂言よりも、そいつをひっそりと楽しんでいた江戸庶民の方がよっぽど悪党だということで、つまりそこには永遠に爆発しない悪意が横溢しているのだ。爆発しないものは舞台にも映画にも、ざっくばらんにゲイジュツと称するものにならない。そして善と取り換えのきく悪などというものは、いわゆる状況の悪という奴で状況がひっくり返れば、ただちに善に早替り。どうしてそんなに身軽であるかと言えば悪意の重みが欠けているせいで、けっして爆発することのない悪意の量こそが悪を決めるのだ、と思う。

2

緋牡丹が咲くのを見た……。

五本揃いの絹針の下で、花びらはぞんぶんに血を吸い、体が息をつくたびにぶるぶると震えて表皮に凝った血玉をこぼした。色は濃い目の朱。針先を追うのに疲れた眼を上げると、仕事場の壁一枚へだてて、朝顔が薄日に首を落していた。やがて、ぬれ手拭をしぼり、血の汚れをふき取ると緋牡丹は、五月雨をあびたくらいには濡れて、ぼかしの濃青がぞッと寒気立つほど冴えた。

大輪の……花は、細い肩口で肉厚の花弁を重たげにひらいていたが、華車な少女の肩に熟れた緋牡丹をとまらせる。これが彫文のという以上に刺青の美学である。

「終ったよ」

女に声をかけると、彫文は喫いさしのいこいに火を付け、針を布でぬぐった。女は持参の手鏡に写して飽かず緋牡丹をながめていたが

「……いいね」

小娘が、生意気な口調だった。彫文は眼を細くして

「(墨が）よく入った」

「ええ」

「いい出来だよ」

「ふッふッふ」

女はただ笑っていた。なんだか緋牡丹の彫り物に笑われたような気がして、ぶるった。この女、としは十八歳とちょっと。後で聞くと、彫文はこの娘の年を知らなかった。成人前に彫ると、以後体形が変化して彫ったものが崩れる。それだけが怕い。けれどもからださえ出来てれば実際の年齢なんか……知らないよ。で、この少女めでたく今日、本懐遂げた。附添いの人が語るには、この少女――小学生のとき既に刺青にとり憑かれ、中学高校と学業そっちのけでこの日の訪れるのを待っていた。そういうわけだから、その辺ゴロゴロしている彫り物通なんぞより目が利いて、数ある彫師中から彫文を選んだのも間違いのない筋だった。

彫文山田文三は当代一と評価の定まった彫師である。明治三十八年の生れというから、とって六十五歳か。

ハタチで針を持って、以来彫り続けて完成した数は千を越えるが――いいものは少いねえ。第一に素材、これはと思う体と彫る方の気合がめぐり合うことが稀れであること。第二には――難かしいんですよ、彫物ってやつがね。面白くもない面構えだった。持ったキセルをポンと叩いて「暑いねえ」傍の少女がまた笑った。

俺が初代彫宇之のところに行ったのも、やっぱり十八の夏だった。俺の本業は今でも彫師じゃなくて仕事師なんだが、日当を貰うとそいつ握って彫宇之の仕事場に走ったもんだ。おかげで、人が半年も一年もかかるところを、三月《みつき》で彫り上げた。当時の金で五十円か六十円だったが、相場は二百円だから随分安く上ったたわけだよ。彫宇之がマケてくれたんじゃねえかな。そういやあ、彫ってる中にこんなことを言ってたのを覚えてる。「俺も長えこと彫り物をしてきたけれど、これほどの頭がついたのは初めてだ。もうちっとガマンしてくれりゃあ、いいものができるぜ」見ていた人が、彫宇之があんなことを口に出すなんて珍らしいって話してたけど、まあ、それくらい見事に頭がついた。あんときの彫宇之がたしか八十一歳で、仕事を離れるとヨボヨボで頼りねえようなジイさんだったが、こいつは俺の最後の仕事になるって、そりゃあ気を入れて彫ってくれた。ええ、腕はたしかなもんでしたよ。たいしたもんだよ。ああ、こんなのはもう無いね……見せようか？

背一面が水滸伝、浪切り張順の一枚絵で筋彫りの線のたしかさ、ぼかしの濃淡の凄み、急所に叩き込んだ朱の華やかさ、見る者の眼を激しく打つ気合いは、彫宇之のたましい今の世に生きるというべきか。

「無形文化財ものですよ」

注釈を加えたのは刺青道楽の旦那衆だったが、これは語るに落ちた。江戸中期、明治大正昭和の禁止令をくぐって、それでも息の根止まらずかえって濃艶な世界にはねかえった刺青が、今になって政府の事業に頭を下げたのでは体の中の墨が腐ろうというものだ。

「彫宇之の一生の中でも、こんなのはいくつも無いね。八十五で死ぬまで針を離さなかった人だけど……」

「彫文さんは……」

「え？」

「いいものが随分あるって聞きましたが……」

「さあね、みんな忘れちゃうから」

「そんなもんですか」

「そんなもんだよ。何時だったか、若い衆がやってるのを見て、アンタ不細工なモノをしょってるね、って言ったら、何いってんだい。これオジさんに彫ってもらったんじゃねえか、ってね。逆に怒られちゃった。アッハッハ」

「へえ、そんなもんですかね」

「そんなもんだよ。若え時分に手がけたのを見せられると、真夏だってのに冷汗だ。何百何千てえ人の皮を借りてね、汚しちまってね、それでやっと一人前だ。酷なようだが、そんなものいちいち覚えちゃいられないよ」

「しかし、中にはよく出来たのも……」

「さあ、そん時はいいと思っても……」

「時間が経つと？」

「そう。どっか行っちゃう」

「どっかッて、どこに？」

「ニッポンジュウ」


日本国中に彫文の作品は散る。博徒、香具師、流れ者の背にのって、彫文の刺青は日本国中西東、流れて去ったまま再び手元には帰ってこない。彫文だけではない、これが彫師の宿命である。写真や映画もはかないが、刺青はもっともはかない。古い文章を引用します。——人間の体に墨を刺して、それが特有の青色を呈するのは、科学的には、黄色味を帯びた表皮の膜が墨の黒色にかぶさるためであるが、何よりも人間が生きているからこその青であり、その証拠に死んでしまえば墨は元の黒色にかえってしまうのである。ことばを変えれば人間の命が刺青の色のみずみずしさを保証しているのだ。それゆえに彫り物の人を魅する魔力は単なる芸術を越えて凄い、ともいえる。日本における刺青の端緒が男と女の契りの証《あか》し、または神仏に向けた祈願の結果であることは既に「文身百姿」などの研究で明らかである。飛躍を恐れずにいえば、ちぎり、恋情、恨み、狂気などの日本的な情念のエネルギーが決して発散されることなく、肌の下に塗りこめられて行く有様は、まさしくマゾヒズムである――。

死んでしまえばそれっきり。文学や絵画の如く後世に恥を残さないだけマシだ、とする説もあろうが、長時間の苦痛をしのんだ割りには刺青の命は短かすぎる。花が咲き花が萎むように、体に咲いた墨の色も実は、年々褪せて行くものなのだ。肉体は元来、侵入して来た異物を殺し、排斥する機能を持つ。刺青の墨は、つまりこの異物である。墨の粒子は一粒一粒押し流されて行く。つまり、墨の色は空しく薄れて行く。彫物自慢の面々はだから、五年に一度、十年に二三度あたらしく墨を刺すのを旨とする。こうなると、ご苦労さんとも何とも言いようが無い。これ只一言、執念である。その執念の色を映したか、あたらしく体に入った墨の青は凄い。いや、それよりもあの女の緋牡丹には……カナワナイと思った。根を張った緋牡丹の、その花一匁の重みがずっしりとのしかかって、こいつはイケネエとたじろいだ。ことわっとくが美なんてえナマヤサシサではなく、ありゃあ毒だ。岩見銀山猫いらず、だ。ムッと毒気を充満させたのがマザマザと眼の先三寸に浮き出て、ついくらくらと周囲が闇くなったのは満更暑気当りのせいばかりではなかった。

「きれいだね」

たったひとこと、あとは生唾と一緒に呑みこんだ。少女は素早く上眼を向けたが、誰にともなく

「次は唐獅子を彫るの」

このさい、私は何とか言葉を発しなければならない。手鏡の中の少女の顔は〝きれいだね〟に響いた狼狽を見破って笑っていたのだ。たしかに、盛り上るほど血の色を含んだ、凄惨な青反射がはげし

く顔を打った。ハッとして、

「唐獅子の次は？」

「からだに彫るの」

「何を？」

「花」

「花だけ？」

「そう」

「へえ……」

品川須磨屠殺場

ひとむかし前の品川でも須磨でも、屠殺場は海辺に建っている。これは膨大な量の家畜の血を処理するのに都合がいいからで、地下の大鉄管を通して海底に放出する。血はやがて浮上するがそれはたやすく拡散しないでとろりと赤い帯のように海面をつらなり、濛々と白い湯気を吹きあげながら潮流に乗ってはしる。品川はともかく風光明媚な須磨の海などは松並木のたたずまいと純白に輝く砂浜のかなたに血のダンダラ模様に染め分けられた海が断末魔の気配で横たわり、ふと頭上を見上げればゆらめき昇る温気のぬくもりに包まれて冬日が鈍く中天にかかり、その風情は美とも凄絶とも言い尽せずこれこそ日本的超現実の原型なのだ、と或る人が語ってくれたものだが、僕はその光景に附ずいして一人の気違いを思い出す。この男は自分をキリストだと信じこみ、幾度となく自分自身の手で十字架にかかった。特別あつらえの長大な釘を両足首の重ねた上から金槌で打ちこみ、左の掌も同じように十字架に釘ずけし、のこされた右の掌ばかりは釘ずけする方法がないので、あらかじめ太目の奴を打ちこんでおいた。そうして先端をロープで吊した十字架もろともアパートの二階の窓からぶら下る。

道ゆく人々はしかし、祈らず膝まずかず、只あっけにとられて貧弱なキリストの降臨を見上げた。この男はそれから各地を放浪し、遂に精神病院の独房に隔離され、最後は食を絶って餓死したと小酒井不木が記している。その放浪のあいだにはたぶん須磨の海辺を通りかかったに違いないと僕は想像の中でつけくわえたい。家畜の血泡に沸き立つ海際を十字架の偽キリストがさすらってゆく絵姿はなんというか諧謔と悲惨がきわまって、嫌いではない。キリストの再来にしては男は生涯にわたって異常に寡黙で、むろんキザな福音らしい言葉も洩らさず、しかしキリストと同じ死を死のうとする偏執だけは猛烈をきわめた。つまり沈黙のうちに人類の罪のなにがしかを背負って死のうとした意志の高みが覗けるわけで、あんがいこの狂人の死によって我々は罪のいくぶんかを救済されているのかも知れない。……とは言えこの二十世紀のキリストがさすらった同じ時期に、凌辱された少女の死骸が数体大地にころがったのは不思議で、凌辱者は少女の血を白い花びらに塗りたくって川下に流した。ノアの箱舟に似て川波に弄れ、流れ下る血の滲んだ花びらの中に狂ったキリストの人類への福音を読みとろうとするのは、幻視というものだろうか。

無用者の栄光

映画批評1969〜1974

映画監督　石井輝男論

石井輝男といえば『徳川女刑罰史』から『元禄女系図』をへて最近の『猟奇女犯罪史』に到る東映刺激路線の悪名高きにない手であり、その映画表現の一種変態性を帯びたとも見える露骨さに対し、遂に撮影所内部から非難の火の手があげられた当事者である。東映京都助監督部会声明にいわく、エログロやくざ映画反対！　その声明を待っていたかのごとく朝日新聞が、いわばジャーナリズムの良心と良識を代表するかたちでエログロ、やくざ映画排斥のキャンペーンをはった。

1　確信犯石井輝男

石井映画には確かに世の中を白眼でにらんだようなどろどろが流れている。その流れの中から丹念に拾って行けば、そこには命半ばにして暗い死の淵に突き落とされた怨念とか、遂に満たされることなく中絶された異常性欲の悲鳴ともつかぬ喘ぎ、そして胎児の呪咀などが宝石のようにきらきらと姿を現わすと思われるが、要するにそれらはひっくるめて〃どろどろ〃としか、たとえようもないのだ。

ただ一人の弟子の荒井美三雄によると、秩序社会からはみ出ざるをえなかった人間の行きついたどんづまりの地点から、逆に一般的な人間世界を見かえしたのが石井映画に個有の視点である、ということになる。言葉を継げばそれは、我々が普通見ることを恐れ、眼をそむけている人間性のある暗黒と、石井輝男がひそやかに呼吸を通わせていることである。けっして楽な呼吸ではない。石井輝男と話していて、その息苦しさを感じとった。それは、ひとたび通った呼吸を断じてはずすまいとする誠実であり、また石井輝男によって表現されることを待ち望んでいる暗黒の内部と宿命の赤い糸によって繋がれたイタコとしての執念でもあった。自分にしか表現できないものがある限り、如何なる汚辱と偏見にまみれても俺は映画を創るんだ、といっているのだ。反常識・反秩序。無用者の栄光がここに光っている。

荒井美三雄によれば石井輝男は犯罪者であり、しかも確信をもって自分の犯罪行為（映画）を続ける確信犯ということになる。こう考えてくれば、『徳川女刑罰史』から『猟奇女犯罪史』までの凄まじい作品群は、そのまま誠実と執念の現われとして受けとっていい。そしてそれらは未だかつて、映画史上に類例を見ない傑作であった。

2　身上調書

石井輝男は映画を観ることによって生に目覚め、映画を創ることによって生を充電させてきた。その経歴も十九歳の東宝入社から始められる。それ以前は一日二本も三本も映画館をハシゴする映画少年であった。
東宝には撮影助手として入社した。初志を貫徹した喜びもつかの間、二十歳になると召集。二等兵として中支を転々すること七か月。実際の戦闘は体験せず、やったことといえば、偵察機の写してきた航空写真を引き伸ばして地図を作成することだけだった。そして終戦。仕事に戻ると今度は東宝争議にまきこまれ、脱退組の一員として新東宝をつくった。石井は今でも左翼が嫌いである。争議に突入する前の東宝は、左翼の権力が絶対にふるわれた嫌な会社であったという。左の思想を嫌うのではなく、その思想を本来アナーキーであるべき映画づくりに押しつけ、人間性を剝奪して行くやり方がたまらんと反発したのだ。

新東宝では助監督としてまず渡辺邦男に三年ついた。次いで清水宏、成瀬巳喜男と変わって行く間にはチーフ。当時の新東宝は芸術的な良心作・問題作を続々と発表していた時期であった。石井輝男はそれらのいわゆる〝芸術作品〟を真摯に支えていた裏方の一人だったのである。やがて監督。デビュー作は成瀬巳喜男の名作『おかあさん』の続編を撮ることになっていた。ところが、会社の都合で百八十度転回のアクション映画。考えてみれば、これが人生の分岐点であった。予定どおり『続　おかあさん』を創っていたら、あるいは現在の異端者石井輝男は存在しなかったかもしれない。その意味も含めて、自分は運の強い男だと、石井自らいっているのは真実かもしれない。

さて、アクション監督石井輝男の誕生。タイトルは『栄光の世界』。出来は悪くなかった。デビューを祝って会社がパーティーをひらいてくれた。その席に製作部長の渡辺邦男が姿を現わした。

そして烈しく叱りつけた。罵倒に近かった。理由はフィルム使用量の超過。なんでも新東宝創設以来の超過だったそうだ。しかし、満座の中で叱責された辛さよりも若き石井輝男の心に泌みたのは、帰りの車に石井を同乗させた渡辺がポツンといった言葉。

「これが東宝だったら、あんな野暮なことはいわないよ」

そのとき新東宝は既に傾きかけていたのだった。そして遂にやって来た瓦解。その断末魔の只中で石井は同志・スタッフを合して撮影所泊まり込みのノーギャラでオムニバス映画を創る。とにかく理屈を超えて新東宝を愛していた。なんとか盛り返そうと遮二無二あがいたそうだ。そうしたさなかに常務と衝突した。撮影中の『暁の死線』をめぐっての事件だったが、直接的にはこの喧嘩をきっかけにして東映に移ることになる。

それからの石井はここにしるす必要もないくらいのあくどい脚光を浴びつづけてきた。作品系統を列挙するだけでも、アクションの傑作と定評のある『花と嵐とギャング』を第一弾に、次いで『網走番外地』シリーズ、更に着流しものの口火を切った『昭和俠客伝』と続くが、この辺の石井映画はしかし未だ熟していない。石井輝男の資質は『徳川女刑罰史』以下の刺激路線を待って初めておどろおどろと狂い咲いた。

私見によれば、現世の倫理に吐き気を催させた一連の刺激映画こそ、石井輝男のひとつの到達点を示すものといえよう。「その刺激路線も次回作の〝地獄〟で終わります。自分としてはまあ、やるだけのことはやったのだから……」

満足しているとはいわなかったが、襲いくるいかなる罵詈讒謗《ばりざんぼう》にもたじろがぬ思い入った強さが言外に匂った。最後に打ち上げる地獄の花火を見る、ともいっているようだった。石井論理によると、地獄の業火の只中にくねる苦態を観ることは、その炎によって自分が照り返され、即ち地獄とは観客自身をも含めて映し出された己れの内面ではないか、となる。

石井輝男は果てしなく人間の裸形に執着する作家である。

3 異常人間への嗜好

ヤコペッティ・乱歩・つげ義春・土方巽。石井輝男がいま面白がっている人間がこの四人である。

ヤコペッティ……イタリアの記録映画作家。香港で十三歳の少女を抱いたかどで逮捕。

江戸川乱歩……今やS&M・猟奇伝奇の巨峰として再評価ブーム。

つげ義春……いわくいい難い人間の情念に、特殊レンズによる照明を与えた。

土方巽……その名も高い暗黒舞踏。『元禄女系図』の冒頭、デク人形が突如おどったので注目したら、それが土方だった。

四人が四人とも異常人間である。荒井美三雄によれば、石井輝男自身がその中に加わるべきだそうだが、確かに世の中の平穏無事にとり澄ましたベールを嫌い、異常を求めてそのベールを徹底的に剝いで行く性向が石井の中にはある。いってみれば、倫理・常識・法則、およそ人間に付着したあらゆる不透明な虚飾を剝ぎとってみれば、そこにはごろんと投げ出されて異常がころがっていた。それを子供が珍しい昆虫を手づかみする歓びと無邪気さでつかみとって見せたのが石井映画である。

自分が発掘した異常を画面に提示する段階においては、それを観るのが世間の良識であり倫理なのだという現実をケロリと忘れている。だから石井映画には無邪気な悪性が絶えず跳梁しているのだ。考えてみれば、土方巽とのめぐり会いもひとつの異常事であったのだが、しかしその反面、尊敬する人は？　と問われたときに、必ず死んだ成瀬巳喜男の名を挙げているのも事実である。自分のように喧嘩っ早い欠陥人間から仰ぎ見ると、成瀬巳喜男は完璧な人間だったという。また、けっしてスタッフ・役者を怒らない成瀬が、チーフの石井だけは叱った。その時、

「あの成瀬さんが俺にだけは心をひらいてくれたのだ」

と思って嬉しかったそうだ。その成瀬巳喜男の葬儀が東宝撮影所で施行された日に、石井が撮影を放り出して駈けつけたというのは、かなり知られているはなしである。

「それじゃまるっきりの正常人間ですね？」

すると、

「そうですよ。正常だからこそ異常を知りたいと思うんですよ」

と答えて、サングラスの陰でニヤッと笑った。

4　石井式〝どろどろ異常映画〟の作り方

具体例を挙げよう。『元禄女系図』のクライマックスである。それまで積み重ねられてきた現象と

しての異常が、遂に極点にまで責め上げられ、殿様は妊娠した愛妾の腹を立ち割って内部の胎児をとり出させる。しかし愛妾というのは実は自分の娘であり、胎児は父と娘の性交がこしらえた異常児である。天井から吊り下げられたカメラは、ふくれ上がった美女の腹部が刃物で立ち割られ、体内深く差し込まれた腕が胎児をつかみ出すさまを無造作に映しとる。胎児は生きて、泣くのだ。その声を耳にしたとき殿様は狂気じみて笑い出す。しかし狂っているのではない。まさに人間の業の極致である。城は燃える。その混乱とどよめきのなかで、殿様は自らの分身を葬るべく胎児の首を締める、が倫理の代表者である医師に妨げられて果たせず、遂に紅蓮の火炎の只中に踊るが如く踏みこんで行く。

「変わるぞ、変わるぞ……!」

そのとき殿様はこう叫ぶ。つまり、時代が変わるというのだ。異常の極北に立った人間が未来を透視したのだ。安穏な日常に埋没している人間には何も見えない。お前の目にはいったい何が見えるか。殿様は昭和元禄の観客に向かってこう問うたのに等しい。

石井は脚本を自分で書く。シナリオライターの書いたものは嘘が目立って信用できない。シナリオは未完成でよいのだという。ロマンは既にどろどろと煮えている。その灼熱に耐えられるのは虚飾をすべて剥ぎとられた裸形の状況であり、衣服を脱ぎ落とし、観念から解き放たれた人間の肉体のつばぜり合いである。

「嘘だ、嘘だと呟きながらすべてのものを剥ぎとっていったら、その先には不毛しかないのではないですか?」

と、心配になって訊いてみた。すると、

「私が剝ぎとっていく過程で、状況そのものが変わっていきますから……」

平気ですよ、というのだ。石井輝男の自信を恐ろしい程感じた。状況が腐っているとして、この透視眼の所有者はその腐肉を喰らう禿鷹にも比せられる。

「もしその途中で、監督として駄目になったら、もう一度、助監督としてやり直します。まだまだ、近頃の助監督以上の働きをする自信はありますからね」

この人は異常ではない。

すごくまっとうな映画人間なのだ。

アシタ死ノオ氏の三つめの眼球

『ポルノ時代劇　忘八武士道』（石井輝男、1973）

『ポルノ時代劇　忘八武士道』は『緋ぢりめん博徒』につづく怪物石井輝男復活第二作と言うべきか、まことに上出来の娯楽作品で、小生ははじめから終りまでうれしく見物したのであるから批評などとはおこがましく、評語はもとより面白かったの一語につきる。それでは与えられた枚数が消化できないから二、三蛇足めいた事柄を記してみたい。

忘八とはふつう廓の亭主を指して言うが、この場合はとくに吉原遊廓の用心棒という設定で、その内実は仁義礼智忠信孝悌を失くした犬畜生の意である。その忘八者の群れに明日死能（アシタ死ノオ）と称する天才的人斬りが投じて、吉原に対抗する江戸中の私娼窟を蹂躙する。つまり吉原ポルノVS私娼窟ポルノで、あいだをつなぐのはアシタ死ノオの人斬り美学と、お膳立ては伊丹ミュージックの特出し大行進ほどには揃って石井輝男のお手のもの、あんまり独壇場すぎてさすがのプロフェッショナルが高みからずっこけたふしがないわけではない。それは劇画風の見せ場、濡れ場に追われて肝腎のアシタ死ノオとはどういうことか、なぜケフ死ノオではなくアシタ死ノオなのか、アサッテ死ノオではなぜいけないのか、いわばこの映画の大テーマであるべき人間の死にざまについての考察がゆき届いていないと言ったらいいのだろうか。がんらい石井輝男には眼球が三つあって、映画はむろん二つの眼でこしらえるのだが、完成した画面のなかに入りきらない三つめの眼球が怨みふかく自分の作品を眺めているような、そうした戦慄が常につきまとっていたように思う。だから石井映画のからくりというのは第三の眼が見たか見たかと観客にむかって快楽と悪夢の旅を画面の遠い一点に誘い、パノラマ島の果てであるそこでは人間はどれだけの苦悩に耐えられるかでなく、どれほどの快楽に耐えられるかがたえず実験され、計量ずみの快楽の胞衣《えな》はやがて廃物利用さながら膨大な量と化して苦悩の領域へと雪崩れ落ち、苦悩はまた破滅の快楽へと地平をひらき、これじゃまるで快楽ごっこの永久循環、あっさり白状すればこれが石井流の地獄観であり映画でもあろうか、私ぁ地獄を映画にするまで監督をやめませんよといつかも言っていた。このばあいの地獄が往生要集をしのぎ中川信夫の因縁がらみをなぎ払い、快楽の極北にひらけた未聞の地獄であることは言うまでもない。ずいぶんこわいところに眼をつけたものです。

ところで〝生きるも地獄、死ぬもまた地獄〟とアシタ死ノオ氏は事あるごとに呟くのであるが、このセリフにはなにやら死生不離といった美学の臭気が漂わないではなく、とうてい石井輝男の本音とはうけとり難い。言いかえると澄明甘露な死の美学という透明水にみずから背負ってきた業を溶解させてしまうほど淡白な男ではないので、どだい活動屋が死を頑弄するのでなく死を思いつめるというのがナンセンスであり、映画という夢魔の濾過装置は人間の生きざまの目もあてられぬ醜態を責め絵の色にあぶり出し、片やそれを眺めて大笑いするという二重仕掛けの残酷な見世物なのだとおもう。

生れついての活動屋である石井輝男はだから、生きざまの極限の姿を情無用に摘出してみせるリアリストである筈だが、この忘八武士道では死にざまが咲かす花への、つまり観念への危険な傾斜がほのみえる。それかあらぬか三つめに剝きだした反逆の白眼は、あたりまえの二つ眼のなかに統一され、映画はずいぶんすっきりと綺麗にしあがっている。いながらにして快楽の流刑地にいざない、うむを言わせず恐怖の実験装置を見学させ、骨肉がらみ歯車機械に捲きこんで、快楽と恐怖がそのまま等価の物体として絹針の両端に揺れている性愛世界を眼前にみせつける、その戦慄に欠けるというか、すべては世間様に剝いた白い眼の念力がうすれたせいなのだ。

剣は腐爛しない

とは言えこれが石井映画らしくないというとそれは誤りで、はじめに申しあげたように滅法界におもしろい。とくに黒鍬組におそわれた忘八者の一人が全身あぶらまみれに燃えただれ、顔面は赤みどろの肉塊と化してのたうつ、そのめぐりを裸身の美女たちが乳房をゆらめかせ、尻をふるわせつつひらひらと飛び交うのはみもので、醜悪な肉塊を透して女体の実在感を浮き出さしたこのシーンは妖美のきわみ、これが石井映画だと再認識しつつ身をのりだした。しかし映画はここまでがクライマックスであったらしく、以後それをしのぐ冴えはみられなかった。終章にちかく吉原にとって無用者となったアシタ死ノオを阿片と女体責めで廃人にする。そのへんのポルノごっこは石井輝男とも思えぬ鈍重さで、残酷ポルノを叩きつけて時代に先駆した奇才の、ポルノブームへの栄光ある帰還とは義理にも言えないようだ。腐爛することこそ美しいのだ。かって石井映画はそう語っていたと記憶する。ならばアシタ死ノオ氏もまた腐爛すればよいのだ。阿片の陶酔に骨のずいまでとろけ、梅毒女郎と死ぬまで交接し、その膿汁をすすりつつ自らも腐爛し、果てに御用提灯の海に斬りこめばいい。腐爛する事こそが美しい。そのときはじめてアシタ死ノオの意味が了解され、異形の美しさに捕手どもは雪崩れをうって退却するだろう。それこそアシタ死ノオ氏の死にざまにふさわしい。僭越ながら石井輝男もまたそう考えたに違いない。小池一夫の劇画を読んで明日死能が主人公であると知ったとき、これは死にざまの映画であると方針は定まり、舞台は吉原遊廓、死にざまと言えば腐爛にきわまる、そう思いつつ踏み切れなかったのは長かったブランクへのひけ目か。あるいはここ暫くは当世風ポルノの軽みに調子を合せるつもりかも知れないが、それだけにこの映画の結果、つまりなかば廃人になりながらもアシタ死ノオは人斬り名人だというのは、嘘だ。そこには人間の生きざまから剣の美学への露骨なすりかえがなかったろうか。だいたい剣はけっして腐触しないではないか。生きながらの腐爛、それあるゆえは裸形の人間どもは美しい。その美しさをみろと石井輝男は叫ぶわけで、いっとき僕はその声を耳にしたと信じた。それで日本でいちばん気が狂ってる監督はこの人なのだと思った。なにしろ緊縛の創始者でSM界の神様である辻村隆が〝あの人は変だよ〟と言ったのである。今回はその〝変だよ〟といわれる異能感覚の表出が稀薄で、妙な美学に固執しているフシもみえ、壮大なロマン世界の構築家の反面、無慈悲なリアリストである石井輝男にしてはめずらしい錯覚があると言えるだろう。ファンにとってはそこがまた面白くもあるのだが……。

悪意の人体飛行機は飛翔するか

『書を捨てよ町へ出よう』（寺山修司、１９７１）

『書を捨てよ町へ出よう』はまったく良く仕上った映画で、説明もまた懇切丁寧をきわめ、親切を通り越してスクリーンの前の観客は眼前にくりひろげられる日常幻想過去怨念修羅絵きわもの大股びらき、その股倉から噴出する永生報われることなき血の猛りと怒りとの混合液を浴びせられ、逆に言えば観客にどれだけの量の混合液をぶち撒けられるかというところに作品の賭けはあるわけで、そうと分れば何も当方から野暮ったい感想を書く筋合いはない。第一、映画そのものが「書を捨てよ」と教えているのに、それについて再び書く阿呆もないものだ。にも関らず虚しい字をつらねるのは、この映画のラストにサヨナラ映画と作者からのメッセージがあり、話の運び具合からしてこれは、くたばれ映画と宣言したのに等しい。考えてみれば、映画を愛してる映画屋など一人として無く、誰しも心中くたばれ映画と叫ばない者はない。その叫びを先取りして、くたばれ映画、ぬけぬけと説教して見せた寺山修司の機敏さにはシャッポを脱ぐが、さて、『書を捨てよ町へ出よう』というタイトル、サヨナラ映画という結語とを二つながら並べて眺めると何やら判じ物めいて、すっからかんの青空見るように得体が知れない。

　判じ物ついでに、入口が一つで出口が二つのモノ何だ？　この謎々は家族の父親の大テーマで、答はズボン。やさしすぎるという向きには当方から謎々をもう一つ。永生報われぬ血の猛りと怒りを包むモノ何だ？……答は皮である。胎内深く滾《たぎ》り立つ血流、怨念、殺意、暴力、性衝動に震える肉、それら一切を包むものは表皮真皮折り重なった人体の皮である。なあんだなどと馬鹿にしてはいけない。世の中には刺青ほどこした人間の皮を剝ぎとり鞣めした刺青皮という芸術品も実在するのだ。全身から掌に到るまで百数十枚、極彩の皮は蝶のように羽ばたき蝙蝠のように天井から垂れ下り、カサコソと乾からびて猛り狂う血と肉とを柔軟に包みこんでいた生前の面影をとどめず、これ皮は胎肉から離脱して皮一枚の領土をそこにひろげたということで、今はどろどろ、怨念血のり奥の院観音様の生首進上、要するに胎蔵の暗黒覗きが全盛のご時世だから不当ないがしろに扱われているが、この世界を顕微鏡の下に眺めれば濃緑の沼あり草原あり、また漆黒の闇のかなたには白々明けの極地あり、極地を過ぎれば紺青の大海原、ヒトは夢見心地に皮一枚の地表を旅行してふと気がつけば腕の翼をひろげたそいつは明晰に飛行の姿勢を整え、映画の中の人力飛行機になぞらえるわけではないが、紛れもない人体飛行機であった。しかも希望の象徴である人力飛行機が美しく墜落するのにひき比べ悪意の象徴である人体飛行機はひらり毒蝶のように舞い上って空を覆い、着陸して後はひっそりと極彩色に乾からびて、血だの怒りだのと煮え立つ領域と文字通り皮一枚へだてた異る境界を作る。この境界は家族の中で言うと老婆である。つまり血だの怒りだの怨念だのと騒ぎまわるホットな世界を包む皮一枚の宇宙があるように、老婆の世界というものも表現されなければならない。では『書を捨てよ町へ出よう』では老婆は如何に表現されたか。私はあまり感心しない。相も変らぬ嫌がらせ、追憶、老母売りますの繰り返しでは全日本のおふくろたちは、息子のだらしなさを呪い石の陰で口惜し涙に暮れるのではないか。血の気を抜きとりひたすら乾からびてホットな世界に対立する皮一枚の凄さを何とか出せなかったものか。

ホットということで思い出したが、私の義理の叔父は丁度三十才で毒をのんだ。場所は小樽の町はずれ、荒れた海ぎわの古ぼけた旅館で、遺体はその近くの火葬場で焼かれ、身寄りの者が骨をひろって母親の手元に届けた。母親が骨壺の蓋をひらくと桜の花みたいなものが中に見え、拾い出すとそれは矢張り息子の骨で、白骨は芯の内側から朧な桜色に染んでいた。これは服毒者がふつう苦悶のあまり眼鼻口耳肛門、体内九穴から血を噴くのをこの男ばかりは生前の律気を死に際まで持ち来り、旅館の畳、蒲団を汚す迷惑を恐れて遂に一滴の血も洩らさなかった。その赤い凝りが焼場の炎にぬくもって徐々に骨に滲み出したと言うが、その説明の真偽を別としても白骨が染んでいたことは事実で、桜の花びらのようなその淡い色を怨みの色と言おうと、情念の色と言おうと言い様は勝手次第、ただ私にとってはその色こそがホットだった。ついでに打ち明ければ、死んだ息子を慕うあげく母親はその骨を嚙じり、嚙み砕くこと出来ずに歯の抜けた口で一日中音も立てずにしゃぶっていたのである。

この映画のけたたましさにイチャモンつけるわけではないが、街をうろつき他人に突っかかりヒステリックな怒声張り上げるだけが叫びではないだろう。人間の叫びは死後に尾を引き、生前死後受胎の刹那に向って世界を余さず見透す眼球がすなわち映画というものではないか。お手軽な地獄めぐりじゃあるまいし、街の諸相、うらぶれた呑み屋の二階の有様ちらりと覗かせるだけでは物足りないとは見物衆の誰しもが思うこと。こんなことなら何も街へ出てくる必要もなかったと、いや、そこまでガッカリさせないのは流石に寺山修司の腕力だが、しかしこの物足りなさは何か。

一例を挙げる。家族の中に主人公の妹がおり、この少女は人間も世間も洋服も、つまり何ひとつ愛する対象を持たないが、ただひとつの例外は一羽の大きな白いウサギで、よく晴れた日中などウサギを抱いて家を駈け抜け、草の上に横たわっては鼻面に唇を触れたり、シャツを開いて少女らしい胸を剝き出し、皮膚と毛皮の触れ合う感覚、乳房を蹴る後足の刺激を歓び、父親に言わせればウサギ変態である。ところが少女の留守中、祖母と父親はたくらんでウサギを殺す。これは全篇中の重要なエピソードだが、同じような話がマンディアルグの短篇にもあり、こちらでは殺したウサギから肉を取ってシチュー料理にする。子羊の肉と称するそのシチューを少女が食べ終ってから父親は意地悪く一切を告げる。致命的な衝撃を受けた少女は異常に静まり返り、その夜街をさまよい出して屠殺屋の黒人に会い屠殺小屋の羊の群の中で強姦される。そのとき少女の発する絶叫はさながら羊そのものと化し、恐るべきことに少女の犯される声に合せて羊群もまた鳴き声を挙げる。これこそ現実の残酷さというものではないだろうか。そのあと自殺した黒人のポケットから落ちた屠殺刀を拾った少女は、家に帰って父親とそして母親を斬殺する。ウサギを偏愛し、性感のペットとする少女と、そのウサギが肉親によって殺されるという設定とを同じくしながらこちらの映画の少女は何となく街をさすらって挙くに何の因果か、良家の子弟の集団であるサッカー部員たちに輪姦され、そのあいだイヤイヤ、ヤメテ……だけでは表現としてもフランスの小説に劣り、わが大和魂一片の羞恥を含むあり、どだいこの少女いったい何のために登場して来たのか分らない。説明過剰の説明不足、それより何より一見断片集のように散りばめられた街の諸相は日本紹介のアングラ観光映画の如く華麗にして猥雑、それは結構だが元来街といえば矛盾のかたまり犬と猿豚と人間との雑居体だから断片は断片とぶつかってののしり合いの喧嘩状、血を呼ぶばかりに矛盾は充満してパシャッと弾け飛んだ虚空に表現の花は咲く筈のところ、一向、断片の運動の起る気配もない。新高恵子のシークエンスしかり、丸山明宏のシークエンスしかり、スターの登場する場面に限って冴えないのは、この映画の体質の隠された秘密を暗示する。これを方法の問題としてとらえると、想像のできごとを現実の眼で眺めるということで一見倒錯したその透視術が実は芸術の極意、ボードレールをはじめ先の世紀末芸術家は押しなべてこの方法の所有者だったのを、百年も経ない今、寺山修司によって映画の世界によみがえった。想像を現実の眼で眺めるという遡行した行為の只中で、でんぐりがえった白眼が目撃した黒いユーモアと残酷と夢と怒りとその奇妙なやさしさのレポート、どうやらこれが寺山式ドラマ作法で、そう思って見ればこれくらい素直な映画も無いようだが、しかし本質が飽くまでも個人の想像力によって支えられている以上、必死にその輪郭を現実そのもので飾り立てなければならず、そこに登場するのは役者とは言え生身の人間の勢揃い、そうした体質の映画の中でこしらえもののスターが冴えないのは当り前である。それを承知で冒頭と幕切れに使ったのはサービスかお遊びか作者の誤算か、あるいは方法なんぞと構えていたのでは暴力的な映画はできっこないと開き直ったのかも知れないが、いずれにせよ書を捨てよ街に出よと号令している当人が閉じ籠っている密室を盗み見たように悪い後味が眼に残った。

さて話がだいぶ理に落ちてきたから、ここらでひとつ景気直し、ちんぷんかんぷんの漢詩を一くさ読者諸賢に供しよう。

鶯鳴郊野《うぐひすこうやにないて》　寒《かん》　去詩《さるのし》
口《こ》　龍《りう》　一《いっ》　飜《ぽん》　知唐書《とうしょをしる》
矢《し》　張《ちょう》　奔馬《うまはしり》　酔準南《じゅんなんによう》
親《しん》　々く　良《りよう》　君《くん》　蒙幾世《いくせいをこうむる》
雲《くも》　趨《はしり》　風《かぜ》　趨《はしり》　花生嵐《はなあらしをしようず》

この漢詩、書き下し文に惑わされずに、むしろ当てずっぽうに読まないと真意が汲みとれない。それでも読めないという方々のため念のために真正の読み下し方を掲示する。

鶯《オ》鳴《メ》郊《コ》野《ノ》寒《カン》去《ザラ》詩《シ》
口《コ》龍《タッ》一《イチ》飜《バン》知《シリ》唐《カラ》書《ショ》
矢張《ヤッパリ》奔《ホン》馬《マガ》酔《ヨイ》準《ワイ》南《ナ》

親《オヤ》々く良《アナ》君《タ》蒙《モウ》幾《イク》世《ヨ》
雲《ウン》趨《スー》風《フー》趨《スー》花《ハナ》生《イキ》嵐《アラシ》

この戯歌のココロを解説すれば、文字に裏表があるように人間にも世間にも、また映画にも表と裏があるという教訓で、これが本当の裏目読みなどと今更らしく語呂合せ言ってみるのも実はこの映画の裏目読みできなかったうしろめたさ、スクリーンの中からくたばれ映画と喧嘩状叩きつけられるまでそれと気が付かず、なるほど、これは映画の息の根止めるべく作った映画だったのかと改めて感心して、さて映画を破壊する映画とはどんな映画だろうかと考え出し、すべて物事の順序は逆にはたらいたようだ。従って、これまでつらねてきた苦情めいた感情も実は逆転した褒め言葉であったのかも知れず、そんな具合にヒトを錯綜させるに足る挑発力を、この映画は確かに持っている。しかし、この際そんな裏目読みはどうでもよいので、先方がくたばれ映画、さよならスクリーンと挨拶してるのに、ちょっと待て、映画はまだまだ死滅しないぞと言い返してみたところで始まらないではないか。ただし、イタチの最後ッぺではないが、さいごまで引っかかるのは、書を捨てよ↓くたばれ映画↓みんな怒れ↓人力飛行機とばせ、という論理で、そいつは余りにすんなりと抵抗が無さ過ぎて、いささか語呂合せの臭みもあり、この筋道を通って挫折しても大した痛みはなく、万一事が成就したとしても現実は何ということも無いのではあるまいか。また、これを映画の上の論理と解釈しても、映画とは、初めつから分裂した細胞を泳がせていて、例えば天国と地獄とをスクリーンの只中で激突させせ、もろともに打ち砕く使命を荷った悪魔の発明でもあり、現実が変動してその使命が果たされた暁には、そのときは映画がくたばろうと生き延びようと一切お構いなし、というのが現在いつわらない私の感想である。

大和屋竺について

たしか『毛の生えた拳銃』という映画だったと思うが、痩せた殺し屋が登場する。消化不良の胃を押え、数分毎にゲップをし、〃胃袋をつかみ出して靴の底で踏みにじってやりてえよ〃などと呟きつつ人を殺していた。殺し屋の博覧会のごとき趣きのある大和屋映画の中でも、この殺し屋はひどく現実的だった。なぜなら僕もまた殺し屋のようにゲップをするからだ。

この映画ができる前だからもう何年も昔の話になるが、今は日活ポルノのエース格となった曽根中生と大和屋さんと僕とで、脚本の仕事をしたことがあった。作業は例のごとく遅々として進行せず、大和屋さんはコーヒーをがぶ飲みしては湯殿に駈けつけ、何事かと見てやれば幡随院長兵エそこのけのポーズで頭から冷水かぶり、ギャーという怒声を発してピースをたてつづけに十本ほどふかすのである。なにしろピー缶二個が一日で吸いつくされるスピードだから部屋は火事場の騒ぎとなり、その煙気にあてられた僕の虚弱な胃はたちまち酸液過多のうえにイメージの消化不良を重ねて、盛大なゲップを連発した。すると大和屋さんは、あー嫌な音だ、そんな音色をたてるようじゃお前の胃袋もおしまいだ、などと独断的な宣告を下し、その言葉を僕はなんと感違いしたものか、細く下垂した胃にポッポッと穴が開き、そこを風が吹き抜けるたびにあたかも尺八か横笛に似た妙なる響きを発する、その音色にうっとり聞き惚れつつ大和屋流の音楽的健康診断を下したものと解釈した。なにしろバッハのフーガを軽々と弾きこなす大和屋さんの聴覚の神秘性をレントゲンの科学性よりも信じていた僕のことであるから、あの耳の鼓膜をもってすれば内臓の歌声を聴きとるくらい雑作もないのだと即座に受けいれた。(今は三上寛の〃お父死んじまえ〃などという親不孝な唄を愛聴しているから彼の音楽センスはいささか狂っていると見なければならない)そこで大和屋宣告の解剖医のごとき非情さを大いに怨んだものである。ところが数カ月のちに『毛の生えた拳銃』を見るに及んで、僕はさらに仰天しなければならなかった。なんたることか、あのとき小生の洩らしたゲップが黒ずくめの衣装をまとい、頭に帽子、右手に拳銃かまえた殺し屋となって登場しているではないか。思わず僕は出かかったゲップを押え、モデル代よこせと僕のように痩せ僕のようにゲップをする殺し屋にむかって叫びたかった。しかしその思いを今だにこらえているのは、くだんの殺し屋氏が血のしたたるステーキを口に運ぶさいにちらりと見せる、胃弱者特有の悩ましげな風情にそこはかとない共感を誘われたばかりでなく〃俺の胃袋はヘソの下まで垂れ下って糞袋とつるんじまったぜ。今にケツの穴から胃袋の切れっぱしが顔を出すことになるんだ〃などとぼやきながら、ゲップとともに唾をアスファルトに吐き散らし、善良な市民を射殺しに歩く姿がかなりカッコよかったからに他ならない。

言うなれば大和屋映画は、かくの如き残酷なリアリズムと奇抜なユーモアに支えられているというこれはたとえ話で、そのとき僕は一発のゲップをたちどころに殺し屋に変身させる不条理な感覚におどろくとともに、ひとつまみの毛を様々の武器に変じた孫悟空に匹敵する大和屋幻術の冴えを感じないわけにには行かなかった。もっともそれ以来というもの大和屋映画と耳にするだけで連鎖反応的に胃袋がゲップを催すのには弱った。胃下垂はむろんのこと胃炎・胃カタル・胃アトニーをひっくるめ、その後『荒野のダッチワイフ』が完成したときなんか、胃ケイレン寸前だった。この調子で続々とつくられた日には俺の胃袋はいったいどうなっちまうのかと、夜も眠れぬほど大和屋映画の幻影におびえたものだが、どうやら僕の呪いが届いたせいか大和屋さんはその後映画をこしらえていないようだ。それかあらぬか、近来小生の胃袋は快調そのもので、たまに顔を合せると大和屋さんから、ばかに顔色がよくなったな、などとねたましげに言われるほどである。つまり大和屋映画がこの世に現れない限り僕の健康は保証されたも同然で、友の不幸は我が身の幸福という格言の真実をしみじみと味わっている昨今なのだ。

さて、大和屋さんが才能あふれる映画監督であり脚本家であることは世人ひさしく認めるところであるが、彼にはその才能をもて余すというか、照れているような部分がある。才能のない奴にほどコンプレックスを抱くという妙ちきりんな癖が彼にはあるのだ。またしても私事で恐れ入るが、曽根中生や僕などが菲才をかえりみず、いや菲才であるがゆえに（中生は奇才と称しているが）自慢の三白眼をさらに六白眼ほどに吊るし上げ、僕は僕で蒼白の顔面を緑色に変え、ゲップと屁にまみれつつ原稿紙に向っている時など、彼から眺めるとその姿がなにやら気味悪いらしいのである。コケの一念恐るべし。九十九本駄作でも、のこる一本ぶったまげる怪作が生れることだってある。大和屋さんの中には菲才どもにそれを待望しつつ、同時に恐怖するという変な分裂があり、そのせいか否かは知らないが、なんでもない作品をとつぜん狂気のごとく褒めちぎり、次の刹那身を翻えして世評高い名作（ゴダールなど）を足蹴にかけ、その早業で我々をびっくりさせる。そこで僕は天才にありがちな分裂性躁鬱病についに大和屋さんも取り憑かれたか、と思ったりするのだが、よくよく考えてみると、どうやらこれは大和屋作品が平均的にあまりにも上出来であり過ぎることへの、裏返したコンプレックスであるかも知れず、すなわち徹頭徹尾映画であり過ぎるという贅沢な悩みに彼の映画はつきまとわれているようだ。

それは大和屋さんほど映画的でない監督にあって↓全知全能、脳細胞の一滴余さずしぼり尽して作る画面から、とつぜん白けた狂気ともいうべき領域が開けてくる。たとえばそうした類の驚異に大和屋映画が欠けるという風にも言え、大和屋さんのもって生れたものが創造の才能であって破壊の才能でないことを百も承知しながら、時節は末世、映画において監督が演ずる錯乱、つまり映画を喰い破る自爆的な驚異を大和屋風の破れかぶれで見せて欲しいとねだりたい気がする。

話かわって『荒野のダッチワイフ』を見たとき鈴木清順監督が、この人の写真は一・二・三とジャンプする所でいつも腰がくだけている、と言った。僕はなるほどと思った。このナルホドは、同じ映画監督でもずいぶん違うんだな、と納得したナルホドで、それは一二三の〝三〟にすべてを賭ける鈴木演出と、一二三式思考を採らない大和屋フィーリングの違いみたいなものだ。一二三思考が名刀の斬れ味なら、それを拒絶する感覚の自立性は大だんびらの太刀風である。だんびらが切り裂いた空間のかなたに光るのは、ガンジスの赤い流れであるらしい。大和屋さんが日本人離れしていると評されるゆえんである。そしてこの日本人離れ、本源をどこまでも逆のぼって行くと、あにはからんや、ガンジス河周辺を徘徊していた魂の核が、大和屋さんの体内に入りこんだ事実につき当るというのが僕の観測で、核はインド産でもそれを包む魂の本体は日本製であるから、分裂苦悩はあたりまえ、四柱推命でいうと駅馬の相、一方はインドへインドへと志向し、片や日本国の現実へと求心し、魂内部の相剋はたちまち肉体の組織に激甚なる衝撃をもたらし、大和屋さんはとつじょぼってりと原因不明の肥満をはじめる。あの大和屋さんの腹が突き出てくるなどと、果して誰が想像しえたであろうか。にもかかわらず僕の眼前で腹は見る見るふくらみ、その形状は紛れもなく魂の苦悩を語ってあまりあった。そのとき彼は、俺は日本をしばらく離れるよ、と宣言し、素早く西方へと旅立った。要するに大和屋さんは自れの魂の取扱い方法を心得ていると言うべく、数カ月のちに帰国したときには既にスマートな肉体をとり戻していた。これはインド産の核を西方の地で慰撫した成果に違いないと僕は睨んでいる。それにしても日本人離れもこれくらい徹底すると、いっそ呆れ返って、大和屋竺は本当に日本人であろうかと、焼けくそな疑問を投げつけてみたくなる。それというのも、いまや映画の上でも日本人離れしすぎて、もはや日本の役者を使って映画をつくる気がしないのではあるまいか、などと小生がうがった危惧を抱くからで、大和屋さんの包括する世界は貧弱な役者に託するには重量がありすぎ、暗い心の歌をうたうには日本の景色はあまりにも白々しい。おそらくはニューヨークあたりにもぐりこんでサム・ペッキンパーの向うを張るか、インドに遠征してギンギラの寺院を背景に、廻々十時間かかって完結する巨大な、それこそ大だんびらを存分に振りまわせる大河映画をつくりたいのかも知れない。大和屋さんの腕力なら、そのどちらもが単なる夢物語ではないだろう。しかし夢が実現する瞬間までは、日本映画の荒野に立って虚しくだんびら振りまわし、天を斬り、地を斬り、人を斬り、ついでに自分の腹まで切る気違いはないと思うが、とにかく当るをさいわい斬りまくる覚悟と見え、このさい僕は前もって嘆願しておきたい。

僕の首だけは斬らないで下さい。

白菊流衆道論

――天象儀館『食卓の騎士』を見て――

明石の城というから、城主は本多か松平か、その平侍に神尾惣八なる者があった。一日、水を飲もうとして見ると、茶碗の中に見知らぬ顔が映っている。優美な面差しは女と見紛うばかりだが、前髪の黒い艶やかな結いざまは年頃十五、六の若衆であると知れた。若衆の首は生きて水面に浮いたように綺麗な歯並みを見せた。惣八は妖異であるとして、これを庭に撒き捨てた。改めて新しい水を汲んでみると、そこにまた件んの首が映っている。それをも撒き捨て更に水を汲むこと三度び、美少年の首はそのつど現われ、風情は桜花の散り際に似て幽艶、怨ずるごとく惣八を仰ぎ見て冥い微笑を朱唇に刻む。魅入られたか、惣八はつい茶碗を煽って一息に飲み下した。面影はそれなり消えた。安っぽい地肌をさらした茶碗の底を覗きこんで、惣八ふと魂の抜け落ちたような寂寥を覚えた。なにやら取り返しのつかぬ悔いが胸にあふれた。失った今となって初めて、美しい首の幻が眼球を喰い破るばかりに生色を帯びた。恋しい……。そう呟いたとたん、惣八は尾骶骨の先端からぞくっと震え上った。不意打ちの恋情で体中の血が逆流した。飲み下した妖美な面影が腹腔に宿って不治の肉腫のように四肢を縛り、灼熱の恋地獄へと惣八を狩り立てた。明石藩内、のこる隅なく面影を探し歩いたのである。徒労の果てに海ぎわの砂丘にひっくりかえっていると、あたかも蜃気楼を見るように殿様の船が目の前に浮かんだ。生れてこのかた間近には仰いだこともない殿様の姿が、ゆったりと海上に揺れている。船遊びらしい証拠には稚びな管弦の調べすら風に吹き寄せられて耳に近く金・朱・青・黄と華美を競う女たちの衣装が船端一面、豪勢にちりばめられた。とつぜん惣八の眼の中で大輪の花が咲いた。あの顔だ！　茶碗の中の若衆が今は殿様の傍近く、惣八に瞳を据え、いつもの桜花の散るような冥い微笑を浮かべている。あっと叫んだなり、惣八はひれ伏した。身内が灼け爛れるほど恥かしかった。所詮、身分が違いすぎた。相手は殿様の寵童である。思いをかけて、とても届くものではないと、死ぬ覚悟を決めた。

長坂小輪《こりん》というのが美少年の名である。わざとならぬ顔ばせ、遠山に見初むる月のごとし。髪は声なき宿鳥にひとしく、芙蓉の睑じり、鶯舌の声音、梅すなほなる心ざし、世に稀れなる若衆であった。また、その心懸けにおいては、殿の御威勢にしたがふ事、衆道の誠にはあらず。やつがれもおそらくは心を琢《みが》き、誰人にても執心を懸けなば、身を替へて念比《ねんごろ》して、浮世のおもひでに、念者を持ってかはゆがりて見たし、と日頃、言う。臣下としてやむを得ず身を任せてはいるものの、自分はまことの衆道を別に立てる覚悟であると殿様に宣言していたわけで、いかなる前世の宿縁ありしにや、と原文にある、惣八の思いは小輪に通じた。惣八を葛籠に隠して控の間に置き、殿様の鼾の高まるのを待って、恋は今ぞ、二世までも、と許し合った。これを後にかくし横目（隠密）の金井新平なる者が知って、忍び男にうたがひなし、と言上した。殿様直々の吟味に小輪は〝その者、小輪に命をくれしもの、たとへば身をくだかるればとて、名を申すべきや。この儀、かねて御耳に立て置きしに〟別に衆道を立てると、前々から申し上げて置いたではないかと、死を前にして嘆く気色もない。それより三日過ぎて、小輪を兵法稽古座敷にめし出され、諸家中の見せしめに、殿様自身、御長刀にて〝小輪最後〟と、御言葉をかけさせたまへば、にっこりと笑ひて、〝年頃の御よしみとて、御手にかかる事、この上何か世に思ひ残さじ〟と、立ちなほる所を、左の腕をうち落し給いて、〝今の思ひは〟と尋ねる。小輪、右の手をさしのべ、〝これにて念者をさすりければ、御にくしみ深かるべし〟と言う。飛びかかりて切り落し給へば、小輪くるりと立ちまはりて、〝このうしろつき、また世にも出来まじき若衆、人々見をさめに〟といふ声も次第によわるを、細首おとし給ふ。

明けて正月十五日、両腕を斬り落され、とどめまで刺された密告者金井新平の死体が発見された。同時刻、朝顔寺にある小輪の塚の前に、心底つまびらかに書きしるし、今年二十一期として、夢また夢、腹かき切って小輪の後を追った神尾惣八の屍が横たわった。とても恋に染まる身ならば、かくこそあるべけれ。衆道の面目これなり、と男色大鑑にある。

衆道と現今のホモセクシャルとは比較にはならない。野郎歌舞伎勃興以来の衆道には、只ならず血の気配が漂った。たとえば甲斐の武田軍団が天が下にあれほど畏怖されたのは、戦士達が各々衆道によって繋がった↑連帯の異常な強靱さからであり、人は城　人は石垣　人は堀　という家訓は、そのまま信玄の衆道宣言であった。衆道とは死ぬことと見付けたり、葉隠に似て、それが葉隠よりもラジカルであるのは、思想などという曖昧な自己完成から遠く隔たって、むしろ逆に自己破壊をめざし、たじろぐことなく死にのめりこみ、ひたすら快楽の恐怖に向って突撃する破壊願望の浄らかさにある。なまなかの心伊達で貫かれる道ではなかった。自分の死を破壊の美しさで飾り立てる、これが衆道の極意とされる。

ところで上杉清文と荒戸源次郎は今回の『食卓の騎士』でテロリズムに到る衆道を確立した。言うなれば長坂小輪の衆道を更に過激に更にインターナショナルに拡大した白菊丸衆道の幕びらき。野暮を承知で芝居のこしらえをぶち撒けると、まず桜姫東文章の清玄坊主と白菊丸の稚児道を踏み台に、ラブレーを途中経過して井上日召でしめくくられる。美童白菊丸が昭和の御代に転生して井上日召という殺気に凝ごる。テロリズムに到る衆道としか言いようがない。とくに清文さんは日蓮宗の僧都である。やはりげんじろさんと組んだ、その名もずばり「白菊丸」という大芝居もすでにある。実践者であるか否かは知らず、二人が衆道の通人であることは容易に知れる。ちょいと話は脱線するが、清文さんは大やぶにらみの美青年である。やぶにらみの美青年とはいささか言語に撞着があるようだが、なにしろ宙天の虚無と大地のどろどろを対極のままひっ摑むような眼力の御仁だ、これくらいの矛盾が生じるのはやむを得ない。その大眼玉でギョロリとやられると、大概の奴はぶるっと底震えが来て小便ちびりそうになる。お釈迦さんの前に出た盗ッ人みたいな具合だ。平気の平左でいるのは荒戸のげんじろさんくらいである。げんじろさんの数代先はポルトガルから島原に渡った切支丹伴天連の宣教師だから、この人のからだには異教の血が濃厚に脈打っている。思えば二人の出会いは不吉の極みだった。三年後の宗教世界にこの二人がいかなる異変をもたらすか、読者諸賢はとくとご覧じろ。

さて、やぶにらみの暴君がすき透った左眼で大南北の弱みを洞喝し、いちじるしく跳ね上った右眼で西方のラブレーに秋波を送ったこの芝居は、精神として衆道のテロリズムを貫き、行為としてはラブレーと南北、二人ながらの釜を掘った。釜の大きいぶんだけ芝居のスケールも大きいのだがガルガンチュアもぎゃっとのけぞる駄洒落の大噴出。言葉という言葉は邪法の呪縛から解き放たれて銀色ドームの演劇空間を飛び交った。何よりも美しいお芝居であるのが気に入った。その美しさに導かれて白菊丸のテロが納得される仕掛けは、用意周到に計算されている。いつも可憐な美女群がこの芝居に限って微量の毒をはらんだ趣きがあるのは、白菊流衆道に漲る毒の照り返しか。その美女たちを自分の娘のように愛しているというげんじろさんに多少の嫌味をこめて、あんた女は嫌いなの、と尋ねたら、小口ヨネなんか凄くてイイな、と返答があった。小口ヨネ女は鏡花の小説に出てくるような美人である。にもかかわらずテロリストのおもむきがある。もっともヨネ女のテロは切った先が自分の肉体にむかった。真っ白に実った肌を刃物で切り裂き、焼けた火箸で赤黒い文字を刻みこんだ。小口末吉の妻。ふつうこれをマゾヒズムと言うが、そんな横文字の定義から沸れ出す何物かがヨネ女にはあった。たとえば鏡花の外科室を極限まで押し詰めたら、そこに青白くヨネ女の血がとぐろを巻いている景色である。本当は、白菊丸は転生して小口ヨネになったのではないかと思うのだ。衆道の華ともされる身が生れ変ってみたら女性であった。こういう奇想天外で残酷な転生綺談は僕の好みだ。思っただけで大笑いしたくなる。何たる皮肉。わが肉体をつらつら見渡せば、胸には乳房と称するぶざまな肉塊が二つまで垂れ下り、また股間にのぞめば醜怪をきわめた穴ボコひとつ物欲しげな口を開いて、唯一神としての菌座の神域を穢している。何たる侮辱。白菊丸は、いや小口ヨネ女は遂に刃物を己れの肉体に凝せざるを得なかった。神経が千切れ肉が飛び散る痛みを快楽に変えてしまう精神の手品を、テロリズムとは言わないのだろうか。権力や体制の破壊よりも、ひとりの人間が自分をこそ破壊しようとして、その決意通りに破壊を遂行してしまった意味の方が、本質的にはずっと凄い。衆道にひそむテロルはそうしたものだ。長坂小輪はいつか来る破滅を予感しつつ寵童としての夜々に耐え、爆発的に自分の衆道を完結させ、首が飛んだ。白菊丸は清玄坊主に先立って荒海に身を投じたが、清玄がその後に続くかどうかなどは問題ではなかった。自分の美を完結させるためにのみ、白菊丸は身を捨てた。そして転生。明治の末、流れ女郎の私生児として産み落された小口ヨネが二十七歳で死んだ時、四肢は刃物と火傷のあとで埋もれ、生きながらほとんど糜《び》爛していたと医者が証言した。上杉清文は白菊丸をまっとうに井上日召に結びつけたが、それはまさしく正統な仕事で、変に韜晦しない所にこの人の巨きさがある。僕のようなポルノ・ライターにはそれが少々ねたましい。小口ヨネ女などをかつぎ出したのは、どうやら単なる嫌がらせにすぎなかったらしい。とは言え、同じ衆道から発しても外に向って解放されるテロルもあれば、内部をめざして朽ち果てるテロルもある。つまりは転生前の白菊丸と転生後の小口ヨネ女とのめぐり会いをこそ僕は夢みるわけで、未聞の悲劇がそこから始まり、ナンセンスの翼にまたがって、抱腹絶倒の笑劇が至福の高みへと昇り詰めるだろう。

嫌いな神との交流

『ブルジョワジーの秘かな愉しみ』（ルイス・ブニュエル、1972）

『ブルジョワジーの秘かな愉しみ』はどことなく死臭が漂っていて、その証拠には登場人物たちの夢の迷路には幽霊がしきりに跳梁する。夢は死でもって完結されるから夢をみる行為がそのまま冥土を覗きこむからくりで、そこでは死人達が青ざめた憂い顔でさまよい歩き、なかには死別した友人などの姿も混り、つい声をかけ立ち話をしていると他の死者から君の友人は先だって死んだ筈じゃなかったかね、などと教えられ、ああそうだった、と改めてびっくりするところで眼が覚める。眼が覚めればそこにブルジョワジーの優雅な生活がけだるく続いている。その辺の呼吸を監督自身が楽しんで作っている気配がある。ブルジョワと幽霊という取り合せが奇抜で、どす黒い笑いを誘う趣向も用意され、気楽に作っているようでも流石はブニュエルだなと思わせるのである。とはいえ、一本の映画がこうラクチンに作られていいのかといった一抹の疑問も残るわけで、こんな事を言うとひがみ根性と笑われそうだが、巨匠ブニュエルとは対照的にわずか十万の追加予算が許されず、徹夜で考えたコンテを泣く泣く斬り捨てている日活の監督たちの口惜しさをつい思ってしまう。何よりの証明なのであり、従って正直なところを白状すれば思考の筋道がそんな方向へ曲ってしまうのは、この映画がぼくにぴったりこなかった、この映画はぼくはあんまり面白くなかったとは言え、一時間数十分をべつだん退屈もせずに見終えたのだから、つまらない筈はない。それは事実だが、それを認める一方で意地でも面白いとは言いたくないと思う気持がある。どうやらぼくは、この映画のブニュエルに反撥を感じているらしいのだ。もっとも、反撥しようと喝采を送ろうと、そんなことは見る側の勝手だから構わないようなものだが、みんなが傑作だとする映画に自分だけ白い眼をむけるのは、それでメシを食ってる一人としてはやっぱり気にかかる。どうして俺は『ブルジョワジーの秘かな愉しみ』が気に入らなかったのか、気にかかるままに考えてみた。で、話は変なところから始まる。

京都に島本明修という霊能者がいる。美人なんだという。そう言うのは福士勝成という医師で日本医科歯科大学の謹厳なる教授だから、まんざら嘘とも思えない。明修に出会ったとたん、あなたには霊魂が三千体くっついていると告げられたそうで、浮遊する小さな白い玉がびっしり背中から頭骨にかけて密集し、ちょうど仏像の光背のように輝いて見えるという。先生、いったんはぎょっとしたけれど、改めて考えてみてアッと膝を打った。そうか、三千体か、もうそんなになったか、うーむと唸った。なにやら謎が解けたらしいのだ。この人は病理学の権威で学生の頃から解剖ばかりやってきた。いまでも機会のある度びにメスを握り、死者の肉を切り開き、臓腑の内部に鼻面をさしこんで、死に到る秘密を嗅ぎ探っている。その解剖体の数が、正確には分らないが、恐らく三千に達しているだろう。その霊魂がまつわりついて離れないらしいよ。それにしても三千体とはねえ、と博士はしきりに感心するのである。島本明修、あれはインチキじゃないぞ。おまけに神々しいような美女なんだ、と何やら観音菩薩の来迎を仰ぎみるような恍惚たる目差しまでなさるのである。そこまでけしかけられては小生としても新幹線に乗らないわけにはゆかない。季節は夏の真っ盛り、訪れた京都の町並は油照りというか炎暑というのか、陽炎の彼方で燃えるようだった。そのせいか話は白日夢から始まった。

あの日、八月十五日。終戦記念日ですね。赤ダスキに黒の詰襟、ゲートル巻いた学徒兵と出会いました。何千何万という霊魂が行進してくるのです。私、その中に捲きこまれてしまいました。表通りから裏道へ折れ曲りザックザック——変だな。こんなところ、京都にあったろうか。家並みがしだいしだいになじみなくなってくるのです。こわいと思う気はあってもどうにもならず、体が前へ前へと進みます。ええ、まるで夢のようです。町を抜けると両側が高いコンクリートの細い道になって、その先がいったいどうなっているのやら。迷路みたいなところを通り抜けるとパッと、荒地です。ほこりっぽい風が正面から捲いて、その風のひと吹きで、何千という数の霊魂がふっと見えなくなりました。私、ひとりぼっちで立ちすくんでおりますと、男がひとり飛ぶように走ってきます。恐ろしくて、逃げました。何かわめき散らしながら男は追ってきて、生臭い荒い息が耳元で聴こえる近さで急に背中が熱くなり、振り向くと、男が燃えているのです。全身紅蓮、大紅蓮の炎を噴き上げながら、私を追い抜いて走り続け、白い五重塔に駈けこみました。すると今度は五重塔がめらめら燃えるんです。真っ白い輪廓が薄赤くすき透って、内部が見えたかなあと思うとたん、ポッといっぺんに火を吹いて……一面、炎のただ中に、そこだけが青々と静まりかえって、翡翠の玉がありました。ひとかかえもする大きな澄んだ玉だったんです。——。

こうした超現実を見透す眼をふつう幻視と呼ぶが、明修さんに言わせるとそれは逆で、あなた方こそ幻視の世界にとらわれている。幻視といって悪ければ何んにも見ちゃいないのだ。光の波長を捉える視力は一定しているから、人間は一定の外界しか眼に映らないように出来ている。その一面的世界像を人は唯一の現実といい、あたかもそれが世界のすべてであるかのように思いこんでいる。愚かなものどすなあ。たとえば明修さんが町を歩けば道のそこここ、ドブドロの淀みに浮かぶうたかたは霊魂の白玉と化し、民家の戸口を人の形をした幽体がすいすいと出入りする。そして踏切りにさしかかれば粉々に肉体打ち砕かれた死人たちが血まみれですがりつき、すでに遮断機の降りた線路の中へ引きずりこもうと群がり寄る。怖い。本当に怖いところなんですよ、この世界は。つまり地上にはそうした悪霊が屯ろし、あるいは悪霊すら立ち入れないほど禁忌された、魔のるつぼともいうべき空間が各所に散在するらしいのである。そこでは死と隣合せた奇怪事が日常茶飯事として続発し、あたかもエドガー・ポーのいわゆるメエルストルムの渦が空間の中に口を開いた具合なのだ。だから注意しなさいというのではなく、実はそうした空間における魔のるつぼといった光景は、これまでブニュエルによってしばしば捉えられてきたのだと指摘したい。『忘れられた人々』『糧なき土地』『黄金時代』を貫通する彼の映画には単なるリアリズムを超えて神の人間に対する、いや人間と人間が住む土地への神の悪意といったただならぬ気配が立ちこめていたのだ。ブニュエルは有名な神様嫌いらしいが、しかし彼の映画にはその嫌いな神との交流を透して現実を眺めるていの、一筋縄ではゆかない奇怪な視覚が備わっており、言葉を変えればそれはこの世界そのものを丸ごとメエルストルムの渦であると認識していることに他ならない。それでこそブニュエルの凝視の怖ろしさが納得できるというもので、噂に聞く皆殺しの天使たちでは、会食に列なったブルジョワたちが満腹して家に帰ろうとすると、何故か建物から一歩も出られないのだという。これこそ建物ぐるみメエルストルムの渦に捲きこまれたブルジョワ階級の歴史的状況に違いなく、ガラス器の中のモルモットを観察するようにブルジョワジーの荒廃と破滅の予兆をながめるブニュエルの眼玉の残酷な輝きが見えるようではないか。

ところで最新作、『ブルジョワジーの秘かな愉しみ』はどうだろう。発端は面白い。ブルジョワたちは腹を減らしているのである。会食に集合したところが日附けの感違いで料理は準備されていない。仕方がないからレストランに行くと、どうも気配がおかしい。実はカーテン一枚へだてて支配人の死体が横たわっているのだ。連中はげっと吐気を催して退散する。死体と食欲がテーブルクロスの上で鉢合せした具合でイントロは快調なのだ。もっとも面白いのはそこまでだから、その後は語る必要もないようだ。幽霊が出たと思えば牧師が登場し、殺人ありセックスあり、おまけにフラッシュ・カットまで二度、三度と挿入され、賑やかなことこの上ない。気に入らないのは、それらの映像が意味ありげに提示され、観客の絵解きを待つ風情だ。たとえば男の幽霊はなぜ三人とも右眼を弾丸で射潰されているのだろう。夢はどうして三人のブルジョワによってリレーされ、連続しなければならないのだろう。思いつきにしてはあんまり安っぽいし、強いてその意味を探っても、ぼくにはさっぱり絵解きできなかった。なんだか絵解きパズルみたいな映画だ、と思ったりした。映画はいつからパズルになったのだろう。思えばかつてのブニュエルには何らかの自己変革なしには観客に容易に絵解きを許さない凄みがあったはずだ。ところがこの映画のブニュエルは……そうだ。フェデリコ・フェリーニそっくりだ。そう思って、ぼくはたいへん狼狽した。世界でいちばん嫌いな監督を一人挙げろといわれたら、ぼくは躊躇なくフェリーニをあげるだろう。そのフェリーニに共通するヨーロッパ的知性の臭みをこの映画に発見しようとは。ブニュエルの頭脳に老衰の兆候が影を落し始めたのだろうか。それとも現実凝視に疲れ果てた眼球が、対象をぼんやり拡散した姿でしか捉えられなくなったのだろうか。否！　そんな筈はない。映画の神様がずっこけるなんて、そんな悲しい話があってあられようか。

シナリオの根

自作について

『風流宿場女郎日記』

『㊙女郎市場』（日活、１９７２）

僕の初めて書いたロマンポルノのシナリオは『風流宿場女郎日記』だった。それは、昭和四十七年九月に、曽根中生監督で『㊙女郎市場』という題名で公開され、割合、好評だった。それに気を良くして現在まで、かなり書いてきたが、初め、僕は日活がすぐ潰れるのじゃないかと思っていたから、曽根監督からホンの依頼を受けても、あまり気乗りがしなかった。だから、四十六年の秋頃に頼まれたものの、ホンが上がったのは翌年になってからだった。そのにつかつロマンポルノが、今日まで続き、日本映画の流れを変えたんだから、これは大変なことじゃないかと思っている。

ポルノチックなおとぎ話

『ためいき』（日活、1973）

創作ノートという欄に何か書けということで、ホトホト困惑しております。そんな大それたノートはむろんのこと、今まで筋書きひとつ作ったことがありません。興のおもむくままというか、本当は無責任なんですが、作中人物が勝手気侭な人生を突っ走り、たわごとを喋り散らし、作者はその後を息を切らして追いかけてゆくような具合で、だからいつも枚数は大幅に超過し、結末にいたっては行先はうなぎにきいてくれという落語のオチに似てきます。

ところで、『ためいき』のシナリオですが、二百三十枚あります。初稿は二百五十枚あったのを一シークエンスけずりました。ロマンポルノは通常百三十枚ですから、倍近い長さです。よくもダラダラ書いたもんだと呆れております。本読みの席で、内容はともかくこの枚数超過をいったいどうしてくれるんだと、エライ人から叱られました。今になって原因をふりかえってみると、どうやら作中人物と僕との間に折り合いがついていないらしいのです。

いつも僕は作中人物を顎の先でこき使う意地の悪い魔法使いでありたいと思っているのですが、今回ばかりは登場人物のご気嫌伺いにきゅうきゅうとしているようです。原作に描かれた人間たちを手なずけるのに四苦八苦して、それが台本の中にまで持ちこされた気配があります。何というか、主客が転倒して、弓子さんとか中村くんとかなどの作中人物に作者がおっかなびっくりかしずいている有様は、いじらしいというか、情けないというか、これがシナリオライターの悲惨というものでありましょうか。

最後に創作ノートめいたものを記すと、卵のはらむエロチシズムについてはシュールレアリスト達からバタイユ、そして本邦に於ては花電車と、それぞれウンチクを傾けております。原作者の意図がオフィス内部におけるポルノチックなおとぎ話をこしらえる事にあるらしいので、それを映画的に拡大表現する物体として、卵割りのくだりを考えました。ラストで北川常務と弓子が、欲情しつつユデ卵を食べる場面は、僕がこの本で唯一気に入ってるところです。

近代秘本の三傑作から

『秘本袖と袖』（日活、1974）

近代秘本の三傑作というのがあるそうです。昭和の『四畳半襖の下張』、大正の『乱れ雲』、そして明治の『袖と袖』。『四畳半』、『乱れ雲』ともすでにロマン・ポルノで映画化され、最後にのこされたのがこの『袖と袖』であります。

好事家の間では有名な作品なんだと聞かされましたが、原作は入手不可能、したがってこのシナリオは原本『袖と袖』とは無縁のシロモノであります。

ちなみに作者は明治の文豪・小栗風葉と伝えられ、映画の主人公鶴田要之助はその風葉に擬してこしらえました。もっとも要之助の色白、優さ男風にくらべ、写真などで見る風葉は骨太、色黒、何となく脂ぎってみえる。発禁作家、不倫の文士と評される反面、少年時、早くも家出して香具師の徒と交わり、どうして世間ずれのしたしぶとい部分もあり、恋愛沙汰をひき起しては幸徳秋水の所にころがりこんだりしています。

秋水といえばアナーキストの先駆け、今様には極左とでも言うんでしょうか。のちに大逆事件で殺されたように官憲からは睨まれている存在です。事もあろうにその秋水のところに風葉がころがりこむ。僕にはそれがたいへん面白かった。官憲に追われた幸徳が流行作家である小栗風葉の邸にかくまわれるのなら話は通りやすい。ところが事実はまったく逆だったわけで、それがいかにも明治時代らしい。

なお原本とは無縁と言い条、同じく風葉氏の恋ざめを薄い下敷きとして用い、そのほか尾崎紅葉の金色夜叉、幸田露伴・雪たたき等々のお世話になりました。それだけ明治の智恵を拝借してもなお明治という時代、なかんずく明治人の骨太さ、生き方の振幅の大きさを描きとることが出来ないのは……ライターの力量不足か、あるいはロマン・ポルノの宿命か。

ポルノがうまい顔

『玉割り人ゆき』（東映、1975）

このあいだ、といっても去年の話ですが、自分がロマン・ポルノの安定ライターであることに気づいてギョッとしました。当初の僕は〝あいつの書いてくるものはどうも危なっかしい〟という危険なライターだったのです。それが近頃では、〝あいつに任せておけば間違いない〟という安定ライターに変身しているらしいのです。

去年の夏、『秘本袖と袖』を書いた。監督の加藤彰さんがそのとき、原稿を読み終えてぼんやりしている。なんとなく顔色が冴えないのです。こりゃ、また愚作を書いちゃったかな、と内心ゲッソリしました。次に加藤監督、頭をかきむしりだした。こいつは益々いけない、とこっちも頭を掻きむしりたくなった。

「分からない」

「そんなに分かりませんか」

「いや。分かりすぎて、分からない」

つまり、それまでの僕の本には逆さに読んでも理解できない部分が一つか二つ、必ずあった。ところが、この本には一つもない。分かりすぎて、分からない。俺の読みかたが間違ってんだろうか、と加藤センセイ、青い顔を更に青くしている。それをみて僕も青くなった。なんで青くなったか今もって分からないが、とにかく頭から血の気が引いたようだ。

それ以来、自分がライターであることを、身にしみて考えるようになりました。

男と女が知り合って、最後に結ばれる。その過程を描いてみせるのが普通の映画です。それと対照的にポルノは、そうした順調な時間と空間の流れを拒絶したところにあって、いわば性という深い穴の中から人間世界を覗きみる構図をとる。大袈裟に言うと、その穴を出て人間世界を貫いて歩く眼の散歩、これがポルノではないか。性という暗闇から眺めるゆえに、逆に人間の生きる姿が明晰、かつ多様に見えてくる。ポルノはだから、セックスからいちばん遠い、セックスの背中みたいな存在です。しかし、セックスの背中がまざまざと見えてくる地点まで行くのは、たいへん疲れる。なぜならそれは、通常の流れを逆行し、人間世界の営みを逆撫ぜする作業にならざるを得ないからです。ロマン・ポルノのライターも監督も、誰もそこまでは行ってない。あんまり疲れるし、能率も悪いのです。そこで普通の映画的段取りを、そのままポルノにあてはめる安易につき始める。僕もまた、そのひとりです。だから〝分からない〟ところのない本を書くようになったのではないか。

ところで『玉割り人ゆき』ですが、同名の劇画からの映画化で、東映ニュー・ポルノです。通称N・P。地方館向けの穴埋め番組だったのが、なぜか一般封切に変ったそうです。監督の牧口さんは、ゲゲゲの鬼太郎をちょいと色男にしたような人。頭が大きく、奥目にまん丸い縁なし眼鏡をかけていて、つまり水木しげるが見たらインスピレーションを感じるような顔、といえば朧げに分かって貰えるでしょうか。だいたい、このテの顔はポルノがうまいのです。(あの神代辰巳の風貌を思い浮べて下さい)。この映画にも初監督にもかかわらず鍛えこまれた職人芸といった趣きがあります。脚本の立場からは、女玉割り人という稼業がまったく架空のものなので、その実感を出すのが難しいかなと思いながら、かかりました。細部を描きこんで現実感を出すのがまっとうな方法なんでしょうが、それとは別に、架空のヒロインに更に強烈なモノをぶつけて、観客をスクリーンに捲きこもうとするのがポルノ流のやり口です。演出が難しいかなと思ってましたが、たくみにまとめているので驚きました。鍛えこまれた職人芸、というゆえんであります。

プロデューサーの殺し文句

『玉割り人ゆき　西の廓夕月楼』（東映、1976）

例によって足元に火がついたような急ぎの仕事だった。すでに他のホンにかかっていた小生を電話口に呼び出して三村プロ、そんなんあと回しにしたらよろしいがな。あんたが手がけた『玉割り人ゆき』どっせ、他のライターに渡してよろしいのか、情なしやなあ、とそこまでは言わなかったけれど、言外にそんな意味をこめて、一流の殺し文句。つい乗せられてうかうかと京都まで出向いたのが苦行のはじまり。撮影所で顔を合わせるより早く、今回の舞台は金沢、世界が違うから原作は使えませんと引導渡され、そのまま監督・プロデューサーと金沢へ直行。東のくるわ、西のくるわ、主計町から犀川大橋と足を運び、なるほど、ゆきの着物姿がこのあたり歩いたら絵になるなあ、などと牧口監督嬉しげなるも、小生まったく顔色冴えず、それというのも、こんな由緒正しげな町背景にポルノなんか出来るのかいな、とストーリーの手がかりすら掴めぬいらだたしさ。金沢といえば能・謡曲に九谷焼。いちばん絵になるのは九谷焼やろな、とご両所こともなげにのたまう。小生、軽薄にも早速とびついて（藁にもすがる心地！）九谷焼の附絵師をヒロインにからませた。なるほど、話はちゃんと出来るのですな。ドラマチックでもあり、見た眼のはなやかさもあり――しかし、ちょいと華やかすぎて何やら土産売りの九谷焼みたいだ、言ってしまえばあんまり話が段取りめいて、かえって底が浅いいやらしさ。そらその通りや、そんなら九谷焼はやめましょうや、と再びご両所あっさりのたまう。九谷焼をやめて、そんならいったいどうすりゃいいんだ、と小生叫びだしたくなる。が叫んだところで驚くような相手じゃないから、ひたすらしらけて酒をのむ。酒をのんで、ああ、そろそろ地獄のはじまりだなあ、とひとり納得する。いや、させられる。

そんなこんなで出来上ったのが、ここにご覧の『西の廓夕月楼』。そのむかし大ヒットした田坂具隆監督、佐久間良子主演、『五番町夕霧楼』にあやかったんだそうで、言われてみれば、ふーむ、ひょっとすると今度はポテンヒットくらいには当るかな、などとたちまち助平根性首をもたげる。それにしても三本立てのどんじりにぶら下るポルノ小品に超大作なみのタイトルをくっつけるとは、東映さん欲が深いですな。

ところで小生、生れも育ちも東京の下の方角、含みの多い金沢方言はおろか京都弁すらおぼつかない。それにしては完璧な金沢言葉が使いこなされているのは、生っ粋の金沢びとが二人がかりで手直しして下さったお陰です。長ゼリフあり、捨てゼリフあり、さぞかしご苦労なすったことと推察、ひたすら感謝。また短時日のあいだにここまで行き届いた仕事が出来たのも凝り屋というか、むしろ完全主義者に近い三村プロがすべて宰領してくれたから――その意味でこのホンには様々な人の思いやりが照り返っており、自分でもたいへん愛着のあるホンなのです。

牧口監督には、前作以上の悪条件と聞いたけれど、なんとか奮闘してもらいたい。底深い金沢弁を生かした怖くて美しい映画にしてほしい。『玉割り人ゆき』も恐らくこれがお仕舞い。それもまたあっさりしていて、いっそ気分がいい。画面のなかのおゆきさんのように、このシリーズ（？）もぷっつりと、はかなく消えてゆくのが似合いのようです。

映画屋の一蓮托生

『大奥浮世風呂』（東映、1977）

この作品、はじめから嫌な予感がしていたのである。それというのも題名が『大奥浮世風呂』。いくらポルノ版でも東映大奥物のパターンというのは、厳然というか、そこはかとなくというか、とにかく存在するのであり、そういうのは小生ニガテだから、と尻ごみするのをプロデューサー氏、なにをビビっとんのや、そんなこっちゃプロとは言えませんぜ。見損のうたなあと言外に匂わせ、実はわし、これならイケるちうアイデア持っとんのや。才能貧しきライターの琴線を刺激する。で小生、プロ氏の喋り捲るアイデアなるものについつい耳傾け、つい、そりゃ面白い。大奥物のパターンを逆転した破天荒なモノが作れるんじゃないかな、などと軽薄にも（毎度の事ながら）飛びつき、京都に入る。ところへプロ氏、監督の関本氏を伴って現われ、実はこのあいだ話したアイデアな、あれ使えんことになってもうたんや。……小生、愕然としたまま暫時、無言。すまんけど新しく話つくってくれへんかな。プロ氏、コトもなげにのたまう。更に追い打ちをかけるように関本氏、時間がないんだよね。けど、限られた時間内でもええホンは出来る。あなたに期待したいのはそこなんや。俺も一年ぶりの登板やし、へたなもんは作りたくないしなあ。監督さん、早くも眼尻吊り上っているのだ。小生、顔面蒼白になりつつ、新しい話たって、そんな簡単には……と弱々しく口ごもる。内心、京都くんだりまで来てしまったオノレの見通しの甘さを呪い、そうなると馬にニンジン風に提示されたくだんのアイデアなるものも、なにやら小生を地獄へ引きずりこむための深謀遠慮ではなかったかと疑わしく、目の前のプロ氏の顔、にわかにＣＩＡの一員めいて恐ろしく、ああ、こりゃイカン、やはり予感は当っていたのだ、とそっと呟いてみる。そんなライターの内面を知ってか知らずか、ま、ま、オモロイモン作ろやないか、なあ関本くん。うむ、俺も張切っとんのや、とビール傾けつつ、ご両所すこぶる上機嫌なのである。が、その上機嫌も、さほど長くは続きませんでしたな。つまり添え物映画の宿命そのまま、封切予定日が繰り下ったり上ったり、想定キャスティングは煽りを喰らってすべてぶっ飛び、予算金額はひたすら下降を志向し、その間には小生が別な歌謡映画に狩り出されるというハプニング続き。わが碁敵にして策謀深きプロ氏も、さすがにそこまでは読み切っていなかったらしく、嘆くやら怒るやら。その姿を眺めるにつけても、映画表現に携る人間は監督、プロデューサー、ライターの別なく、すべて一蓮托生。苦い汁を飲まずには済まんのだなあ、と妙な所で得体の知れぬ連帯感を覚える。まあ、添え物映画の悲哀は毎度の事ながら、この作品ほどしみじみ味わされるのも珍らしいんじゃないかしら。一月十日クランク・インしたらしいが、深夜突如、監督から電話あり。わし、もうアカン。今度ばかりはお手上げや。映画はシナリオの半分も行かんでえ。カンニンしてや。強気の関本さんには珍らしく、アルコールと泣きが一緒に入ってる。どうやら難問山積、奮励努力の甲斐もなく大苦戦の趣きらしいのだ。シナリオの半分行かなくても傑作の映画ありシナリオの二乗行っても愚作とそしられる映画あり、是非は言えないけれど、当方としてもそれなりに力を尽したホンなので、いささか気懸りではある。

飢えの時代への新たな挑戦　対談　西村昭五郎（映画監督）

『肉体の門』（日活、１９７７）

西村　僕は時勢に疎いんだけど、いま何か敗戦時代とか焼け跡時代がブームになっていて、若い人たちには未来的なものと同じように、そういう回顧趣味的なのがめずらしがられている。劇画なんかでも、好んで焼け跡時代を背景にしている作品がチラホラ表われているということだし、アメリカ映画でも、『華麗なるギャッツビー』とか『バリー・リンドン』とか旧時代を素材にするのが流行っているみたいだね。

田中　焼け跡なんかをセットで組むのはたいへんでしょう。『人間の証明』の時のセットを使っているって聞いたけど。

西村　うん。あれを拡大してね。最近は、現代ものばっかりしかやってないから、色彩とか何とかがうまく出なくってね。役者も何か途惑ってるしね。カメラマンも照明技師もどうも気に入らないっていうから、じゃあ全部撮りなおしだっていうことになったりね。ヘタすると全く使用に耐えない写り方をしてしまうわけ。それから、焼け跡オープンとか橋の上とか何処見ても街入っちゃうし、テレビのアンテナとかねえ。扇橋という横浜の運河の所に吹きだまりみたいな橋があったから、ここがいいっていうんで撮り始めたら、ここが日本三大悪所のひとつだったんだね。釜ケ崎と山谷に次ぐさ、フーテンとやくざが一杯出てきてね。ロケハンに行ったら車も人も何も通らないから静かでいい橋だと思っていたら、みんなヤバイからそこ通らないんだね。カメラ据えた途端、ワァーッと出て来て（笑）。

田中 新聞社とか何とかよく取材されるのは、やっぱりめずらしいんですかね。今頃こんなアナクロニズムやるのは。

西村 よその会社じゃちょっと考えつかないでしょう。日活というのはそういうところおかしいからね。何やり出すか分らない。マキノ雅弘さんのは、原作の出た翌年ぐらいに作ったんでしょう。昭和二十三年ぐらいに。

田中 轟夕起子のボルネオ・マヤでね。

西村 轟夕起子は既に二十五、六歳だったんじゃない?

田中 スターがつるされるっていうんで、それだけで話題騒然だったんでしょうね。あの頃は。

西村 そうか。あの頃大スターだったんだね。宝塚出身で。（宮本武蔵の）お通さんだもんね。

田中 あの時の主題歌が〝星の流れに〟だってね。それ聞いてびっくりしたよ。

西村 二回目に映画になった鈴木清順さんのは、劇場で見たけど、野川由美子がつるされてるフルショットのね、股ぐらの辺が暗くなってた、あのカットしか覚えてないな。

田中　当時見てね。割と圧倒された記憶あります。

西村　清順さんの唯一の当り作品でね。

田中　今度自分が書くっていうんで、同じ日活作品だし、新ためて映画見て、検定台本を読ませてもらうと、非常に田村原作に忠実なわけ。

西村　映倫用の検定台本？

田中　そう。スクリプターの人が映画の動きとかセリフをまんま《ママ》写したやつで、棚田五郎さんが書かれたシナリオを読ませてもらったわけ。でね、こんどやることになりましたって、清順さんところへ話に行ったら、清順さんは〞えっ?…えっ?〟っていうんだよね。〞あんな男の映画、ポルノにならないだろう〟っていわれるんだよ。確かにやってみると、どうしても伊吹新太郎っていうのに、絞り込まれるんですよね。原作にはボルネオ・マヤとかあの辺の四五人の女たちのキャラクターはあんまり書き込まれていない。要するにパンスケってことで突っぱりとか肩ひじはった姿っていうのがね。で、それらの女たちに対峙する伊吹という一人の男に、精神的なものは全部反映さしてある。今度はエロス大作としてやるんだとなると、伊吹を描いていたんじゃどうにもならんと、どうしても女五人を書きわけることをやらなきゃならんと。その辺でまずね、頭かかえて、けつまずきけつまずきホン書いて。

西村　いやいや。あんたは三十八キロにしては天才的なところあるから。あれは不思議だね。頭の構造がすごいんだろうね。のんしゃらんとしていて書くものは馬力あるもの出してくるから凄いね。

田中　伊吹新太郎っていう、あの時点の男の精神構造を、今の時点でね、描いても勝負できないしね。前の作品は、同じ素材を扱うわけだから意識せざるを得ないし、風俗とかで勝負できるわけもないし、でき上ったものの質とかおもしろさとか、そういうものの勝負になる。いままでの『肉体の門』と同じようにやったらやる意味もないっていうことと同時に、大きく空振りするんじゃないかと思ってね。

西村　監督はもっとシンドイぜ。

田中　そうでしょうけど。これが当れば大作路線もひき続くかなというかんじで、この作品がポイントというか、勝負どころになってるし、そもそもの話は正月映画頼むよといわれてひきうけちゃってるあと『肉体の門』がきたんでね。

西村　こっちは『肉体の悪魔』が終った途端ホン渡されて、これでいいでしょうっていわれてひき続き撮ってるカンジだから、あと四日ぐらい撮影が残っているだけだっていうのに、いまだに核がつかめないんですよ。カメラマンも心配しとるけどね。これはところでおもしろくなるんですかねえ。ラッシュみるたびちょっと安心はするけど、どうなんですかねえって。

田中　あれだけ人間が出てきて、みんな主人公づらしているからね。それ捌いていくのはたいへんだろうな。あんまり遊びなくオーソドックスにやらんといかんだろうし。

西村　役者でイケルのは、渡辺とく子と山口美也子と宮下順子だな。マヤやってる加山麗子は全くずぶのシロウトだからね、モデル上りのドンでね。まあ、現場じゃどうしようもなくてもさ、ドンがドンキュウで繋がるといいということもあるからね。茨城弁がひどいワ。志麻いづみも何かナマってるし、山口美也子は関西ナマリだし、まるで方言集団だよ。

田中 アフレコでもダメなの。

西村 ダメダメ。あれだけナマってると、東京ぼん太みたいなもので、直しようがないよ。もういいや、ナマらせちゃえってんでやってるけど。

田中 深作（欣二監督）さんがそうだもんね。

西村 あれも水戸だからとれないだろう。北関東のは独特だね。

田中 もっとも野川由美子ができすぎだったからね。清順さんの時のお六は石井富子という太った女優ね。陽気な。それを今回は全くキャラクター変えてあるんだけど。

西村 渡辺とく子のふうてんお六はいいよ。わが道を行くでたいへん乗ってやってるし、回りのこと構いなしでね、独走体勢でね。

田中 西さんなの？　電話してライターに役柄のこと聞けって言ったのは。ちょうど行違いになって聞かれなくて済んだけど。

西村 いや。プロデューサーか白鳥あかね（スクリプター）でしょう。マヤのセリフで〝お六はなげてるけど、私はなげない〟みたいなことというでしょう。その〝なげる〟ということにひっかかってね。私はなげてるアレなのかしら、じゃあもっと無気力にやるべきかしらなんてね、悩んじゃってね。

田中　宮下順子はどうしていいんだろうね。

西村　あいつにガッとカメラをかますとやっぱり迫力が違うもんね。カントクがとにかくポルノしか撮れないカントクだからね。やっぱり女だね。男なんか描けないよ。描いたってオモシロクないよ、ちっとも。

田中　まあそういうこともあるだろうけど。脱ポルノってわけにはいかないな。

西村　だいたい映像じゃ複雑なものできないですよ。見かけだけしか写らないわけだしね、基本的には。中味の心理的なものというのは非常に表現しにくい。東映映画なんか男描いているけど、わりと動物的な男を描いているだけだしね。あんまり深いところまでやろうとしたって映画じゃ通じないってことあるし。その点女の方が描きやすいね。複雑怪奇ってことがあんまりなくって、本能的に動くしね。らしいなっていうのが絵に出るじゃない。男っていうのはその点判別しにくいよ。〈ひじょうに偉大な人〉とか何とかいったって、そんなンわからへんで。まわりが偉大ダ偉大ダって言ってるだけで、ちっとも偉大が出てこないワ。

田中　西さんは、本数日活で一番撮ってて主軸なわけだよね。ロマンポルノの。

西村　一番最初の『団地妻　昼下りの情事』から五十本ぐらいになるよ。トップ引きがいまだに喘ぎ喘ぎ撮ってるわけだ。

田中　そんなになるの。それは撮りすぎじゃない。そのわりに専属評論家もいないし。玉石混交らしいけど。

西村　これだけ撮ってて名前が出ないというのもたいしたもんでしょう。平均すると二割八分ぐらいをずうっと維持してね。

田中　記録としては年間最多本数じゃない。そろそろ花火を打ち上げてさ。

西村　シンドイシンドイ。シンドイ目するの嫌ですよ。俺はなまけものだから、キューと名が出るとそれを維持するのたいへんだよ。リキがないワ。器として。

田中　五十本撮るというのは力《リキ》があるから撮れるんですよ。みんなシンドイ目しているんだよ。もうそろそろいいんじゃない。

西村　そろそろって？　くたばってもいいんじゃないかって？　何かスウーッと消えたいね。『キネ旬』の扉の写真、もの凄いジジイに写っていただろう。あれは、いっぱい写真を撮ってもらって、凝りに凝って選んだあげくあれだよ。

田中　あれが一番いいんじゃあちょっとひどいね。だけどやっぱりインテリ顔だね、西さんは。京大卒の。だけど、そうやっていつも斜に構えるからよ。三割は打たないとか、リーディングヒッターにならないとか。

西村　非力を自覚しておるからですよ。

田中　僕とやった『狂乱の喘ぎ』や『〝妻たちの午後は〟より　官能の檻』の粘っこさったら相当のもんだよ。

西村　粘りなんかないよ。粘りなら曽根中生の方があるしさ。だけどあの頃は一気呵成にパッパッパッと撮れたね。これだ！っていうんで一刀両断にいけたよ。

田中　ライターは西田一夫さんとか中島丈博さんが多かったわけ。

西村　佐治乾、いどあきお、桂千穂……だいたいパン・フォーカスにいってるよ。白坂依志夫脚本の『肉体の悪魔』なんかもスイスイだったよ。こんどは何か、かきわけかきわけだなあ。

田中　『肉体の悪魔』、スイスイだろうけど、スカスカじゃない。あれじゃあシッペ返しくうんじゃない。オレ眠むったぜ。オールナイトでアルコール入っていたけど。

西村　会社は入った入ったって喜んでいるし、結構でしたって。大丈夫じゃない。やっぱりラクに一丁あがりっといきたいね。

田中　こんどは、ホン屋がシンドイホン書いてくるし。

西村　回りが一所懸命凝りまくるからどうしようもないワ。なまけもののカントクとしては、外的要因がないと何ら自分では開発しないからね。

田中　ポルノの発生というのも、考えてみれば外的要因でね。あの時やみくもにやったらずうっといっちゃったわけだけど。

西村　だから、ポルノやってたらあんた首ですよって外から言われるとかさ、やむなく要因がでてこれば他の手を考えますよ。その時になってね。まあ五十本撮ればふつうならすごいうちと別荘五軒ほど建つね。そこは日活安いからいまだにヒイヒイいってる。まあそれ程会社もうけさせてないいんだろうな。

田中 ロマンポルノもだんだん加速度落ちてきているね。ポルノやり始めの頃っていうのは価値観の転換みたいのを馬力にして走れたんだろうけど、ダアーッと走り出して長距離走り続けるっていうのはたいへんで、やっぱり馬力は落ちるね。

西村 それでも加速度つけてまだ走らなならんでしょ。五十本も同じことやってりゃ不感性になるしね。お客さんもそうだよね。何か方向転換を考えないとね。だけど、こんどのは何か当りそうだな。ムードとして。

田中 当りゃあ悪口はいわないで済むな。

西村 その辺がヤバイな。罪のなすり合いをしなきゃいけなくなったりして。まあ、当るから。入って下さい!!

（一九七七年十二月　渋谷）

三百七十枚と百数十枚

『セーラー服と機関銃』（角川春樹事務所＝キティ・フィルム、1981）

まえせつと言っても、べつに書くことはないのですが、『シナリオ』に掲載されるホンが初稿なので、それを読んで映画をごらんになる人は、たぶんびっくりされるのではないかと、ライターとしては心配なわけです。

具体的に言うと、このホンは凡そ三百七十枚あったと記憶します。決定稿の時には二百五十弱。ざっと百数十枚を削りに削って、それがフィルムになった時、編集ラッシュが三時間あった。許される枠がギリギリ二時間ということで、そこから更に一時間ちょっとカットして、ようやく完成したわけです。

長まわしをやるやるとは聞いていたけれど、アップも切り返しも撮らない文字通りの長まわしで、つまりシーンの途中をツマめないわけで、——三時間の編集ラッシュを見せられた時には、さすがに呆然とした。こりゃもうムチャクチャになるな、可哀そうに、相米も二本目で終りか、とは思わなかったけれど、映画の前途にかなりな不安を覚えたのは、ホンネでしたね。

ライターがそれくらいだから、初稿の印象で映画をごらんになったら、アレレ？　と思われるのじゃないかと心配するわけです。だから『セーラー服と機関銃』という映画は、大ゲサにいうと三百七十枚のシナリオの百数十枚しか使わなかったわけで、すくない枚数ですむものを三百七十枚も書くライターはバカだけど、百数十枚しか使えないほど芝居と現場に手間ヒマかけるカントクもバカだなあ、ととり合えずは自嘲というか、反省してみたりするわけです。

さいごに映画について触れると、ホンのエッセンスが抽出された（ムリヤリですがね）、というか、カントクや役者の思い入れがキツくて（主としてカントクですな、やっぱり）、つらいところもあるけれど、オールナイトなんかで、ちょっぴりアルコールが入って、切なくなったような気分で見るとイイなあ、という感じで、僕は面白かった。――これは主観だから余り信用できないけれど、初稿というもののどこが生き残って、どこがカットされたか、映画と対称されるのも読者の楽しみではないかと勝手に決めて、なんか言い訳けばかりしているようですが、あえて膨大？　な初稿を掲載させて頂くわけです。ご笑覧ください。

『キャバレー』(角川春樹事務所、1986)

セットを見て驚いた。豪華なのだ。メイン舞台のキャバレーなんかコッポラの『コットンクラブ』にひけをとらないし(そう言えば角川監督は『コットンクラブ』をやりたいと言っていたんだっけ)、第二の舞台であるケイズ・バーもゆったり深みのあるこしらえで、こんな店でスコッチ飲んで、心なつかしいジャズに浸ったらフンイキだろうな、という雰囲気なのだ。店の二階が恵という女の居室で、これがまた凄い。僕なんか思わず、「今日からここで暮らすよ」と口走って、美術の今村さんに笑われた。黒が基調になっていて、ステレオセットに大きな冷蔵庫、奥まった所に重厚なベッド(ダブルよりもっと大きいのではないか)、それを銀色のベッドカバーが覆っている。ほとんど荘重といった気配が漂っていて、まったく驚いた。

なぜこんなに驚いてばかりいるかというと、まるで僕のシナリオとは違うからだ。キャバレーはせいぜい横浜の場末のつもりだったし、ケイズ・バーにいたっては、ほとんど新宿二丁目の気分で書いていた。つまり、ライターとカントクのイメージがずいぶんへだたっていた。だから、あたりまえのことだけど、『キャバレー』というシナリオと『キャバレー』という映画は相当にへだたりがある。へだたって、結果よければすべてよろしいわけで、僕はオールラッシュを見てびっくりし、ついで完成試写を見て納得した。これは角川美食映画なのだ。

〝美食〟という意味はちょっと分りづらいかも知れないが、簡単にいうと、シナリオの美味しいうわずみをすっとすくい取ってしまう。うわずみの底にはライターの思い入れとか妄想とか罠なんかが仕掛けてあって、カントクさんにはそこまではまりこんで、いわばシナリオまみれになって貰いたい、といつも願っている。しかし『キャバレー』の監督は厳密におのれの生理に忠実で、乱れることなくシナリオの美味しいうわずみをすくって映像化された。

もう少し言うと、シナリオを自分の生理と感覚の規準で読み変えた。意味を変えるのではない。シナリオの根を切ってしまうのだ。根を切られたシナリオは浮遊する。それをおもむろに己れの感性の領域にとりこんでゆく。僕の経験で言うと、こういう（ライターにとって）残酷な仕事をしたのは『陽炎座』のときの鈴木清順師と、そして『キャバレー』の角川春樹である。清順師の場合は明らかに方法として〝根こぎ〟を採用していたが、角川さんはたぶん無意識だから恐ろしい。恐ろしいというのは双刃の剣のことで、一回だけ使える危険な方法を三作目にして、もうやってしまったのだ。この次も同じように作ったら、観客は監督の生理と感覚だけを見せられることになるだろう、と僕は危惧する。

まあ、こういったことは幾らか年長の脚本家の老婆心で、僕はいつだって一緒に仕事をした監督さんに同じようなセリフを言っている、つまり、シナリオに寄り添わせて、揺れたりかしいだりさせていたいのだ。女々しきライターとしては。しかし角川監督は……あんまり揺れないんじゃないですかね。強い人だから。揺れてるヒマもないというか——。このつぎ、いつかまた仕事するような時には、うわずみの下の泥まで呑んで、ちょっと悪酔いでもして貰いたいものです。

幽霊を濁らせず浄化するのに苦労した　インタビュー

『居酒屋ゆうれい』（サントリー＝テレビ朝日＝東北新社＝キティ・フィルム、１９９４）

――幽霊が出てくる話と居酒屋で毎晩くりひろげられる日常的な光景というのは、かなり質の違うものですよね。それをひとつのドラマにまとめていくのは、たいへん難しい仕事だったと思いますが。

田中　おっしゃるとおりで、原作は、ま、純文学というか、死んだ女房が亭主が再婚すると化けて出てきちゃうという、ワン・アイデアの話なんですよ。だから、そこから話の枝葉を伸ばしていくというのは、すべて脚色の作業になりました。

――不勉強で読んでないんですが、原作は短編小説なんですか。

田中　いいえ、中編ですね。ただ、原作は話がだんだん煮詰っていっちゃうんですよ。夫婦の仲のいいのを幽霊に見せてやろうと思って、いろんなセックスの体位をしてみせるみたいな話になっていくんです。そっちにいくか、それとも普通の話に引き戻してやりなおすか、そのへんの判断は脚本家に任せられましたから、普通の側に引き戻すことにしたのです。結局、引き戻すと人情話になっていったわけですが、そこのところから脚色の作業ははじまりました。幽霊が掛け軸から出てくるというのは落語ネタですね。その掛け軸をお寺に返すのは落語ネタじゃないんですけど、僕の家の寺は円山応挙の幽霊画コレクションで有名な寺で、墓参りに行ったときなどに、そのコレクションが展示されてるのを見たりしてたもので、そういうのは巧まずしてやれました。いい映画というのは、そんな日常のリアリティというのが非常にうまく機能したときに生まれるのかなと、『居酒屋ゆうれい』の自慢をするわけじゃないですけど、思いますね(笑)。昔、『ツィゴイネルワイゼン』を書いたときも、私の家内の叔父が地の果てのようなところで服毒自殺しましてね。引き取りに行ったとき、現地で焼かれて骨になっていたのですが、宿の人に、この人は律気な人であんなに苦しんだのに血も吐かずに死んだ、これはすごく気持ちが残ってるよといわれた。そのお骨を抱いて青森まで戻って、骨壺をあけたら骨が薄赤く染まっていた、というような話を家内の母親からきいて、その話を映画の中で使ったのです。そういうふうな、日常のリアリティみたいなものがどこかで反映されないと、ウェルメイドなエンタテイメントでも映画になりづらいんですね。そんなことをあらためて感じました。

――居酒屋の話というのは原作に出てくるんですか。

田中 居酒屋は原作にあります。それが面白いんでやろうということになったんですから。

――あの、毎晩おなじ金額だけ飲み食いして帰る客とか……。

田中 ああ、あの客は全部作りました。

——あのお客さんたちの描写は面白かったですね。

田中 あれがまわっていくところが本の腕というか、見せどころですよね。それを役者をうまくこなして、映画の中にとりこんでいく作業というのは、難しいだろうなと思いましたけど、監督は非常に健闘してくれました。

——ああいう平凡だけれどもどこか光輝いてみえる庶民の日常というのは、最近の日本映画ではほとんど見かけないですね。

田中 忘れられていますよね。

——だから、とっても懐かしく思いました。

田中 僕も書いてる段階では、こういう映画はいくらでもあるだろうと思っていたのですが、意外とないんですね。それにはちょっと驚きました。あんなのは成瀬巳喜男さんとか、そういう人が撮ればどんなにうまく撮ったかと思いますね。そういう伝統はどこかで途絶えてるんですね。

——幽霊が出てくるので、あの日常の世界がいっそう光るんじゃないですか。

田中 たしかに、とりとめのない日常が光るというのは、影があって光ったんだと思います。その影の部分を幽霊がきちんとこなしてた。だから日常が光って見える、そういう関係だったと思います。それは意図してやったんじゃなくて、結果としてそうなったのです。だから自分でもびっくりしています。居酒屋の日常と幽霊の非日常が、映画の光と影にうまくはまったんだなと、出来あがったものを見てやっと分かったんです。最初から見通すほど私は頭よくないですからね（笑）。

――幽霊をどういうタイプとして描くかというのも、迷われたところじゃないかと思いましたが。

田中　幽霊をどう描くかは、ずっと手詰りになっていたのです。幽霊の欲情というのかな、彼女はずっと亭主が好きですよね。ところが、その亭主が若い新しい女房とセックスしてるのを見ちゃったりする。そうすると幽霊は濁っていくだけなんですよね。どこかで幽霊を幽霊らしく浄化させてやんなきゃいけない。それで、若い女房の山口智子が昔の男から手紙が来て揺れだしたところで、その身体を借りて幽霊が自分の思いを果たすという仕掛けを思いついたんです。これで幽霊は出来るなと思いました。あそこで思い切りやれたら、いつでもあの世に戻っていけると思ったのです。だから、書いてるときはほんとに一寸先は闇で、その闇の帷を一枚ずつはいでいくという作業に数カ月かけたわけですよ。

――山口智子の昔の恋人、豊川悦司というのが、あの映画の世界でただ一人、異質な存在で、なぜ彼が出てこなければならなかったのかなと思っていたのですが、いまのお話をきいて分かった気がします。幽霊を浄化させる存在として必要だったわけですね。

田中　それと山口智子のキャラクターからいって、あのオジさんに惚れるにあたっては、やっぱりああいう過去がいるだろうと思ったんです。じゃないとリアリティがなくなりますからね。そのへんのリアリティをちゃんと作っておいたから、また、ひょいひょいと出てくる居酒屋の客たちも、わざわざリアリティを描き込まなくても、それらしく感じられたんじゃないですか。

――あの三角関係は描くのが難しかったでしょうね。

田中　それはね、自慢するわけじゃないですけど、この年にしてやっと書けたという感じがします（笑）。

――どろどろしていないですよね。

田中　どろどろはさんざんやってきましたからね（笑）。もうどろどろは卒業かといえば、そうではない。ドラマの基本としては必要だと思いますけどね。

――『夏の庭』もどちらかというとどろどろしない爽やかなドラマに仕上がっていましたよね。

田中　『夏の庭』はほんとはもっとどろどろの話になるはずだったのですが、ちょっと加減したかなという気持ちがあります。あの三國（連太郎）さんがやった老人というのは、戦争で人を殺して帰ってきて、女房のところに戻らずにずっと納棺夫をやっていた。変死人を清める仕事、つまりずっと死体をいじってたわけです。それが年老いて死にそうだというんで、子どもたちが群がってくる。そういう残酷な構図があったのです。でもそこにどうしても踏み込めずに、爽やかなレベルでこなしてしまったんですよ。踏み込める状況に、いまの日本映画はあるのかどうか、そういうことを考えずにいられなかったわけです。それにしても、あの映画には子どもたちから見たむさくるしい老人というのは何度も出てきたんだけど、あの死に瀕してる老人から見た子どもというのはないんですね。これはしまったと思いました。あの老人から見た子どもたちはどんなに光輝いて見えただろうと思うと、それを出さなかったのが残念です。その視線があればもっと作品としてもふくらんだはずです。それがないんで見た人はもの足りなさを感じたんじゃないかな。これは勝手に自分で考えたことですけれどもね。『夏の庭』に関してはそういう印象が残っています。

――あの映画の場合は、終わりのほうで淡島千景さんが登場して、映画はぐっと映画らしくなりますね。

田中　あの人物はやっぱり作ったんです、脚色で。でも、あそこで淡島さんが出てくると、ほんとに急に映画らしくなるから不思議ですね。三國さんが映ると安心して見ておれますし。でも、淡島さんが出てきて、やっと映画になったと思うと終わっちゃうというのは情けないですね。

――戦争体験があの映画のカナメになっていますか。

田中　戦争体験というのはもう風化していますよ。いまでは体験そのものよりも、体験した人間がその後どういう人生を歩んだかということにウェイトを置かざるをえないんじゃないですか。

――あの映画は神戸が舞台でしたよね。

田中　だから、あれが元気な神戸が写った最後の作品なんだそうです。あそこに出てきた子どもたちは全員無事だったそうです。

――それはよかったですね。シナリオハンティングなんか必要のない話でしたけど、神戸には行かれたのですか。

田中　行きませんでした。あんまり現場に顔を出さないライターだから、『居酒屋ゆうれい』のセットも映画を見るまで、ああいうセットだというのは知らなかったのです。

――どうもありがとうございます。

対談　渡邊孝好（映画監督、『居酒屋ゆうれい』）

北川れい子（インタビュー・文）

――最高に楽しい映画でした。見ているうちに自分も居酒屋かづさ屋の常連さんになったような気分がして。お二人が脚本、監督のコンビを組むのは今回が初めてですね。

田中　脚本を書き出して後半のころですか、プロデューサーからこれは渡邊で撮ると。僕は渡邊の映画は見たことがなかったので慌てて見て、こいつ、撮れるのかなあって（笑）。

渡邊　僕の方は助監督時代、田中さんの脚本による鈴木清順さんの『ツィゴイネルワイゼン』をやってましたから一方的には知っていたんですが、今回、脚本《ほん》は田中陽造さんだぞ、と聞いたとき、やっぱり構えましたね。

――監督はこれまで若い脚本家とコンビを組むことが多かったですよね。

渡邊　ほとんどそうです。それと前回の作品が『エンジェル　僕の歌は君の歌』で、あれもゴーストだったでしょう。だから『居酒屋ゆうれい』ってタイトルを聞いたとき、またオバケかって（笑）。ところが原作を読んで、もうその頃は陽造さんが脚本を書きはじめていたんですけど、あ、これは僕のいままでの作品とは違うな、と。大人の男女のラブ・ストーリーだし、田中陽造さんという大脚本家と仕事をするというのは凄く興味があるし、新しい挑戦にもなると……。

田中 いやあ、よく撮ったなア、とおもいましたね。予想を超えて良かったですから。見終わって、この感触は何か覚えがあると思ったら『ツィゴイネルワイゼン』なんですね。そういえば渡邊は『ツィゴイネルワイゼン』に付いていたなと。やっぱりそういうところから勉強したのかと。男女の描き方とかね。予想以上にちゃんとステップを踏んできている。そして今回、跳躍したんだなと。最初に不安なことを言って申し訳なかったな、と思って……。

――デビュー当時から渡邊監督の演出力には定評がありましたが、作品が若い人向きということもあって、大人の観客にはものたりないところがありました。

渡邊 かづさ屋のセットがクランクインの三日ぐらい前に出来たんです。一晩、スタッフとここで酒を飲もうということになってね。この映画はそれをやらないとはじまらないんじゃないか、と。で、美術部の人にうまい煮込みを作ってくれと要求したんです。まア、煮込みは発展途上で味はあまり良くなかったんですけど、僕はカウンターの中に入って、壮太郎のポジションで酒を飲んで。これがなかなか気分がいいんですよ。陽造さんの脚本が基本的に壮太郎の目から、つまりカウンターの内側から見たお客さんや女房の話として描かれていますから、ここで酒を飲んだことで、ああ、ようやくこの映画ができるんだなと思って……。

――田中さんはかづさ屋には座らなかったのですか。

田中　現場に顔を出すな、とプロデューサーから言われまして。ライターが行くと現場が暗くなるから、それを避けたかったんじゃないですか（笑）。

渡邊　やっぱり来ると緊張しますよ。なんだ、こんな風に撮って、なんて思われるんじゃないかと（笑）。

――田中さんの脚本は『ツィゴイネルワイゼン』や『陽炎座』にしても、この前の『夏の庭』、そして今回と、怪談風の世界が多いのですが、オバケがお好きというか、信じていらっしゃるのですか。

田中　いや、別に信じてはいないんですけどね。ただ、オバケを見そうになったりはするんです。お風呂に入っていると、まどのところを誰かがスーッと……。

――のぞきオバケ（笑）。

田中　で、慌てて飛びだしたりしてね（笑）。

渡邊　僕はぜんぜん縁がない。但し、凄い恐がり。旅館なんかで酒を飲みながらみんなと、ここはオバケが出そうだ、なんて話をしていて、そのときは盛り上がるんですが、夜、一人になるとトイレにも行けない（笑）。単純な臆病なんです（笑）。

――私もオバケは一切信じていないんですが、『居酒屋ゆうれい』のオバケは、いてもおかしくない、いや、いてほしいと思いました。生きている人を励ましてくれるオバケなんて、とても素敵で魅力があります。

渡邊　これはやっぱり、陽造さんの脚本の力だと思います。壮太郎の、お前、ちゃんと足があるじゃないか、という一言ですね。ああ、足があるんだ、しず子は死んでる人なんだけど、生きている人なんだと……。これが僕の安心剤だったんですね。もし足がないオバケだったら、いわゆる日本の伝統的な、ヒュー、ドロドロ風のイメージになったと思うんですが、この映画は、生きていることが大事、という話ですから、オバケに足があるということでギャグにもなるし、それこそ、地に足が着いたゆうれい映画にしようと。それを最初に自分で肝に命じたことで、この作品のとっかかりができたんです。

田中　とにかくオバケの映画なのに面白くて元気がでるんですよ。先日、みんなとこの映画のことを喋っていたんだけど、こういう映画はむかしは一杯あった、と。僕らはそれをどこかで記憶しているからこういう映画がきちんと撮れる。むかしは添えもののね、プログラム・ピクチャーの映画で、ときどき、とんでもないようないい映画が出てきた。『居酒屋ゆうれい』は、あれだな、と。みんな忘れちゃったんですね。だから渡邊は覚えていたから撮れたけど、若い人は撮れないいんじゃないかな。

渡邊　僕はこういう企画が成立したのが嬉しいですね。いまは流行がどうのと企画自体が追われているでしょう。でも現実はさほど流行などに追われてない。ちょっと足元を見れば冒険でもラブ・ストーリーでも何でもできるのに……。今回の映画で、佐伯幸三監督の『幽霊繁盛記』をテレビの中で使わせてもらったんですが、落語をモチーフにしたものでオバケを実にアッサリと描いてるんですね。むかし、名画座で見て記憶にあったので使いたかったんです。人情があって、威勢よく終わって、元気が出てくる。あれこれ考えず、気持ちよく見せればいいんだと、そう思いましたね。

渡邊 ――オバケを特別視しないで、出るときは出るというのがいいですよね。

今回はやはり脚本が堂々とできているから、安心してその脚本に乗っかればいい、と……。僕は関西系なんですけど陽造さんは江戸っ子なんですよ。ま、原作の舞台が横浜だったので映画も横浜が舞台になってますが、気分としては男も女も江戸っ子なんですね。つまり生きの良さと粋なんです。だからオバケが出てくるといっても恨みで出てくるんじゃない。二度と女房はもらわないという約束を破ったから出てくる。ですからキャラクター的にスッキリしているから演出していても気持ちがいい。

田中 まア、脚本《ほん》が面白いかどうかということよりも、脚本《ほん》にある面白い根を、渡邊が際立たせてくれたんだと思いますよ。渡邊が腕力でエンターテインメントにしたっていうのが凄い。だから自分が書いた脚本《ほん》だけど、面白いですね。これまでは、自分の脚本《ほん》をなま身の役者さんが動いて喋って、ナンダァ、というのがたびたびあるんだけど、今回は良かったですね。僕はこの脚本《ほん》を書くときに、これは落語だと思ったんです。でも落語だけど、俺の中の落語は何かなと……。いまは無くなっちゃいましたけど、以前、人形町の末広でよく落語をきいていたんです。死んだ志ん生とかね。ですからあのころの人情ものの語りの素晴らしさっていうのは記憶に残っていて、そのむかしの記憶がこの脚本《ほん》を書かせたと。ノスタルジックで粋な落語家たちの名人芸が、反映されたと。それが幸せだと思いますね。でもいまの若い人たちはそういう記憶がカケラもないから、こういうウェルメイドなものも、これが最後かと思いますね。そうならないためにも渡邊には、こういう世界をきちんと引き継いでもらいたいですよね。

渡邊 僕は落語の世界はよくわからないのですが、陽造さんのおっしゃることはホント、そう思います。落語は凄く面白い文化だと思うし、接する機会は少ないけれど、目を向ければ知的で人情があって粋な世界だということがわかると思いますよ。

――私、この映画は二三五〇円（！）払っても見たいと思いました。

田中 それは嬉しいですね（笑）。

渡邊 魚春さんがかづさ屋に払う飲み代ね。毎晩三千円じゃキツいでしょう（笑）。

――脚本のしず子さんは室井滋さんのイメージよりずっと痩せているようですが。

渡邊 ポチャッとしているから十キロ痩せろと。ええ、ガンバリますって。でクランクインしたとき少し痩せていて、何キロ痩せたのって聞いたら五キロだって。ところが三・五キロしか痩せなかった。嘘つき（笑）。

――でもあまり痩せるとオバケになる気力もありませんから（笑）。

渡邊 そうです。室井は死にそうにもない（笑）。

田中 彼女はうまいと思いましたね。

――萩原健一もとても良かったですね。

渡邊　萩原さんはとても男気にこだわる人で、その距離感を出してましたよね。

――トルコの行進曲風の音楽も効果的。

渡邊　生きていることの強さみたいのを出したいと思って。応援歌、励ましですね。フラッと見て下さって、いい気分で元気になる。それが一番大事ですから。

――私の今年最高の映画です。お二人でまたぜひコンビを組んで下さい。

居酒屋の危うさを

『新　居酒屋ゆうれい』

（東宝＝テレビ朝日＝東北新社＝ケイファクトリー、1996）

一作目が出来上がった時から、豊川悦司のやった杉町というヤクザがずっと気になっていた。カッコもいいが、姿にドラマを孕んでいる。殺してしまったのは勿体ないな、という気がしていた。幽霊に抱かれてショック死するのだが、そこで死なずに、記憶を失ってかづさ屋に現れたら、どうなるんだろうか、とぼんやり考えていた。里子はどんな反応をするのだろう。落ちぶれて記憶のない昔の男に気持ちが動くだろう。それを見て壮太郎は、なにを考えるのだろう。ウーン、難しいなと諦めていたら、プロデューサーから2いくぞ、と声がかかった。

それから、ずいぶん時間がかかった。ホンもそうだが、配給会社なんかの問題で、長いこと浮いたり沈んだりしていた。テレビのオンエアでまぐれのような視聴率をとって、ようやく現実化した。

その時、まさかキャストが全員消えてしまうとは思いもよらなかった。主役の一人が出ない。だったら、全員とりかえてしまえ、という大胆というか、ヤケというか、まー、いかにもプロデューサーらしい判断だった。

しかし、前作とのつながりはどうなるのか。しわよせはすべてホンにくる。ホンは難航した。壮太郎と里子が過去のしがらみに揺れて、さまよう。その姿がおぼろげで、自分にも見えない。どこまでさまよって、危ないことをして、どうやってかづさ屋に戻ってくるのか。それがドラマだとは思うのだが、どうもはっきりしない。ハコ書きを作らないので、迷いはじめるとどこまでも迷う。おまけに、しず子とそっくりなユキエという存在。これがまた、幽霊のようにあてどない。

河豚を捌く女という設定は書きはじめて半分くらいのところで思いついた。九州の大分では今でも河豚の肝を食する。時には死人が出るという。その毒を商う調理人と決めた時、これは出来るかも知れないと、希望のようなものが沸いた。壮太郎がその毒に触れたら、映画になるかも知れないと思った。

最後に幽霊のへそくりが出てくるが、唯一の遊びのシーンで、それを考えているときだけ、楽しかった。さんざん暗いことやっといて、さいごになんとか落語にしようとあがくなんぞは、どーも滑稽というか、ホンヤのかなしいサガというか――。

以下、蛇足。

かづさ屋は楽しい居酒屋だが、酒を飲むという行為につきまとう危うさがない。いや、幽霊が出てきたりして、十分に危ういのだが、それは前作でやってしまった。危険な女にめぐりあったり、世にもおそろしい噂を耳にしたりする空間としての酒場。どうも、私はそっちのほうをやりたかったらしい。その思いが、青柳になった。そこまでやる必要があったのかどうか、今、首をひねっているのだが――。

地獄までの百マイル

『天国までの百マイル』

（日活＝チームオクヤマ＝テレビ朝日＝読売広告社、２０００）

ある晩、プロデューサーのT氏から突然電話があって、たった今、映画化権をとった原作を読んでくれないか、という話だった。届けられたのが、『天国までの百マイル』、だった。

人生の梯子を踏み外して、奈落に転落した男が、母親の命をすくう道程を通して、再生して行く。これは、何というか、ヒューマンドラマってやつではないか。今まで、なんとなく、避けて遠ざかってきた素材ではないか。

T氏は何を考えて、不向きのライターに話を持ち込んだのか。しかし、私は不覚にも、原作を読み進むにつれ、涙ぐんだ。浅田次郎氏の力業にずるずると襟首をつかまれて、泣け、と強要されて、つい泣いた、という感じだった。で、書いた。

そこまでは、まー、普通の仕事だった。違ったのは、それからである。わけの分からない直しが次々に来る。寝たきりの母親を立って、元気に動かしてくれ、という。寝たきりだから、男は会社から借りたワゴンに母親を乗せて、千葉の病院まで運ぶのではないか、と訊くと、女優が寝たきりは嫌だと言っている、という。

遂に、女優の面接を受けるはめに陥った。フランスに在住するその大女優は、四谷のうらぶれたホテルのティールームの窓際にひっそりと腰を下ろしていた。むろん、女優がうらぶれていたのではない。最初は帝国ホテルに打ち合わせ用の一室をとる筈だったのだ。それが四谷の暗いホテル。私は現実に気づかないわけには行かなかった。当初の、大きな規模の企画案は、すでに消えつつあった。

大女優は、美しい目で私をきっと見据えて、田中さん、このホン、本当に私にあてて書いて下さったんですか、と言った。私は、絶句した。自慢ではないが、未だかつて役者にあてて脚本を書いたことがない。そうか、俺はこの人にあててホンを書いたことになってるのか、とやっと了解した。それから二時間、私は大女優に難詰された。

その頃から、すべてがガラガラと崩れ落ちて行く感覚にとらわれるようになった。また、流れるな、という嫌な予感である。

監督が、降りた、という話もこの頃聞いたのではなかったか。次の監督の名前が浮かび、私の記憶ではたしか三人目の監督で落ちついた。その監督は、劇映画はあまり経験がないらしく、私の前でひどく緊張しているのが伝わってきて、なにか痛ましかった。

とにかく、その監督のもとでクランクインしたと聞いて、奥山氏の二枚腰というか、腕力の強さを感じた。同時に奇跡のようだなとも思ったが、クランクアップ後、奥山氏から電話があって、じつはその監督はクランクイン四日目で降板してしまったのだと言う。私は、言葉を失った。チーフの助監督氏が跡を引き継いだという。凄い綱渡りですね、と言うと、奥山氏は一瞬笑って、もう日本映画なんか作るの嫌になりました、と言った。

映画の魔法

『透光の樹』（「透光の樹」製作委員会＝東洋コンツェルン、２００４）

さて、コメントを書け、と求められたが、格別に書き記すようなことのないことにわれながら困惑する。

この映画がいつの日か完成するであろうなどとは、じつは脚本家の私は期待していなかった。『透光の樹』という映画は脚本完成後、五年ばかり流れつづけた映画であった。五年の間、ただ眠っていたわけではない。毎年新しく仕切り直しをして、さあ行くぞ、という時に必ずなんらかの災厄が降りかかって、流れるのである。こりゃ駄目だ、と私は内心思っていた。どうしても映画にならないホンというものはある。（皮肉にも、そういうホンのほうが出来がよかったりするものなのだが）。そういう、なんというかツキのないホンをまた一本書いてしまったのだな、と私は諦めた。

ところが監督は諦めていなかったのである。このあまりにも長い歳月のあいだ、私は監督と必ず年に二回は酒を飲んだような記憶がある。春に一回。クランクインするにつれて、ちょっとここを直してくれないか、という注文が出る。その打ち合わせをかねて酒を飲む。そして映画は流れ、冬、年の暮れ、ふたりは、その映画を追悼するように酒を飲む。それを五回は繰り返したから、およそ五年は過ぎただろうと私は思うのである。去年は、なんとかなるのかね、と訊くと、監督は、さあ、と苦笑を浮かべて、淡々と飲んでいる。根岸は淡白だからなあ、という誰かの声が耳に甦る。その時、私はこのホンのことは記憶の外に放擲しようと決めた。が、じつは淡白だったのは脚本家のほうだったのである。私の知らない所で監督は立派にねばっていたのである。ねばって、ついに映画を完成させた。試写会で自分が書いた場面が映像になって写し出された時、私はそのことだけでなんだか感動してしまった。待たされた時間のあまりの長さに、そのあいだに私は妙な魔法にでもかかってしまったようなのである。なんというか、映画の出来とか不出来より、緑濃い樹々や古い日本家屋が写り、男と女が声を発して語り合う。それだけのことに、つまり物の姿が写って動くことだけで驚く、映画の原初的な魅力に私はことあらためて虜われてしまったらしい。見終わって、思わず私は根岸復活と口に出してしまったが、変な魔法にかかっている脚本家の言うことだから、あまりあてにならないかも知れない。

満開の桜の下

『ヴィヨンの妻　桜桃とタンポポ』

（フジテレビジョン＝パパドゥ＝新潮社＝日本映画衛星放送、２００９）

この脚本は、たしか五、六年前に書いて、そのまま映画にはいたらなかった。つまり、流れた、と思っていたが、突然また、映画化の話が持ち上がり、バタバタと物事が（順調にではないが）とにかくクランクインに向かって動き出した。

監督の根岸とは、最初上野公園下の喫茶店で会った。ホンを手渡しながら「時間がない。一時間でこのホン読んで、やるかやらないか返事をくれ」というようなことを言った。

その場で読みはじめた監督の顔を間近に眺めているのも味気ないので、私はぶらぶら花見に行った。時は四月、上野の山は満開の桜だった。古い巨樹が多いので、丈高く、花びらが遥か頭上から降って来る。花びらの一枚一枚がなんだかみえを切って落ちてくるようで、私は一瞬、監督がテラスでホンを読んでいることを忘れた。

この脚本で一番苦しんだのは、ラストシーンでした。他の女と心中をし損なった亭主に、ヒロイン（佐知）が喘ぐように言う「私たち、生きていたっていいじゃないですか」の一言。

文学ならそれでいいのだろうが、映画では生身の女優さんが動いて、呼吸して、セリフを言う。そこに違和感が生じないだろうか。

その疑問ゆえに、このホンは原作から離れて、いろんな事を作り直さなければならなくなった。

もし映画の出来が悪かったら、脚本家にも責任の一端がある、ということになるでしょう。

『最後の忠臣蔵』

（「最後の忠臣蔵」製作委員会、２０１０）

可音や孫左衛門の想いを人形浄瑠璃に託しながら、これが恋の物語であることを伝えようと思ったんです。

最初は原作のように、てっきり寺坂吉右衛門の話をやるものだと思っていました。主役は瀬尾孫左衛門といわれて原作を読み返すと、孫左衛門は最後の方に出てくる。

しかも吉右衛門の見た目で語られていますから、ミステリアスな存在なんです。脚本はそのミステリーを、具体的に生活として表現しなければならない。そこに苦労がありました。

たとえば人里離れた住まいで可音の髪は、毎日誰が結っているのか。もし彼女が自分で結っているにしても、それを孫左衛門が仕込んだとは思えない。だとすると彼らと同じように人里離れた場所で少し裕福に暮らしている、可音の母親代わりのような女性が必要になる。それでゆうというキャラクターを作ったんです。また、ゆうが二人を客観的に見つめる視点を持つことで、孫左衛門と可音との関係が安定するように思いました。

可音と茶屋修一郎の出会いをどこにしようかと悩んでいた時、ふと『曽根崎心中』に行き当たりました。文献を調べるとちょうどこの年、人形浄瑠璃の『曽根崎心中』が大ヒットしていた。そこで二人の出会いを人形浄瑠璃の芝居小屋にしたんです。

また『曽根崎心中』の内容が可音や孫左衛門の想い、さらには死んでいく者の想いを少しずつ明かしていくという構成をとってみました。その方がお客さんに対して、これが恋の話であることを伝えやすいと思ったんです。

原作の孫左衛門は可音に対して邪な想いを抱いて苦悩する。しかしそれはやめようと思いました。なんだか現代劇になってしまう。

武士というのは命と引き換えに召し抱えられています。だから藩主や自分の主人を、神に近い存在と捉えている。

孫左衛門にとっては主人の大石内蔵助が自分の神であり、言ってみれば可音は神の子どもですからね。愛情はあっても邪な想いはない。可音の方がひたすら孫左衛門に恋とも知らずに恋をする。そういう少女の一途さがチャーミングだと思ったんです。対する孫左衛門は、可音が修一郎との縁談を頑なに拒むので、女心がわからない、とゆうに尋ねる。

杉田成道監督はそうした二人の暮らしのディテールと心の動き、微妙な距離感をちゃんと掬い取って描いてくれました。（談）

作家の世界

インタビュアー　山根貞男

「ロマンポルノをやっていたから摑めた方法」

――田中さんは一九三九年、東京生まれですね。僕と同年なんです。すると七二年に〃田中陽造〃としての処女作（六七年に『殺しの烙印』に〃具流八郎〃の一人として参加）があって、映画のシナリオを精力的に書いてきたのはほぼ三十代ということになりますが、それ以前というのは、最初に日劇ミュージックホールに入られて、それからラジオの方へいかれ、そして週刊誌のライターだった。僕が田中さんの名前を覚えたのは、『週刊サンケイ』の〃異能人間〃という連載を読んでいたときで、あれはものすごく面白かったですね。

田中　あれをやったのはちょうど三十くらいの時ですね。大学を出てミュージックホールの演出部に入ったんですが、踊り子に可愛がられましてね。演出の新米というのはすごく働かなければならないんです。興行替えの時などは徹夜で動き回って、大道具なんかを運ぶんです、大道具の苦労を知れということで。それは修行なんです。荷物がいっぱいの時は一階から七階まで階段を上がったりしました。すると踊り子が、いいよあんた、楽屋にいなさいと言うわけです。そんなことしたら絶対駄目なんですね。それはもうやる気のない演出助手であるということで、烙印を押されてしまったんです。踊り子の部屋に入りびたって花札なんかやっているというんでね。結局いづらくなって、一年くらいだったんですが、やめてしまったんです。

——映画のシナリオには、最初はどういう形で関わったわけですか。

田中 演出をやめてから、ラジオのディレクターをやってる友だちから、ブラブラしているなら台本を書いてみろと言われて、書いていたんです。ドラマもあるし、番組の構成もありました。すると、大和屋（竺）さんが、早稲田で僕より一つ上で、そのつき合いで曽根（中生）さんとかは知っていたんですが、当時、彼は日活の助監督になっていて、それでちょっとこないかと言われたわけです。もともと僕も学生の頃は映画をやりましたから、映画をやりたいという意志はありました。それで引っぱっていかれたのが、鈴木（清順）さんのところでした。

——その頃、鈴木さんは日活の終りの頃ですね。

田中 『東京流れ者』とかを撮っていた頃です。

——『ツィゴイネルワイゼン』までで、実際に鈴木さんのシナリオに田中さんが関わられたのは『殺しの烙印』だけですか。

田中 そうです。それ以後、何本書いても映画にならないわけですから。

――鈴木さんとのつきあいは、映画化されてないけれどもずっとつづいていたんですね。

田中 そうです。一緒に碁を打ったりもしてね……。

――発表されて、僕らが読んでるもので言えば、例の魯迅の『鋳剣』（一九七〇年）は誰の名前になっているんですか。

田中 あれは具流八郎か、それぞれの名前です。……僕はあのへんでシナリオってのがわかってきた感じがします。

――田中さんの映画をずっと観てきて思うのは、ロマンポルノが一番中心にありつつ、一方で『新・仁義なき戦い　組長の首』（共作）や『俺達に墓はない』といった東映でのアクションものと、今度の『ツィゴイネルワイゼン』の場合のように、どっちのジャンルに入らないものなどがあって、実に多才なシナリオライターなんだなあということなんですが、そのへんは書くのに大変な苦労がありますか。

田中 アクションものは、アクションの中に孕まなければいけないものがあるので、一番難しいと思います。

『ツィゴイネルワイゼン』というのは、普段話を聞いたり、いろいろと本を読んだりしながら自然に自分の中に溜まっていくものを出していけばいいわけで、ああいうのが一番無理しないで書けます。

――ロマンポルノの場合だと、主役が決まっていたり、セックスシーンをしょっちゅう入れなければばいけないとか、そういう制約での苦労があるんじゃないですか。

田中　『ツィゴイネルワイゼン』にしろ、今やっている『陽炎座』にしろ、僕はロマンポルノだと思っているんですね。ああいうシナリオの方法というのは、ロマンポルノを書いて書いて、ロマンポルノを突抜けるというと僭越ですが、ロマンポルノをやっていたから摑めた方法だというように思うんです。

——田中さんの作品にはよく骨と肉が出てきますね。『ひと夏の秘密』は骨があちこちに埋まっているという話でしたし、『青い獣　ひそかな愉しみ』では、肉屋の息子が肉とセックスをしたり、小鳥の肉を食う話が出てきたり、それに『ツィゴイネルワイゼン』にも骨が作品全体のイメージの核心として出てくる。

田中　『ツィゴイネルワイゼン』に関しては逆で、鈴木さんが骨って言い出したんです。それであれあれッと思いましてね、一応やったわけなんです。焼場で骨を焼いたら赤くなったというのは、実話なんですよ。

——本当ですか。赤くなりますかねえ。

田中　僕の女房のおじさんというのが、実は自殺してるんですよ、青森で。それでやっぱり青森の津軽半島の先っ端の海辺の旅館に行って、二、三日ゴロゴロしていたんですね。二十四くらいで、市電の車掌をやっていたんですけどね。そういう海辺の旅館でゴロゴロしているとだいたいわかるらしいんですよね、自殺じゃないかと。それで宿屋でも薬を捜したらしいんです。そしたらとんでもない所に隠していてわからなかったんですよ。で、とうとう毒薬を飲んじゃった。その時えらく苦しんだらしいんですが、とうとう血を吐かなかったらしいんです。女房のおふくろというのが、その自殺した男の姉さんで、あわててすっ飛んで行ったら、旅館でね、この人は血を吐かなかった、全然部屋を汚さないでこんな毒薬飲んでよく血を吐かなかったと言ってびっくりしていたらしいんです。

で、故郷《くに》が十和田の山ン中なんですよ。とても死体を運べないんで、その近くの焼場で焼いて、焼きあがった時は普通の骨なんですよ。普通の白い骨。それを壺に納めて十和田へ持っていって、これがあんちゃんの骨よと言っておふくろに見せた。そしたら桜の花みたいに赤くなっていた……。これは実際に女房のおふくろから聞いたんです。

——すごい話ですね……。そしてそれを実際に映画に使われたわけですね。

田中 そうです。

——そういうのを使うってのは、鈴木さんのヒントがあるにしても、やはり田中さんの中に骨とか肉とかへの執着があるからだと思うんです。田中さんの描く性について言えば、セックスすなわち肉のドロドロした感じと普通は考えるんですけど、何か骨的なものがいつも入っているという気がするんです。

田中 あまり好きじゃないんですよ。観念的なんですよ、やってても。

——観念的とは違うんじゃないですか。乾いているんですよ。ものみたいなんです。

田中　夢中でやっているわけなんですけど、自分ではよくわからないんですよ。でもみんなそれぞれ根拠はあるんです。

『ひと夏の秘密』で、牛の骨が埋まっているというのは、やっぱり実際に見ているんですよ。広島の屠殺場に行って、ひょっと裏に出たんですよ。わりと広い、運動場くらいの所に骨がワァッと積んであったんです。お日様で乾かしてまた何かに使うらしいんですよ、肥料か何かにね。

――そういう現実のいろんな体験なり、人の話なりは当然入ってくると思うんですが、その時、なぜそれを選んで面白がっていくのかということのなかに、田中さん固有の何かがあると思うんです。

もう一つ、それとどこか関係があると思うんですが、『おんなの細道　濡れた海峡』でオシッコとかウンコとか、あるいは物を食うこと、飲むことが、いつもセックスと一緒にあるんですね。セックスをした後でうどんを食べたり、その前に飲み屋で主人公が酒を飲んでいると、奥の方でガラッと障子を開けてセックスの最中らしい男がこれ食えやと言って魚の干物を差し出す。その男の女と主人公が翌日寝ちゃうことになるのだって、主人公が雪の外でウンコをすると、女もツレションするというのがきっかけですよね。以前の作品でいえば『大奥浮世風呂』でも、便所の中に隠れているという話になっていました。

田中　やはりそれは、ポルノだからじゃないですか。あれやっている時はわりと動物に戻るでしょ。

だからそういう世界を拡げたものが、一応ポルノ映画の基本だと思うし、そういうことでやってたんじゃないですか、最初は。

――例えば鈴木則文監督のそれはスカトロジーふうなんですが、田中さんの場合はそうではなくて、乾いている感じがするんです。

田中 でも、生理的なものじゃないかと思うんですが……。自分じゃよくわからないですね。

「自分がないんじゃないですか」

――一人の主人公の心の変化とか情念の揺れ具合とか、そういうものをずっと追っかけていくことに興味はありますか。

田中 それは一応あります。

――あまりないんじゃないかなというのが僕の印象なんです。その場、その場というふうな形でドラマを組立ててゆくというふうに。

田中 それは下手糞なライターだということではないですか。

――いえ、そうではなくて、そのことと関係があると思うんですが、『ツィゴイネルワイゼン』も『濡れた海峡』も、一人の人間を書き込んでゆく形になってなくて、主人公が何人もいるという気がするんですよ。

田中　それは、わりとそうかもしれないですね。

――考えてみるといつもそうなんです。ロマンポルノの場合は、主演女優が一応中心人物になっていますが、例えば『㊙極楽紅弁天』で長屋の連中が大勢出てくるように、いつも多人数が出てくるドラマになってますね。

田中　最初話を作る時は一応主人公をおいて作るんです。でもやってる時にひょいと登場人物が出てきたりするでしょ。するとこいつはどういう人間なのかなと考え出したりするわけですよ。ひょっとすると妹がいるのか、女がいるのかというように拡がると、その女とこいつがバッタリ会ったらどうなっちゃうのかなとね。どうかなっちゃった揚句に、じゃあ最初に会った男同士の結着はどうつくのかな、とそっちに話がいって、そっちでまた話ができちゃう。それを、あまり特殊なことだとは思わないんですが。

――『ツィゴイネルワイゼン』にしろ『濡れた海峡』にしろ、確かに中心人物がいるにしても、あまりにも複数の人間が、同じ重さで並んで出てくるんですよ。といって、群衆ドラマじゃない。『嗚呼!!花の応援団』にしても、あんな異色な題材ができるというのも、もともとそういうドラマ作りがあるからではないですか。

田中　結局それは自分がないんじゃないですか。

――というより、自分を分散させてしまうんじゃないですかね。一応ヒロインなりヒーローなりをおいておくが、必ず脇道にそれるわけでしょ。

田中 それがなければ楽しみが何もないですしね。

——普通は一人の女、一人の男を設定したなら、それを描きあげていくというのがありきたりのドラマ作りだと思いますが。

田中 自分ではそれをやっているつもりですが……。それを指摘されると、えっ、という感じがします。

——それと同じことですが、田中さんの作品というのは、観てない人にどんなストーリーかと話す時に困ってしまうんです。

田中 僕も困るんですよ（笑）。

——エピソードの連鎖方式のようになっているんです。多人数、多エピソードと言うんでしょうか……。

田中 だから、現実でもあんまり主役意識というのはないんですよね、自分に。本当に何にもない人間だし、ライターとしてもあまり上等ではないというコンプレックスがあるしね。だから、全篇を貫けるという主人公が作れない。

それと、脚本《ほん》というのは一つの世界を作りさえすればそれでいいんじゃないかという思いがあるんです。要するにブリューゲルならブリューゲルみたいな、いっぱいいろんな人がいて、あれを二百何十枚のドラマの中で全部出せば、それは一つの街であるし、一つの人間世界を切りとったことであるし、それが自分なりにできたと思ったら、それでその脚本《ほん》はいいんじゃないかというのがあります。それを監督に渡して、もうこの先はあなたですよ、というのがわりとあるんです。それを鈴木さんみたいにいろんな色をつけて料理なさるのも結構だし、武田一成さんみたいに誠実にやられるのもそれはそれでいいんですよという。それはね、職分としてそうなってるんじゃないですか。

——ブリューゲルのような見取図的なもの、こういうものがここにもあるし、ここにもあるというのをとにかく差し出すというわけですね。

田中 ここでも生きてるんじゃないか、ここでこんな変なとんでもない時ひょっとしてこいつは糞してるんじゃないかとか、こっちでは貴族がお伴つれて歩いていたりとか、そういう世界を作らないと、気がおさまらないんでしょ。

——そうすると、主人公の男なり女なりがいて、その生き方がどうこうというのはあまりやる気はないんですか。

田中 そういうのはあまりやったことはないんですが、年代記ものはやりたくないですね。中年になって、老年になってというのは嫌ですね。

——田中さんの作品は、必ず単線思考ではなくて、線が何本も何本もあるというようになっていると思います。そしてその線がいくつもありすぎて、もつれるわけですが、そのへんが面白い。例えば『地獄』では、母親と娘という因縁話が、糸がもつれた揚句、また元に戻っていくような構造になっていて、そのあたりが実に面白いんですね。

田中　無責任に戻しちゃったりしてね（笑）。

「東京大空襲のことがすごく甦るんですよ」

――田中陽造の世界といった場合、普通は作家の個性、人格か何かありますね。作品を生み出す何かが。

田中　そういうのは、全然ないんです。全然自信ないんです。

――だとしたら逆に、自分ではそうではないから、こうありたいという人間を描くことはありますか。

田中　そうでもないですね。（『ツィゴイネルワイゼン』の）中砂さんとか青地さんなんてのは、やっぱりなじめないですよ。『濡れた海峡』のボクとかは、なじめますけどね。でもわりと格好つけているみたいですね、書いた人間を。中砂にしろ青地にしろ、本当はあのへん恥じて書いているんですよ。

――田中陽造という人は、一種の韜晦というか、正体を分散させていく。

田中　分散というより、それは当然のことなんですが、自分のことなんてわかりっこないし、それに本当に自分がないし……。

——その場合だと普通には、求心的になっていくでしょ、自己探究的に。ところが田中さんの場合は、一人の主人公がいたら、そこに自分を託して、何か掘り下げていかずに、必ずそこから枝をつけて、またそっちに興味を抱き、またそれが別の枝へといつも離れていく方で、無限に自分がゼロに、何かあっても必ずそれをゼロにしていくような感じなんです。やはり異色の作家だと思うんですよ。『濡れた海峡』のボクというのは珍しいケースでね。でもあいつは何にもしないですね。

田中 僕も何にもしないんですよ（笑）。

——あいつは女との関係がいつも行きずりで、玉突きみたいにポンポン当たっていくだけですけど、ご自身もそんな感じなんですか。

田中 そうですよ。しかし、それはわりとみんな壊れろというのがちょっとあるんです。

——だから確とした人格とか、世界でもいいですが、そういうものをいつも解体していく。そのへんで鈴木清順さんと一致する。

田中 あの方は精神の強い人ですよ。

——でもあの人はそれがあるから解体していこうとしている気がします。

田中 あの人は強いから、解体するんですよ。僕は弱いから、自然にそうなっちゃうわけなんです。

話がとびますけど、東京大空襲のことが近頃すごく甦るんですよ。

——あの時いらしたんですか。

田中　日本橋ですから、東京大空襲の時にいたんです、あの真ン中に。家はもちろん燃えました。それで防空壕に入っていたんです。みんな念仏唱えてるんですよ。ワァーときてドカンと降ちるんです。それでわかるのですね、子ども心に。ドカンがここへきたらおしまいだ、死ぬんだなあと。

それで防空壕にいられなくなったのか、出たんですよ。そしたらまだ夜明け前でね、夜明け前なのに真赤なんですよ、世界がね。並木が燃えてるんですよ。並木が燃えてて、空が真赤でね。隅田川の橋がみんな落ちちゃって、他へ逃げられなくてね、流言飛語が飛び交って……。家は跡形もなくなくなってしまいました。

――ご家族は。

田中　家にいたのはおふくろと二人でした。

――お母さんも大丈夫でしたか。

田中　ええ、おふくろに手をひかれて逃げたんですけど……、隅田川へ行くと川の上で舟が燃えてるんですね。水の上でものが燃えるというのは変じゃないかと思ったりしてね。

何かそういうものを、今頃になってよく思い出したりするんです。やはり年をとってきたのかなと思ったりしてます。

――みんな壊れろというのは、そのへんから来てるのでしょうかね。それに関連して、人物がふらふら流れてゆくイメージが田中さんの作品には多いです。『ツィゴイネルワイゼン』の中砂がそうですし、『濡れた海峡』のボクもそうなんですが、ただ流浪していて結局は何をやっているのか、職業もわからない感じですね。『女教師　汚れた放課後』でも家族が解体し、流浪している。流浪のイメージが、一番身に合うみたいな感じですか。

田中　そういう人間がまた一番人間の本性を出していますしね。だって職業をもって、サラリーマンだったらサラリーマンという衣裳を着ちゃっているから、それが剝がせるまで手間ひまがたいへんでしょ。それがなければわりと剝き出しですから。

——それと、流れるといった時にわりあい北が多いでしょ。

田中　それはやっぱり歌謡曲路線ですよ（笑）。

——先程、ご親類が十和田にあったということなんでそのあたりではないかと。

田中　そのへんはどうかわかりませんが、やっぱりさいはてというと、「津軽海峡冬景色」じゃないですか。

——田中さんは体重が三十何キロという伝説がありますね。

田中　四十歳になって四十キロになったんです。今またやせて三十キロ代に戻ってるんじゃないかな。

——そういう肉体的な軽み細みの感じだから、ギラギラとした脂ぎった方へは行かないのですかね。

田中　そういうのを書いたら下痢しますしね。ギラギラしたもの書けないですよ。

——肉体的にひ弱な人が、肉体的に強い奴を描くということはわかるんです。それだと簡単に説明ができるわけですけど。……わりと素直なわけですね。

田中　素直です。素直で、逆らわないんです。

――自分の生理にですか。

田中　ええ、本当に何にもないんですよ。

――しかし、何と田中陽造という人は、面白い話やら何やら考えつく人だというように思いますよ。

田中　それはね、一所懸命やってるんですよ、それだけは。

――読書量はたいへん多いですか。

田中　そんなことはないんじゃないですか。

――他の映画はご覧になりますか。

田中　なるべく観ようと思ってます。滅入ったりすると、自分の映画を観にいきますよ。『女教師汚れた放課後』なんか試写で観てあんまりたいしたことないなと思って、すごくおちこんだんです。それからまた劇場に観にいったら、感動しました（笑）。

――映画の印象というのはいろんなことで左右されますから。

田中　いや……、どこかで自分を愛しているんじゃないですか（笑）。

――では、何もないんじゃなくて、愛する自分はあるんじゃないですか（笑）。

田中　それはやっぱり自己愛ぐらいはあるでしょう。それがなかったら、やってられないですよね（笑）。

「うだうだしているのが値打ちかな」

――自作のうち一番好きな作品というと何でしょうか。

田中 それは、近いほど好きです、残ってますから。だから今だと『女教師　汚れた放課後』ですね。

――自分の作品で一番よくできたと思うものは。

田中 『〃妻たちの午後は〃より　官能の檻』です。あれは中山あい子さんの原作という形なんですが、申し訳ないんですけど、あまり使わなかったです。で、これは当時としては自由にやれて、あっ、これが俺の映画かなという感じがあったわけです。

映画でどうなったかは知りませんが、順子がアパートのトイレに入ってオシッコして、立ち上がってヒュッと窓から外を見ると、男が遊園地でブランコに乗っているんですよ。その男というのが女房に逃げられて、逃げた女房というのがそのアパートに暮らしていて、未練があって、会いたいんだが会えなくて、通ってきてブランコに乗っているという男でね。それとは全く関係のない順子が男とヒュッと目が合って、結局、最後にその男と寝ちゃうんですけど……。

あの作品で、ちょっと見えたかなという感じがしたんですよ。

――見えたというのは何でしょうか。

田中 自分の性的世界がチラッと見えたような感触があったんです。それで印象に残ってます。……好きだというと、いろいろとありますよ。『ひそかな愉しみ』なんてのは苦労してやったわりには、どうということないし。

『陽炎座』やってるんで、金沢が出てくるから、『玉割り人ゆき』を読み返したら、何てうまいんだろうとね（笑）。だって今よりずっとうまいんですよ。テンポいいし、バンバンバンっていってね。まいっちゃうんですよ。三十代が盛りじゃないんですか。もう四十代で駄目なんですよ。

――作家の生命が十年ということはないわけで、十年くらいでやっと、先程の、見えた、というやつがあるんじゃないですか。

田中 あと十年くらいはもちますかね。

――もたしてくれないと困りますよ。

先程のいっぱい人間が出てくる、いっぱいエピソードが出てくるということで、これはちょっと具体的な話になるんですが、シナリオを書く時に、田中さんはいわゆるハコ作りというのは綿密にする方ですか。

田中 いえ、ものすごく粗雑です。

――構成という点に一番心を配っておられるように思うんですが。

田中 いえ、全然……。ペラ一枚くらいに書くんです。会う、とかね。

――全体がペラ一枚に書けるくらいになっているんですか。

田中 ええ。ペラ一枚と言っても全体なんか書かないですよ、一行ずつ、それぐらいですよ。

――よくカードをこしらえて、カルタ取りみたいに並べるとかは。

田中　あれは信じられないです。だから僕もやらなければいけないと思って、コンプレックスを持ったりしましたけど、結局やらなくてもいいみたいですね。

――書く時は頭から全部書くのですか。

田中　ええ、頭から。シーンを飛ばしては書かないです。

――では今現在、『陽炎座』の脚本がなかなか進まなくておちこんでいるという時は、何もできてないわけですか。

田中　いいえ、先におぼろげにあるけど、それはアテにならない。要するに今、人と人が会ったりしますね。するとこの二人は全然話ができないとか。そうすると全然、間違っているんではないかとね。

　できなくておちこんでいることもありますし、関係なくおちこんでいることもあります。

――躁ウツの気配はかなりきついんですか。

田中　軽度のウツは非常に多いですね。躁の方は一瞬で、ひとりで部屋の中を跳びはねたりしてますね。

　要するに、あんまり自分の中にないから、ドボドボおちこんでるんじゃないですか、空っぽだから。みんなおちこんだ時に、よくそれが外に出ないものですね……。

――ものを作る人は、みんな同じじゃないですか。だから、誰でもそうなんだと思うのが普通ではないですか。

田中　だから世間に目配りが効かないんですよ。人がわからないんです、人間がね。

――誰にでもおちこむ時はありますが、その時、他の誰だってそうなんだよというふうに思ったりするものでしょ。

田中　頭のいい人はそういうふうにするかもしれませんが……。

――頭がいいんじゃなくて、そう思うことで逃れようとするんだから、ずるいんですよ。それからいえば、田中さんはずるくないんじゃないかと思います。自分が空っぽだ空っぽだと言いながら、空っぽである自分にとことんつきあってらっしゃるという感じですね。

田中　それはもう、今さら逃げようはないですから。

――それでも、はぐらかし方がありますからね。四十を過ぎた男なんですから。

田中　成長が停止してるんじゃないですか。

――それで先程の空襲が甦ってくるというわけでしょうか。

田中　突然ね……。

寝る時に、不眠症だから薬飲んで寝たりするんですが、それでも起きちゃうんですよ。しょうがないからビールを飲んだりして、また寝るんですよ。だから延々、十数時間ゴロゴロしたりしてるんです、毎日。そういう時に、やっぱり思いますね。ああいうことにあってなければ俺はもっとすこやかに生きていけたんじゃないか、とね。俺がすこやかになったらどうなっちゃうんだろうかとか。で、やっぱりうだうだしているのが値打ちかな、とね。

（一九八一年二月十三日、渋谷にて収録）

美しい人

1991〜2016

作家通信

一九九二年十二月

相米監督の来年とる、というのをやっております。
年内にあげてくれれば、というのでまーのんびりしてますが——。
えーと、それから江口洋介のものを三年がかりで書き上げて、
書き上がったら企画はとんでおりました。
(当り前か)
呆然としております。

一九九四年三月

去年書いた、『夏の庭』という映画が完成しました。（相米慎二監督　主演　三國連太郎・淡島千景）ゼロ号試写後の打ち上げで、酔ったスタッフが、抱き合ってバタバタと道路に倒れるのを見て、冷夏の影響で大変な撮影でしたよ、という監督の言葉が実感となりました。

それにしても、一本の映画が出来上るまでの過程が、複雑怪奇になり過ぎている、という感じがあります。『夏の庭』はスマートでしたが――。

自分が書いた映画の試写へ行って、見知らぬスポンサー筋にぺこぺこ頭を下げなきゃならん脚本家というのも、ケッコー情けないものがあります。

一九九四年七月

つい先日、やりかけていた企画がとびました。キャスティングされていた女優さんが、私脱ぎません、と言い出したそうで、女優の一言で映画の企画がとんだのは初めての経験でした。

理由は宗教＋男だそうで、これってよく聞く話だよな。と思っていたら、わが身にふりかかってきて、思わず笑ってしまいました。

それにつけても、日本映画の女優さんはどうしてこんなに脱がないんでしょう。と書いて、急に心配になってきました。現在撮影中の『居酒屋ゆうれい』は夫婦のからみがテーマだけど、主演の山口智子さんは、ちゃんと裸で濡れ場を演じてくれているのだろうか……。

一九九五年六月

『居酒屋ゆうれい2』の企画が突然舞い込んできて、目下思案中といったところです。

柳の下にどじょうではなく、幽霊が二匹いるのかどうか、難しいな、と思っています。そんなわけで、いったんなまってしまった頭が、『居酒屋ゆうれい』の世界に戻るのを、ぼーっと待っている状態です――。

一九九六年五月

『新宿鮫　毒猿』と『居酒屋ゆうれい2』を抱えて年を越して、もう三月ですか。一年が、あっという間に過ぎて行きます。

両方とも、なんとかエンドマークは出したものの、これから始まるキャスティングや資金集めなど、いったいどうころがって行くことやら。ほっとする間もなく、そのあいだ待って貰っていた仕事が、鬼のような顔をして近づいて来ます。

とにかく、片手に重たいハードボイルド（毒猿）、片手に軽い人情話（居酒屋ゆうれい）、というバランスの悪い荷物をぶら下げて、この一年、いやもっとかな、よろよろ歩いてきて、くたびれました。

一九九七年七月

仕事は、ぽつぽつやってます。ただ、すんなり映画化できるかどうか不明というところが、困ったものですが——。

監督・プロデューサーと四人で京都に行ってきた。花見には遅く、シナハンというわけでもなく、何しに行ったのか、自分でもよく分からない旅行だったが、プロデューサー氏が連れてってくれるというので、のこのこついていった。旅館に入ったら、ようこそ、おいでやす、と老婆が出て来て、座敷に坐ると、また、ようこそ、おいでやす、とべつな老婆が出て来た。遠い昔に、芸妓だったような風情もある。どちらが女将さんかしら、と連れに訊くと、さあ、と首をひねっている。翌日になったら、もうひとりびしっと着物姿の女性が現れて、ようこそ、おいでやす、監督さん、おひさしぶりどすなあ、などと言う。

どうも、この人が本当の現役の女将さんらしい。話を聞くと、もうひとり若い娘さんがいて、東京からふらりと旅行に来て、そのまま居ついてしまったという。四人の女が全然血のつながりなく、この家を守っている。面白そうだな、もうちょっと話を聞きたいな、と思ったら、明日都をどりにお供しまひょ、と言う。とたん、私は脅えた。私は、あるクスリのせいで、昼間はまったく使い物にならない。そら残念どすなあ、と現役のオカミは心底残念そうな顔をした。怠け者の脚本家は、こうして何の収穫もなく、花の京都から帰ってきたのだった。

このおこげの頭の中身がさっぱり分からない

『おこげ』（中島丈博、１９９２）

主役の男の子は魅力的だった。武骨なようでいて、立ち姿や歩く姿が、腰のあたり危うく揺れる感じで、うーむ、これぞオカマと感じ入った。脚本・監督中島丈博の思いは挙げてこの青年に注がれているのではないか。それくらいこのキャラクターはきわ立っている。そのぶん他が薄いと言ったら、叱られるかな？

オカマの腰がなぜ揺れるか。ぼくは三〇年くらい前から知識としては知っていた。足立正生という若松プロの監督に教わった。肛門の筋肉というものは、入口から奥一五センチまではひたすら排泄のための活動をする。したがって挿入は困難をきわめる。が、そこは何とか油を塗り、柔らかくもみほぐし、ゆるゆると侵入する。根元まで納めてしまう。そこで、あっと叫ぶことになる。なぜか。その一五センチを境にして、筋肉は突然、吸入運動に変転する。つまり排除と吸引という激しい反作用の括約筋で肛門というものは成り立っている。だから迎え入れる一方の女の膣なんかより、ずっといいわけですよ、とパレスチナへ革命をしに行ってしまった監督は言っていた。あれから三〇年、ようやくと言うか、とうとうと言うか、映画『おこげ』は完成した。しかも当時にはなかったおこげという新しい風俗と腕を組んで。

いいとか悪いとかではない。中島丈博という人がいなかったらこの映画はこの世に生誕していなかった。なくてもよかったよ、という人もいるかも知れないが、それを言うならこの世界のほとんどは元来なくてもよいものだ。そういうガラクタでこの世は成立している。ものを創るというのはガラクタの中から一かけらの美しい宝石をつかみ出して見せることらしいのだが。それは当然、困難をきわめる。

多くムダなもので構成された世界の中にあって、人間の関係もひどく曖昧になっている。どこを押せば人間たちはキシキシと音立てて動き、叫んでくれるのか。判然としない。そういう世界で私たちは映画を作っている。不幸なものである。誰かさんが言うみたいに、映画はもう本当に終わっているのかも知れない。しかし中島丈博さんは映画を作る。えらいものである。イヤ、冷やかしではない。心底、恐れ入っているのだ。

実は、ぼくも以前、『春菊物語』というオカマの話を書いたことがある。陽の目を見ず、ポシャったのは、まあ、ホンが到らないせいなのだが、それを書くにあたっては新宿と六本木の数軒のゲイバーに出没し、幾人かのオカマに取材した。その結果分かったのは、オカマは豊胸手術をするのに胸に何グラムのシリコンを注入するか、というようなことではなく、どうしてこんなに自殺するのだろう、という疑問だった。

「トマトちゃんっていうすっごい綺麗なコがいたんですけどォ」と言うから、そのコどこにいるの、と訊くと、死んじゃった、マンションの八階から飛び降りて、といった具合だ。あるいは、消える。ある日、忽然とマンションから姿が消え、店にも出ず、知り合いにも一切の連絡がない。消しゴムで掃いたように、すっと存在が消えてしまう。それを噂してオカマたちは、モロッコに整形に行ったんじゃないの。そうよ、失敗して帰って来れなくて、タイあたりで体売ってんのよ、きっと、などと笑いのネタにしてしまう。

しかしかれらには分かっているのだ。トマトちゃんというオカマがなぜ消えたのか。幽明境を異にする。まっとうな世間に体をさらしながら、かれらの心はゲイの中にある。危ない綱渡りのようにかれらは二つの世界を行ったり来たりする。その間にふと、二つの世界のあわいに口をひらく闇にすっぽり落ちこんでしまう。つまり、消えるのだ。そのことをオカマたちは知っていて、しかしけっして世間の者に語ろうとしない。まして、オカマの映画を作るからなどとにわか仕立てのゲイ知識で取材に来ているノンケの脚本家などにおいておや。

どうやらぼくはオカマの連中からやんわりと取材拒否をされていたらしい。その辺のところ中島さんはどうなのかな。真贋のほどは知らず、中島丈博ホモ説というのも聞いて久しいが、その中島さんがとうとうオカマの映画を作った。見ないわけにはいかない。見た。困った。けなすわけにはいかない。これは労作なのだ。作者の思いがこもっている。が、待てよ、と別な声が言う。作者が思いをこめたと思っている、その思いは正しいのだろうか。思いの方向は正しく観客の心を打つ筋道で進んでいるだろうか。

主役のホモ青年が魅力的なことはすでに言った。問題はもう一人の主役、おこげだ。オカマにくっついている女だから、おこげ。これは数年前にもてはやされた風俗だが、それを堂々と映画のタイトルにもってきたところに作者の手柄がある。陽の世間と陰のホモ社会との橋渡しをおこげという存在が果していて、オカマの体温がおかげでとても暖かく感じられる。装置としてのおこげは正しく機能している。問題は生身の女としてのおこげだ。ぼくにはこの女の頭の中身がさっぱり分からなかった。ホモの青年を愛して、その青年の失恋に同情し、新しい恋人を斡旋しようとして、逆にノンケのその男に犯されてしまう。ただのはしゃぎ過ぎのばか女にしか見えない。更に犯されながら、いいんだわ、××ちゃん（主役の子）が好きな相手なんだから、（身代わりに）私が抱かれてもいいんだわ、という意味の説明セリフを大きな声で言う。いったい男と性交のさいちゅう、これでいいんだわ、私は何某の犠牲になるんだわ、などとわざわざ口に出して言う女がいるだろうか。もしいるとすれば相当嫌味で、とても主役はつとまらない。普通脚本家というものは、そういうセリフを言わせるのが恥ずかしいから、そこで初めて苦心惨憺するものだ。どうも、あけすけというか図々しいというか。そういえば、この映画に出てくる女どもは一様にどぎつく可愛げがない。こんな女たちと接していたら、まっとうな男はみんなホモに走っちゃうよな、と見終わって嘆息をついた。ひょっとしたら中島さんの女嫌いの毒気にあてられたか。いや、ひとのことは言えない。ぼくも自分のホンの中で、女なんて、月に一度あそこから血を流すあんな汚い生き物、気持ち悪い、とオカマのトマトちゃんに言わせている。どーもオカマ映画というのは、普通の人間が普通に映らない。オカマは一個の透明なレンズに似て、それを通して見る人間像はみなグロテスクに歪んで見える。なぜか。それがどうも分からないで、困っている。

私情で言うのじゃないけれど

『いちげんさん』（森本功、2000）

『いちげんさん』の試写を見に行くと、知り合いに言ったら、ああ、ヒロインの乳首が黒いって噂の、と返事が返ってきた。それは、なんだ、と訊くと、映画を見た人が、みんなそれしか言わないらしいよ、ということだった。

一本の映画を評するのに、そういう言い方はないだろう、と私はいささか憤慨しながら、試写に向かった。睡眠を二時間削って、開映に間に合わせたのである。それだけでも、すでに不機嫌である。道にも迷った。辿り着いた試写室は満席で、テレビで顔を見知ったニュースキャスター諸嬢の顔もちらほら見かけ、チクシさんが褒めてたわよ、などと明るい声が飛び交っている。これは案外期待できるかも知れない、とようやく覚醒しはじめた頭で、パンフレットをめくっていたら、原作者のコメントが載っていた。

「じつはこのチームから映画化の申し込みがあった時、ほかのスタッフの企画でほとんど決まりかけていたんです。（中略）『いちげんさん』は青春小説だからベテランではなく若い人に撮ってほしいと思い始めました」

ここで触れられている、ベテランのスタッフというのは、相米慎二と私のことかと思う。たしかに一時期、私は『いちげんさん』の脚本に携わっていた。『いちげんさん』という小説が面白かったからだ。京都に留学中の僕（ガイジン）が盲の若い女性の手を引いて京都を案内する。金髪のガイジンが日本の美しい娘（それも盲の）のために文学を読み、寺院を巡り、苔の道を寄り添って歩く。それは同時に恋愛の道行でもある、という設定がチャーミングで、私は、乗った。

が、流れた。原作者の気持ちが、若いスタッフ、のほうへ振れたのだろう。その後、私は何本かの脚本を書いたりして、『いちげんさん』は遠くなった。ほとんど忘れていた。ところが、スクリーンを眺めていると、不意に自分の書いた脚本が甦ってきて、困った。私の頭の中にしか存在しなかった幻の映画が、目の前のスクリーンに混じり合う。これは、まずい。批評を書く前に私情が入っている。という次第で、感想をくだくだ書くのは憚られる。二三、気になったことを記す。

ヒロインが違う、と思う。陰翳がない。盲だから暗くしろというのではない。原作のヒロインも明るい。多少エッチですらある。しかし、それゆえにと言うか、清潔なせつなさとでもいう気配が漂っている。それが映画になると、なんだか映る姿がゴロンとしている。現場オンチの私が、撮影か照明に問題があるのかと思うくらい、魅力がない。ヒロインに魅力がないのは、困る。『いちげんさん』は恋愛映画なのだから。いや、監督さんは、恋愛だととらえてなかったのかも知れない。僕、というガイジンさんの比重が全体を覆っていて、うっとおしい。ガイジン訛りのモノローグが全編流れて、しまいには耳にするのが苦痛になる。これは、日本の映画ではなかったのか。モノローグに費やす無駄な時間、ドラマが色褪せていく。

どうして、こんなに退屈なのかと、映画を見ながらずっと気になった。勿論、私が原作を読んでいて、先の展開を知っているということもある。しかし、活字を読んでときめいたのに、映像になったら半減、というのは変だ。まして、映画はじつにきちんと、原作通りに出来ている。ひょっとすると忠実過ぎるのかも知れない。原作のすぐれた場面や心に沁みるセリフをそのまま映像に持ち込むだけではいけないのだなと、見終わって席を立ちながら、ひとごとでなく思った。

すぐれた原作を映像として成立させるには、ただ、映すだけではいけない。原作のなにげない一言を映画にするのには、百倍の映画的言語を注ぎ込まなければならない。という、ごく当たり前のことを、学ぶ結果になった。残念でもあるし、もったいないことをしたな、とも思う。

90年代日本映画——私のベスト5

1——90年代、もっとも記憶に残る日本映画を五作品お挙げ下さい
2——1を挙げた理由をお教え下さい
3——あなたにとって90年代の映画は、どのようなものでしたか

1 (年代順)
『どついたるねん』
『バタアシ金魚』
『つぐみ』
『ソナチネ』
『愛の新世界』

2　シナリオと映像が反発し合っているようで、きわどく関係が成り立っている。そのせいで、映画に官能的な気配があった、という印象がある。

3　恐ろしき心の内を覗かんと四月八日を雪降りきたる（山崎方代）、という短歌をだいぶ以前に読んで、まー、映画というのは、こんなものかな、と思った。赤い雪が降ったり、白い雪が降ったり、その下で人間たちは殺し合ったり、愛し合ったりする。雪は無心だが、人間の心の中を映し出してしまう。その無心の怖さが映画にはある。映画はどこか怖いものだとずっと思ってきたが、この十年の映画はなんだか可愛らしい。時代がバブルで映画もバブル。泡がパチンと弾けて、さて、恐ろしき中身を覗こうとしても、なにもない。

早すぎる死

シナリオ『盤嶽の一生』（山中貞雄）

『盤嶽の一生』という映画は、一本の水道を眺めることから始まる。それは山の水を奪い、田畑の水を奪い、代官武富の豪奢な庭園の池を潤している。御殿女中たちが膝も露わにジャブジャブと騒いでいる。

T『ても麗らかな眺めじゃのう』

とタイトルが入って、代官様、数多の美女を侍らせ、山海の珍味を前に悦に入っている。

三輪嘉五郎、来て、

T『一大事です。村民の中に、水道樋の破壊を企てる奴あります』

T『思想が悪化しとりますぞ』

代官、考えて、

T『腕の立つ奴を雇って見張らすか？　誰か、適当な人物が……』

アリマスッと嘉五郎、一膝乗り出した。

T『私の友人で……』

その都合のよい友人が阿地川盤嶽であった。


阿地川盤嶽、三代続いた浪人者であるが、腰には名刀をたばさんだ、爽やかな青年である。が、人が好い。友人の嘉五郎に、よい仕事がある、と言われて、水道樋の監視役につくが、それが山の民や百姓の水を奪ったものだと気づいて、悩む。初めてありついた仕事なのである。十五両という金も受け取ったし。そこに関屋と言う浪人が現れる。正義のために水道樋を共に壊そうと叫ぶ。「この水は民百姓のものだ！」

盤嶽、心打たれる。そこへ「御用ダッ」代官の捕方が乱入する。関屋、盤嶽を指さす。「悪いのはそいつだ。そいつは思想が悪化している」

捕方、盤嶽をとり囲む。混乱に乗じて関屋、盤嶽の十五両を盗んで消える。盤嶽やむなく、愛刀日置光平を奮って、逃げる。


とにかく騙される――。

読んでいると、

『盤嶽、騙された』『また騙された』『またまた騙された』というタイトルが頻出する。

騙されて、地団駄踏んで悔しがって、どこかに正直な人間はいないのか！　と悲憤慷慨する。

が、盤嶽は明るい。どこかで人間というものを肯定している。それは山中貞雄の姿勢にも繋がる。とにかく無声映画にしても、タイトル使いの名手である。

『小判しぐれ』という映画で、川を流れていく三度笠にタイトルがかぶさる。流れ・流れて・此処は・どこじゃ・と馬子衆に問えば、（カメラずっと移動で）・此処は信州・中仙道――。

これが山中貞雄の語り口である。


京都の撮影所に出入りする若いクセ者たち（たとえばのちに浪人街を書いた脚本家の山上伊太郎とか）が鳴滝組なるものを結成し、和洋の映画を俎上にあげて激論を戦わした。その中に山中がいた。寡黙だったが、存在感があった。

とは言え、結局最後は陽気な酒になる。映画への渇仰と共に酒を酌み交わす。みんな若かった。日本映画も青春時代だった。


が、山中の映画は次第に暗さを増す。戦争への不安である。

東京の日活で『人情紙風船』を撮影しているさなかに召集令状が届く。

山中は美術の岩田専太郎に、長屋の空を塞いでくれ、と言う。なぜ、と問われて、この長屋には希望がないんや、空がないんや、と答えた。岩田は醬油の大樽を積み重ねて、長屋の空を潰した。

「人情紙風船が遺作じゃ、わしァ浮かばれんぞ」

と呟いた、とか。

――山中貞雄、昭和十三年九月十七日・中国開封野戦病院にて、戦病死。享年二十九歳。

生意気だった頃

相米とは、『壬生義士伝』の打ち合わせで顔を見たのが最後になった。すっきりと、顔がすこし小さくなっていた。いつも会うたびに、太りすぎだ、と気にしていたので、ダイエットでもしたのかと思い、おや、すっきりしたね、と声をかけたら、いや、とか、照れたように笑っていた。

紹興酒をのみながら、で、陽造さん、『壬生義士伝』書くんですか書かないんですか、と言うから、今ちょっと他の仕事の直しが残っていてね、と答えると、そんなものはほっといて、これをやるんですよ、と大きな声で言った。

私はあわてて、そりゃやるけどさ、と言ったが、言いながら、ちょっと嫌な予感がした。いや、病気のことではない。そうではなくて、こんなに、はじめからやる気を見せる相米を見たのが初めてだったから、とでも言うか。脚本を書くか書かないか、という、まだ発走ゲートにも入らない前から、はやくも本気を見せるなんて、相米らしくないな。いつも嫌そうなそぶりをして、じつは独特の深読みをしている、というのが相米パターンだったから、それに馴染んでいた私は、おや、なんか変だな、という感触とも言えない、微妙な危惧の感じがあった。ふり返ってみれば、不吉な予感だったかも知れない。

知り合ったのは、相米が曽根さんの助監督の時、打ち上げの席でちらっと顔を知った。が、それきり忘れていた。

次に顔を合わせた時、彼は監督になっていた。そのことを私は知らなかった、らしい。もう記憶が朧である。

おぼえているのは、相米が突然、私の前に現れて、ちょっとこれ読んでください、と一冊の本を渡されたことである。

私はその夜読んで、中身はともかく、タイトルが面白いから、やるよ。などと生意気な返事をした。『セーラー服と機関銃』だった。なにしろその頃、私は右手で『ツィゴイネルワイゼン』を書き、左手で『花の応援団』を書きとばす、という売れっ子ぶりだった。なにも駆け出しの監督(『翔んだカップル』という傑作があることも、たぶん知らなかった)の仕事をしなくたって、ほかに仕事はあるはずである。

が、なぜか私は、書いた。

神楽坂の旅館で書いていると、相米はときたま顔を出しては、書きさしの原稿に目を通して行った。あとで聞いたことだが、帰り道、同道したプロデューサーの伊地智さんに、陽造のホンは、案外

（思ったより）いいよ、と言ったらしい。あにはからんや、私などより、青年相米のほうがずっと生意気だったのである。

映画が出来て、私は、見た。カットの長いのに呆れた。酒を飲みながら、君はエイゼンシュタインのモンタージュ論なんか勉強しなかったの、と訊くと、ちょっとうつむいて、ぼそっと、俺、モンタージュが嫌いなんです、と言った。出来れば、映画の初めから終りまでワンカットで行きたいんです。私は、へえ、と絶句した。一本の映画を一本の長い長いフィルムで撮る。そうか、これは、それまで私が不勉強で知らなかった、まったく新しい監督が出現したんだな、とその時、納得した。

で、再び、『壬生義士伝』の打ち合わせの時だが、相米はひどく咳こんでいた。それが癌のせいだなどと、その時、誰が知りえよう。相米くん、結核なんじゃないの、と私はからかって、自分が結核の時、病院で、看護婦三人に取り押さえられて、胸の水を抜かれた一部始終を面白がって、話して聞かせた。相米は、手を振って、もういや、聞きたくない、とおどけて耳を塞いだ。そのゼスチャーが相変わらず可愛くて、チャーミングだった。

ふと、気がつくと相米は消えていた。

一人でタクシーを拾って、帰って行った。その数日後に入院したことを、私は知らなかった。

私の書いた脚本は病床の相米に届いた。相米慎二、初の時代劇。熱に熱んだ頭の中で、相米がどんな映画を思い描いたか、私は見たい、と思う。

が、もう見られない。

美しい人

佐治さんとは、共作というかたちで、仕事を一回やった。『新・仁義なき戦い　組長の首』。それまでシリーズで書いていた笠原和夫さんが、もう書かないと宣言されて、急に慌てて私が京都に呼ばれた、というような記憶がある。佐治さんとの組み合わせはプロデューサーの深謀があったのだろう。私はロマンポルノの脚本家だし、極道物をこなすには軟弱だし、線が細い。それを補うには佐治乾が必要だ、ということだったのかと思う。

佐治さんは、その先年、『誇り高き挑戦』などを書いていて、なんとなく社会派、というような感じだった。ロマンポルノと社会派の組み合わせで極道物を一本でっち上げる。いかにも東映京都らしい大胆というか、図太いやり方だったが、はたして私たちは起用に応えられたかどうか……。

佐治さんとは、東京駅で待ち合わせた。私がやや遅れて行くと、佐治さんはもう二人分のチケットを用意されていて、それがグリーン車だと言う。撮影所から支給されるチケット代は普通車ぶんの筈である。私が、それを言うと、佐治さんは例の甲高い声で笑って、ゆうべ徹夜で麻雀しとったから、新幹線の中で眠って行こうと思うねん、というようなことを関西訛りで仰った。グリーン車代は自分が持つ、ということだった。私は、ほう、と思った。メジャーの脚本家というのは、こういうものか。佐治さんは、貧しいロマンポルノ育ちの私が初めて触れた大人の脚本家だった。

プロデューサーは日下部さんだったろうか。仁義シリーズで使い残したこんな話がある、というようなことで、そこから仕事は始まる筈だった。が、そうはいかなかった。大人の脚本家は仕事をなさらないのだった。先斗町のバーでホステスに、センセセンセと言われて、一万円札を何枚も払ったり、旅館で私と碁並べをして遊んだりで、いたずらに時間が過ぎて行く。本当に楽しそうに、遊ぶ。それまで大和屋竺や曽根中生との仕事で、共作というのは、お互いの脳味噌の絞り合いだと心得ていた私は、面食らった。佐治さんも勝手が違ったのかも知れない。青い顔して、暗い目で、口には出さないが、考えろ考えろと気配でせっつく若造を、扱いかねていたのかも知れない。それでも、遊んでいる。旅館の若夫婦の喧嘩の仲裁に割って入って、勢いで、若旦那と飲みに出て朝まで帰って来なかったりした。そういう時こそ佐治さんは、清々と、というか潑剌とされていた。この人は、人間、というか人間の生きている事情が好きなんだな、とふと思った。生きていく事情は、しかし普通の人生の哀歓であって、血のほとばしる極道物の太い骨格に合わない。生意気ついでに言うと、のちにロマンポルノでいいものを書かれる素地はそのへんに備わっていたのだろう。

が、それにしても、この先生は仕事が嫌いなんだ、といい加減に私も気づくべきであった。あるいは飽きていらっしゃったのかも知れない。それを口に出す、ヤボなお人柄でもなかった。若造には、そのへんの複雑な心理が読めない。私は段々焦り始めた。もう、ひと月くらい無駄に過ぎているのではないか。翌日、東映側が脚本部長以下、出来上がったストーリーを聞きに来るという時、こちらの展開は一センチも進んでいなかった（ように思う）。私は、一人で喫茶店に行き、ストーリーを作った。とにかく、なんとか急場を凌がなければならなかった。

そのストーリーでよし、となってホンを書いて、私は東京へ一旦帰った。なにか片づける仕事があったのだろう。そして数日経て、京都の旅館に舞い戻って部屋に顔を出すと、佐治さんがいきなり、俺は陽造さんを守ったで、と言った。私は、わけが分からなかった。駆け出しの脚本家のいったい何を守るというのだろう。のちにアシスタントのプロデューサーに訊くと、なにしろ佐治さん口をきかんねん、と言う。私が部屋を空けていた十日あまり、佐治さんは監督の質問にも直しの要求にもまったく応じなかったらしい。つまり私を守った。佐治さん、勝手に手を入れて直してくれればいいじゃない、とは私は言えなかった。あの陽気で、むしろ饒舌な佐治さんが黙秘を続けた、という事実が、こたえた。駆け出しのライターの考えたストーリーだからこそ守ってやらなきゃいかん、と思われたのだろう、と推察した。仕事でご一緒したのは後にも先にもそれっきりである。

それから時間はずっと飛んで、数年前、私のなにかの脚本賞の祝いの席に佐治さんがいらしてくれた。とても長い時間を隔てて再会したような気がした。その時、佐治さんはものすごく美しい老人になられていて、私はなんだか感動してしまった。この人の本質は美しい人なんだ、と腑に落ちたような気がした。京都の旅館での黙秘は、私にはどこか謎だったが、もうそんなこだわりは引きずらなくていいんや、とその風姿が語っているようで、思わず隣へ行って、佐治さんおひさしぶりです、と挨拶したら、佐治さんがヒャッヒャッヒャッヒャッとあの声で、あんたが傍へ来ると、わたしは怖い、と言われた。そのとたん、私は体がすっと冷えた。

ぶっとばされて床に落ちたときのかなしい顔

齋藤博と初めて会ったのはいつだったか、もう忘れてしまったが、たしか曽根中生が監督した『不連続殺人事件』のとき、うろうろしていた助監督がそうだったのではないだろうか。このとき共同脚本に大和屋竺を頼んだ。しかし大和屋さんは、ひどく鬱屈していた。機嫌が悪い。ながくつきあって、不機嫌な大和屋さんにぶつかったのは初めてで、ぼくはとまどった。理由はおぼろげに推察できたが、これで具流八郎もバラバラかな、と思った。

そのショックが強くて、初めて出会った荒井晴彦や齋藤博の印象は薄かった。その後、京都の旅館に久世光彦と籠もっていたら、内田裕也が役者としてきて、マネージャーが齋藤だったのでびっくりした。そして、その次に会ったときには脚本家になっていた。そのときライターの心意気として、ギャラは一本ごとに倍々にしてかなきゃだめだよ、というようなことを言ったら、数年たって会ったとき、陽造さんの教えのとおりやってます、と言ったので、またびっくりした。そのときの齋藤は、それまでのちょっとおどけて、一歩引いた感じがきえて、勢いがあった。あの頃がたぶん売出しの真っ盛りだったのだろう。ずいぶん顔をつきあわせてきたが、じつはぼくは齋藤博という脚本家の仕事はよく知らない。『ボクの女に手を出すな』、というへんなタイトルの映画は飯田橋の佳作座で見て、小泉今日子と子供のやりとりが面白かった。それから飛んで、『乳房』。これは脚本を読んだ。しごくまっとうなホンで、それだけだった。まだ齋藤はなにものかになっていなかった。化けてなかった。まだ、これからだな、と思っていたら、死んでしまった。なんか、無残で、ついあの夜のことを思いだしてしまう。

新宿のバーで齋藤が深作欣二にからんだ。『いつかギラギラする日』という映画がひどい、と急に罵倒をはじめた。イヤ、すんませんなァ、と最初はかわしていた深作さんが、そこまでけなすんやったら、どこが悪いか具体的に言うてみィや、と本気になった。話にならんよ、あんな映画、と齋藤は吐き捨てる。そんなやりとりがあって、東映の人間にぶっとばされるのだが、床に落ちた齋藤を見たら、目をつぶって、歯をくいしばり、悲しげだった。悩んでいたのだろう。悩まないもの書きなんか一人もいないが、答えの出せない自分に苛立ってやみくもに大監督につっかかっている。そんなかんじだった。

たぶんその夜のつづきだろう。ウィスキーとクスリで朦朧としているぼくを離したがらなくて、喜多見の自宅まで連れこんだのは。途中で下北沢のレディ・ジェーンに寄ったかもしれない。齋藤はこのバーが好きで、よく新宿からの帰りにもぐりこみ、安心したように元気になり、バーテンとじゃれあったりしていた。行き着いた齋藤の家は天井が高く、床は木で寒かった。日がたかくなり、ぼくは奥さんに車で成城まで送ってもらった。それなのに、齋藤が死んだと知らせを受け、タクシーで喜多見に向かい、一度来ている家なのに、記憶の欠損しているぼくは道に迷い、どうしても辿り着けず、情けなかった。迷ってる途中、黒い服の男を拾い、それがレディ・ジェーンの大木さんだった。赤い目をして、乗り合わせてからもずっと沈黙していた。オタクで死んだんだって、と聞くと、低い声で、心臓マッサージもしたんですが、駄目でした、と答えた。その時、あー、齋藤はほんとうに死んだんだ、と覚悟した。

齋藤家に着き、柩の中の齋藤を見たら、目をつぶり、歯をくいしばるように口元をひきしめ、あの夜、ぶっとばされて床に落ちたときのかなしい顔をしていた。

バカ者の砦の頃

『若者の砦』という映画は、私がパキさんと初めて係わった作品らしいのだが、今ではまったく記憶がない。たぶん、つまらない映画だったのだろう。若者ではなく、バカ者の砦だと、曽根中生に言われたのを覚えている。本当に人はどうでもよいことだけを覚えているものだ。パキさんと、いかにも腕利きの助監督らしい岡田氏とおおきな体のハンガイさんと、痩せて三七キロしかない私が、プロデューサーの別荘にこもって、脚本を書いた。仕事ははかどらず、毎日増えてゆく酒瓶の列だけが印象的だった。パキさんは、常にムニャムニャと酔っており、なにか原作があったのかも知れないが、それをこういう映画にするんだ、などという建設的な意見が口から漏れることだけは、絶対になかった。ホン作りの過程をわざとムチャクチャにして、その混沌のなかに身を置いているのが楽しい、といった感じだった。やっぱり独特の映画作りをしていたのだと思う。

しかし、私はとまどった。具流八郎の名の中で大和屋竺や曽根中生といった鋭角的な連中に揉まれていた私は、パキさんのぼんやりとらえどころのない脚本の作り方になんだかたぶらかされていたようだ。この人、本気なのかしら、と疑った。むろん、パキさんは本気だったし、四人顔を揃えているなかで、ひとり孤独に苦しんでいたのだろう。それでなければ、ああもぐずぐずと酒に浸らないだろう。

ただ、非行少年を主役に設定しながら、それがどの程度の非行なのかを判然とさせない。つまり主役の非行度がパキさんのなかにだけある。それを言ってくれなきゃ分かんないよ、とせっついてもムニャムニャと曖昧に口を濁す。ほんとうにしぶとく口を濁す。じつはパキさん自身にも分かっていなかったのだろう。簡単に理解できる人間の話なんかやりたくないと思っていたのかも知れない。人間の分からなさについての視線のあてかたがパキさん独特で、その生理のありようが私には分からなかった。具流八郎だったら、登場する人間が分からなかったら、スパッと斬ってしまう。その傷口からその人間を覗いて見る。そういう乱暴なホン作りしか私は知らなかったのだ。

結局、私はなんの戦力にもなれなかった。それっきりパキさんとの縁が切れたことでも、それは分かる。

後年、『ツィゴイネルワイゼン』という映画にパキさんが役者で出てくれた時、現場で揉めてるから陽造さん行ってくれ、とプロデューサーに言われた。いいよ、と答えたが、なんとなく沙汰やみになってしまった。あとで、なにを揉めたんだと訊いたら、友人の骨を前にして、一瞬涙を浮かべる芝居をパキさんはやりたいと主張し、監督は、この男は泣きませんよ、と譲らなかったのだという。私がその現場に行っても、やはりパキさん、あなたは泣いちゃいけないよ、と言ったと思う。しかし、出来上がった映画を見たら、パキさんのあの冷酷で優雅な目から、涙（たしかに涙だったと思う）が、すっと流れていた。

神代さんとはぐれてしまった

私は評判の高い『棒の哀しみ』も見てないし、そのほかの名作と呼ばれる作品も多く見ていない。神代さんにとってあまりよいライターでないし、観客でもなかった。

神代さんとはじめて会ったのははるか遠い、ロマンポルノが始まったころのことで、あたりの記憶はかすれているが、日活撮影所の食堂でコーヒーを飲んでいたら、色の黒い男がさっと席を移ってきて、いきなり、神代です、と前に座った。そのときすでに傑作を何本か作っていたのだろう、私はこれが有名な神代辰巳か、と緊張した。いや、緊張はすぐに消えた。あの独特の人なつこい笑いでニコニコされたから。まるで、きみの登場を一〇〇年待っていたんだよ、と告げているような、楽しい笑いだった。駆け出しのライターはころりとまいった。なにかやりませんか、と誘われて、すぐに飛びついた。神代さんがやると言えば、無条件に仕事として成立する。そういう勢いの時だった。私よりひとまわり上のウサギ年で、ウサギはスケベなんだ、といったのは神代さんだったろうか——。

南北の『桜姫東文章』を素材にした『やくざ観音・情女《いろ》仁義』という映画はあまり評判はよくな

かったが、ライターの私には異様に魅力があった。試写はむろんだが、映画館まででかけて、つづけて三回見た。何度見ても飽きない。ずるずると引きずられるように見てしまう。なぜだろうか、と秘密をさぐるように見て、やはり映画のなかにひきずりこまれてしまう。秘密もなにもない。神代辰巳という人間が映画になっていただけなのだ。

これも昔のことだが、『陽炎座』が映画になったあと神代さんに会ったら、私が書いたホンを読んでいて、あれを俺に撮らせてたらなぁ、と心底くやしそうに言った。めったにそんなことを言う人ではないので、ちょっと驚いたが、そのとき私は、あー、俺は神代さんとはぐれてしまったんだなぁ、と悲しかった。

神代さんはどこかに魔の棲む映画をいちばん作りたかったのだろう。それを書けるライターとして目をかけられたのに、私はこたえられなかった。ほんとうに私は神代さんともっとたくさん仕事をやっているはずだった。いったいどこではぐれてしまったのだろうか。記憶はきれぎれの断片でしかない。

東映の仕事で一緒したとき、目黒の旅館から出て、ふと足をとめ、あそこに前の女房が住んでるんだ、と線路の向こうの豪華なマンションを指さした。島崎雪子さんのことだった。銀座のクラブのママやってて、リッチなもんだよ。と言うから、神代さん捨てられちゃったの、と訊くと、俺ヒモだったからさ、と笑っていた。女優を引き連れて飲みに行き、酒場でおまえオマンコちゃんと締まるか、と訊ね、すこしは締まるわよ、と女優が答えると、じゃ試しに行こうと席を立った。いつも遊んでいる人だった。いや、年少の生真面目なライターに遊びを教えてくれていたのかも知れない。ウサギはやさしいのだ。そして肺が弱い。神代さんが最初に久我山の病院に入院した時、私は感染するのがこわくて、お見舞いに行ってもベットの傍に近寄れなかったが、なんのことはない、そのとき私も結核だったのだ。私が入院した病室の隣でよく人が死んだ。結核は死病ではないというが、そんなことはない。両肺がつぶれたら、人は酸素を体内に取りこめずに、死ぬ。昼間、熱にうるんだ瞳でじっと私を眺めていた老人が、翌日病室から消えている。死んだのだ。神代さんの具合がよくないと聞いたとき、あの死んでゆく老人たちのうるんだ瞳が目に浮かんで、こわかった。

通夜の翌日がキネ旬の表彰式で、マイクの前でとりとめのない挨拶をしていたら、不意に言葉が途切れた。どうしたのかな、と自分でも変だった。変だな、と思いつつ、次の瞬間、神代さんの名前を口に出していた。おととい神代辰巳が死んじゃいまして、と言って、また絶句したのがわれながら情けなかった。たぶん悲しかったのだろう。そういう曖昧な感情でしか語れない距離まで、私は神代さんから離れてしまった。神代さんは気にもとめていないだろうが、私にはなにか申し訳なかったという気持ちがある。なにが申し訳ないのかよくわからないが、ずるずるとあとを引く神代映画の秘密と同じように、それがあるいは神代さんの人間操縦の術だったかも知れない。

死んじゃうぞ、おまえ

ふと見ると大きな窓ガラスの向こうを三浦朗が歩いてくる。真夏のぎらぎらする光の中を早いあしどりで歩いてくる。ジャケットの裾がぱたぱた風に翻っている。

その日の銀座は強い風が吹く嫌な街だった。銀座はずっと嫌な街だった。ぼくはそこで死にかけていた。ぼくの肺には1リットルの水が溜まっていた。梅雨のさなかにホテルに缶詰めになり、暑くなる前に仕上げる筈だったのが、もう夏の盛りだった。ぼくはガラス窓のこちら側でぼんやりコーヒーを飲みながら、おや、三浦朗じゃないか、と思っていた。起きぬけで頭がしびれていて、夢を見ているようだ。夏の景色は、光の量が過剰すぎて、かえって現実感がないものだが、それにしても、おやおや、三浦朗が出てくる夢か、という感じだった――。

ぼくは頬杖をついたまま、眺めていた。ガラス窓から切れそうな所で、三浦朗がこちらを見た。強い日差しを片手でさえぎるようにしている。ぼくはちょっと手を振った。

そこは東銀座にある小さなホテルの喫茶室で、万年橋という橋を渡ると松竹本社、渡らずに左に折れると東映セントラル。にっかつの三浦朗が歩くにはいずれにしろ縄張り違いといった土地なのだ。彼が喫茶室の中へ入ってきた。おう、何やってんだ、という。いつもの、親しみのこもった大きな声だった。

うん、荒戸ンとこのだけどさ（つまり、『ツィゴイネルワイゼン』とか『陽炎座』の）……。

ああ、またわけ分からないの？

ウーン、読んでると分かりやすくて泣けるんだよね。けど、絵にすると分からなくなっちゃうのね。

そりゃ、やっぱホンが下手糞なんだよ。

ああ、ホンが下手なのか？

ホンがへた難しいから、監督が悩んでとんでもない方向へ走っちゃうんだ。

ふーん、監督を悩ますホンは悪いホンなわけ？

悩んで、いい映画つくる監督なんかいるか？

いない。

だろう？

しかし……。

とぼくは口ごもる。

じゃ、監督はバカなの？

そうだよ。

とは、彼は答えなかった。そういう冷えた断定的な言いかたをする人間ではなかった。そうではなくて、監督やライターの浅はかな思惑をこえて成り立ってしまう映画というものの不思議を、彼は語りたかった。

夜中、渋谷のはずれにある、うらびれたホテルのドアを三浦朗がノックする。そのとき、ぼくは何の仕事で缶詰になっていたのか。部屋に入ってきた彼が暫く黙っている。そんなことはめずらしい。おしゃべりな三浦朗で通っていたから（十何年も前のことだけど）。

コヤに入りきらないんだ。

と低い声でいきなり言う。

入れない連中が行列してる。ぐるっとコヤを取り巻いてるんだ。

ぼくはうかつにも、その日が『嗚呼!!花の応援団』という、彼がプロデュースし、ぼくも関係した映画の初日であることを忘れていた。彼はオールナイトの映画館まわりをして、満員札止めの大当りを目のあたりにしてきていた。興奮で、体のまわりの温度がすこし高くなっている。ぼくは、その熱さに、映画があたるというのは、そんなに大変なことなのかと、むしろ驚いていた。いやいや、もっと素直に言おう。ヒットした喜びをまず脚本家に知らせにきてくれた。三浦朗が、そういうプロデューサーであったことに、驚いていた。嬉しかった。そして『嗚呼!!花の応援団』は、ライターや監督の思惑をこえて、彼のいう、映画が勝手に一人歩きはじめた、不思議な映画だった。

彼と初めて会ったのは、にっかつがまだ日活だった頃の撮影所の食堂だった。

『風流宿場女郎日記』というホンを書いたぼくに、色のくろい目のぎょろりと大きな男が声をかけてきた。

やあ、三浦です。

あ、えーと……。

ぼくは口ごもる。自分がいったい何者なのか、よく分かっていなかった。なにしろ無名・無職といったところだったし。そんな駆け出しが、メジャー（当時の日活だけど）のプロデューサーにむかって何と名乗ればいいのだろう。そんなこちらのいじけた気持ちには頓着なく、あの明るい大きな声で、

面白く読ませてもらいました。

ハア、どうも。

有り難うございます、という言葉が出なかった。面白い、と言われたことが信じられなかったから。おもえば、それは彼の口癖だった。面白い、面白いことできるよ、もっと面白くしようぜ。面白くなるって、ゼッタイ！

おもえば、その時、突然ぼくはシナリオライターというものになったのだ。三浦朗に、面白い、と認められて……。

そして１９９０の夏、老兵と化したかつての新進ライターと老残のプロデューサーが東銀座のちっぽけなホテルで偶然再会している。なまぬるいアイスコーヒーを飲みながら、プロデューサーは今てがけているＶシネマについて、けっこう面白いことできるよ、予算のわりにね、と語り、ライターは黙って頷く。ふたりの会話は弾まない。映画というものに話題がふれるのを避けているから。どう、近頃の日本映画は？　などとうかつには言えない。それは、おたがいの傷跡を見つめ合うことになるというのは、正確ではないかも知れない。が、かつて映画のなかで生きてきた、あの映画はもうない、という感慨にふたりとも確実にとらわれている。だから映画について話すのは、つらい。まして映画について話すまいとしている映画屋がふたり顔を合わせているのも、つらい。なにを話せというのか。

腕時計に目をやり、それじゃ、と席を立ちかけた三浦朗がふと、ぼくに訊く。

まだ、クスリやってるのか？

このあいだ、いっぺんに二十四錠飲んじゃってね。

致死量じゃねえか。

まあね。それで道歩いててさ、ひょいと振り返ったら、うしろに車が数珠つなぎになってるのね。変だなって、考えてみたら、オレが歩きながらバタバタ倒れるもんで、車があぶなくて走れないわけ。

死んじゃうぞ、おまえ。

まあね。

からだ大事にしろよ。

お互いにね。

その数日後、ぼくはとつぜん高熱を出し、それが幾日もつづき、結核病棟に入院した。太い注射器で胸から抜き出される、黄色みを帯びた水を眺めながら、ぼくは、これがほんとのおいしい水だな、とばかなことを考えていた。

電話がきた。電話の声が、三浦朗が死んだ、と告げた。ぼくは、ぼんやりしてしまった。途方にくれた、という感じ。こういうのを足下にポッカリ穴が開いた、というのだろうか。青い顔をしているぼくに、どうかなさいました？　と看護婦がきいてきた。

ともだちが死んじゃった。

とぼくは答える。それしか言えない。

病室に戻って、真っ白いシーツのベッドに倒れる。見上げると、窓の外に青い空。強い光が溢れている。綺麗な空じゃないか、とぼくは呟く。見ていると、不意に青がにじんで、ぼやける。水か？　オイ、目に水が溜まってるぞ。ぼくはうろたえる。これは涙じゃないか。あんまり青空が眩しいからな。その時、不意にあの光景が甦ってきた。

真夏のぎらぎらする光に照らされて、大きな窓ガラスの向こうを三浦朗が歩いてくる。ジャケットの裾をバタバタ風に翻して、早いあしどりで歩いてくる。三浦朗はやがてコーヒーを飲んでいるぼくの前にやってくる。

おう、何やってんだ、と大きな声で話しかける。
ヨーゾー、おまえ、何やってんだ？

人外魔境——異能人間たち

死体から美を切り出す

福士勝成氏、五十三歳。日本医科大学教授。父親の故・政一元東大教授の影響でイレズミの収集、研究にとり憑かれた

東大医学部本館、靴音のこだまする暗い階段を登って三階、左手を見ると〝標本陳列室〟と黒札がかかっている。

それでもこれらは人間なのだ

一歩内部に踏みこむと、畸型の世界。かつて、人体にとりついた毒素、疾病、腐敗、犯罪、異常死の痕跡の大概に対面することができる。夏目漱石の大脳から、名も知れぬ幼女、少女の性器群に至る人体各部の大集積。土中から掘り出されたのも知らず、とろりとろりと安穏な死のまどろみを続ける屍蠟木乃伊《ミイラ》の行列。それとは逆に、遂にこの世の光りを見ることなく母胎内奥でこと切れた胎児がホルマリンの海を漂い……。

この室には、素晴しくグロテスクな諧謔があふれかえってる。

ホルマリンの海に眠る胎児は父無し子、産月《うみづき》間近く母親が縊死したのを、そのうら若い母体の首を切り、両手両脚切り落とし、トルソー化した肉体のさらに上半分、胸骨肋骨に手をかけてパラリと剝ぎとった。

ちょうど棺桶のフタを開いて、中の死人を見るように、臓器の有様、子宮の広さ、両足ちぢめた父無しの胎児が逆さなりにまどろんでる姿をのぞき見ることができるのだが、真に恐ろしいのは、そこから通路ひとつへだてた畸型児の境界だ。

単眼症。無顎無口合耳症。四腕二頭体。無胴無心体。無頭骨無頭無心体。単対称性無顔頭胸結合体――これら畸型児の数々はいずれも生れ落ちるや息することを止めたわけだが、ちなみに単眼症とは一つ目小僧、四腕二頭体とは二体がぐしゃりと正面からつぶれ付着しあったカタチ、無頭骨無頭無心体とは、まったく人型をとどめず、一枚のガンモドキの中央に眼球ひとつ嵌めこんだのと変わりない。それでもニンゲンなのだ。これら肌色した妖怪博物館の一角に、ギラギラと色彩の炎点ずるのを見れば、刺青ほどこしたる人皮が揚羽蝶のごとく羽をひろげて飛び立とうとしている。驚くなかれ、死せる刺青人から剝ぎとった美術品である。

《刺青ははかない。それを刻みこんだ肉体と共に生き、その肉体の死と共に滅びる。それを防ぐ方法を父は考えたわけです》

刺青した老人の皮を剝ぐことを思いついたのは故・福士政一博士である。肉体もろとも滅びて行く刺青を救うには他に方法がなかったとはいえ、戦前の時代背景を考えれば破天荒なアイデアであった。目を覆わしめる残酷の只中から艶麗な美を切り出す錬金術、というのは比喩としてキレイすぎるが、結果はまさしくその通りになった。百数十枚の彫り物が消滅を免かれて後世に伝えられた。日本医科大学教授・福士勝成博士はその二代目。人の皮を剝ぐからとて決して猟奇の人ではなく、すぐれた病理学者である。

色彩で生きてる。その図柄の範囲を幾日もかかって広げて行くわけだが、これがまたひどく根気の必要な作業でねえ。気を抜くとメスが縦に走って皮を切り裂いてしまう。それだけで彫り物はだいなしです。死者に対しても遺族に対しても何ともお詫びのしようがない。だから作業のあいだ中、神様にお祈りするくらいの一心不乱で打ち込みますね。裏表の脂肪と結合繊維、表皮をそぎ落として刺青の墨のしみこんだ真皮だけを残すのに一年。それから陰干し、陽なた干しして一枚の皮が完成するのに、早くても二年はかかります》

ひとりの人間の彫り物が完成するために要す時間は通いつめて一年、一点の彫り残しもない完成までには一生かかる。それを剝ぎとって標本化するのにたっぷり二年。つまり一枚の完成した刺青皮には気の遠くなるような苦難と努力と時間がこめられている。刺青という異常な美がそのすべてを支えている。皮一枚が命の世界。

次に掲げる一例は、現在、福士博士の手元で剝製化されつつある一枚の刺青皮が残した生前のエピソードである。皮一枚が命という言葉に嘘いつわりないことを理解していただけるだろう。

このひと、滝さんといった。仕事師（鳶）である。彫り物は背中に一枚般若、右のわき腹に奴さん、左にかけてはおかめ、ひょっとこ。ボカシの濃淡、花びらの散らしあざやかに、作は初代彫宇之。ことに背中いっぱいに描かれた大般若の眦《まなじり》をいろどる一筋の朱の色が何ともいえず凄く、美しい。つまり、傑作である。

その滝さんが、あるとき胆のう炎に冒されて手術台にのぼった。いざ執刀という間際に医者に声をかけた。お前さん、いったいどのへんを手術するのだ。右のわき腹を切開する、というのが医師の答えである。そんなことをしたら奴の面が真っ二つに割れてしまう。俺は不承知だと滝さん起き直るが、医師の方は命にかかわる患部をこのまま放置しておくわけにはいかない、と主張する。意地の張り合いのあげく、滝さん、病院から素っ飛び出した。

命を引き換えにしても守るべきもの、それが刺青であり、まさしく皮一枚を命と仰ぎ、その執念の哀しさに科学が負けた。大学病院の医師は手術にさいし、奴の面の皮を、丸ごと口を開くようにいったん剝いで、手術をその下から執行した。終了後、奴の面はふたを閉じるように再び縫合され、刺青は無傷でよみがえった。

それから数年、同じ個所を新しく膵臓ガンにとりつかれ、手術はやはり同じ医師の手で、こんどは反対方向から奴の面を剝いで執刀されたが、手術後一週間を経ずして滝さんは亡くなった。人は死んで皮を残す。いま我々が眼にするその刺青皮は腹部奴の面の一方が縫合癒着してるにもかかわらず、半面はパックリと口を開いたままである。ヒトはその無惨な亀裂に死者の無念やるかたない思いを読みとることができるだろう。

刺青皮はやさしく畸型胎児を包む

さて、滝さんを含めて現在約二十体の刺青皮が、骨肉から剝がされた状態でホルマリンの瓶に納められ、日本医科大学の地下室に安置されているが、いずれも水気たっぷりに膨脹し、異様に厚みを増した表面の猛々しさは、人類ではなく海獣そのもの、たとえて申さば波打際にうずくまった数十匹のタコの死骸である。ためしに中の一枚をつかみ出し電光の下にさらすと、滲み出た脂汁ねばねばとゴム手袋を吸い付け、皮はそれ自体タコの如き悪意をむき出しにとぐろを巻きわだかまるのだ。

しかし、ひとたび標本として完成したときの優美さは悪魔的で、ただながめる場合の一枚絵としての見事さはもとより、それを晴れ渡った陽光にかざして透かし見るに及んでは、あたかも絹布に赤い蠟、青い蠟で繊細極微の戦慄的な細密画を描いたごとく、筋彫りくっきり浮き立ち、ボカシは朧《おぼろ》の空にかすんで秋だというのに、虚空には桜が舞い散った。

それにしても、福士政一博士が手がけた刺青皮百数十枚ことごとく生前の記録を失しているというのは、不気味な話ではないか。つまり何某の皮と言える証明は、もはやこの世から消え、皮は単なる皮に還元されたのである。それというのも、今次の大戦で、それら皮一枚ずつの戸籍を記した台帳が焼けたせいだが、かつてはみずみずしく呼吸し、脳髄から送られる思考の波動を正確にキャッチした皮膚の連なりが、今やカサカサに乾燥して匂いもなく額縁に飾られ、画布状に丸められ、或いは埃にまみれて博物館の机、福士邸の押し入れにひっそりと息をひそめているさまは、それが百数十体の屍体の残骸であるだけに虚しい恐怖があとを引く。それは干からびた刺青皮一枚に秘められた人間の歴史が気にかかるということでもある。

だからといって、今ヒトが百数十枚の人皮ひとつひとつの戸籍しらべを開始すれば、それは文字通り皮一枚へだてた異次元のドラマに捲きこまれるようなものであり、再び正常の現実に帰還できない恐れがある。即ち、死と刺青と人皮を剝ぐ残酷が三ツどもえで渦を巻く、どろどろの修羅界は福士博士に任せておけばよいのだ。この人には〝医学〟という道案内がついている。刺青皮の美を愛して、猟奇の罠に落ちこまないのは、そのためであろう。福士博士はいう。

《刺青皮は怖いよ。刺青も怖いが、剝ぎとった皮一枚はもっと怖い。刺青に惚れたら自分の体に彫ればいい。しかし、皮一枚の世界に取り憑かれたらどうします。ボクの書斎から一枚盗み出した人がありました。そのヒト画家でね。警察ザタにはならなかったけど、それっきり絵を描けなくなっちゃった。そうだねえ、刺青

皮というのは二重の意味で残酷だなあ……》

思えば刺青皮がやさしいのは、標本陳列室の壁から見下して、その眼下に漂う単眼症、無顎無口合耳症などの畸型胎児に対してのみだろう。ホルマリンの海で素っ裸の胎児たちは寒そうに蒼ずんでいる。かれらを温く包む衣装として、極彩色の刺青皮はよく似合う。

刺青皮・再説——刺青皮収集の医學博士

福士勝成氏、五十三歳。福士家は名門だが、男子に恵まれず、代々養子という数奇の家

秘伝〝人油〟を毎朝愛用

水気含んでじくじくと脂を滲み出した人間の皮は、剥製化したのちも、なお平べったい人造の土壌となって、生命を産みつづける。即ち、虫がわくのだ。黒い粒々の虫が、ボカシの濃青と同色にうごめき、人間の皮を喰い、はかない、命をつなぐ。

ここにおいて、死せる骨肉から剥離した一枚の刺青皮は、虫の世界をその上でくりひろげる一枚の領土として転生するといって誤りはないが、問題は虫類をそのままに放置すれば、皮の地図はみるみる喰い破られてしまうことだ。

したがって皮の両面に油を塗り、虫の発生を防がねばならない。そして、その油には植物油よりも動物性の油よりも、何よりすぐれて人間の油が適している。その製法は福士勝成博士の秘法にあずかり、この先生、毎朝の髭剃りあとに人油を愛用しているのだから変わっている。

《一種の実験として使ってるんだがね、たしかに具合はいい。男性クリームなんか、もう使う気になれないね。人間の皮膚には人間の油がいちばん合う、これは理屈です。だから刺青皮にも人油を塗ってやりたいんだが、あまり大量に生産するわけにはいかないんでね、困ってます》

そもそも福士家は、代々科学をもって世に聞こえ、四代前の続豊治は造船、測量の大家として、本邦初のスクーナー型帆船函館丸の製作者であり、その子卯之助は福士姓を名乗って気象、天文、生物学を窮め、これまた本邦初お目見え気象測候所の設置者である。

その次の政一博士になると鉾先を医学に転じ、日本における病理学の最高権威として君臨した。その福士政一博士が、ふとしたきっかけから、刺青と因縁をもつことになるのだが、さて、そのナレソメは……。

巷に隠れた彫物探し歩く

人工の色素を体内に注入すると、極微小の色素粒は、細胞間をゆっくりと浮遊し、体表面に近い部分を広範囲に移動して行く。

これは人間の体に異物を排斥する性質が備わっているからで、逆にその移動を追跡することによって、リンパ腺を初めとする体内諸機能の役割を眼に見ることができる。その色素粒と刺青の墨の粒子との類似に着目したのが他ならぬ故福士政一博士であった。つまり、体内色素沈着という病理学の一分野と市井無類のいれずみとの奇怪な出会いである。

刺青は十年に一度くらいずつ墨を刺し直さないと、色褪せしてみすぼらしくなる。これは人体の異物排斥作用の現れで、排斥された墨の微粒子はどこに行くかと言うとリンパ腺に貯蔵される。だから刺青人のリンパ腺を切り開くと内部は墨の粒々で真っ黒だ……と、これは勝成博士からの受け売りだが、ミイラになったというべきか、政一博士はどうやらこの辺から刺青の美のトリコになった模様である。

《毎日、二、三軒ずつ下町の銭湯をまわるんだね。巷に隠れた彫物を探し出すのが目的です。なにしろ国家が刺青を禁じていた時代だからね、彫師のところから一度立ち去った彫物はもうどこの誰ともわからない。だいたい彫師自身が住居を転々と変えていたんだし、だから今でも古い彫師は客の姓名住所なんか決して聞かないでしょ、そうすりゃ警察で責められたって口を割る気づかいがない。

まあ、そんな時代背景の中で思案に余って始めたのが銭湯めぐりだったわけ。発見した彫物は写真に納め、記録に残した。けれども彫物というのは完成したのは稀で、ほとんどが中途半端かイタズラ程度で終わっている。金と根気がつづかないんだね。そういうのをつかまえては、片っ端から彫師のところに送りこんだ。もちろん、費用は父が出したわけだが、それが知れ渡ると、俺も俺もという連中が続々とやってきましたね。そうねえ、福士のところに行けばなんとかなる。刺青の世界では通り相場になってたようです》

日陰の花に陽を当てる

ところがさて、刺青の宿命として、それを背負った人間の死後なお生き延びることは許されない。刺青は命ある肉体に咲き、その死と共に果てる日陰の花。政一博士にはその不条理が我慢できなかったと思われる。刺青にまつわる因習的な宿命の前に膝を屈することを、代々の科学者の血が許さなかったともいえる。

東京帝国大学教授福士政一は考えたのである。屍体腐爛の前に皮だけを剝ぎとることは不可能だろうか。可能、不可能を思いあぐねるよりも、火葬場の炎に燃え崩れる死人から刺青を護る方法はただひとつ……皮を剥ぐ以外にないのだ。刺青の剝製化、これひとつ。

そして、自殺した名人彫金の体から刺青皮をとったのが初めと伝えられるが、以来一枚、二枚と数えて遂に百数十枚。まさに壮挙といおうか、気狂い沙汰というべきか、とにかく常人のなしうる業ではなかった。

更に、刺青皮製造二代目、勝成博士の〝一枚二年がかり〟という言葉を考えるとき（長谷川老人なる皮剝ぎの名人が助手にいたとはいえ）百数十枚という数字の膨大さは、刺青にかける政一博士の情熱の深さを語って余りあるだろう。

これが福士家の現当主、勝成博士になると二代目の難かしさからか、手がけた刺青皮はぐんと少なく、完成六枚、製作中二十枚、死後、皮になる予約申込者約十名。但し、本職の病理解剖で解体した人体は、凡そ三千というからこれまた驚くべき数字である。

《ボクを見た霊媒がね、あなたには三千人の霊魂が憑いてますというんだ。それが全員、顔も手足も真白い包帯でくるんである。三千の小さな玉になってボクのまわりに群れ、ぞろぞろと連なって離れないといってね、霊媒が青ざめる。それからボクも本気になって学生時代から現在まで執刀した解剖体を数えてみたら、ちょうど三千体くらいになっていた。霊媒というのはよく当てるもんだと感心しました。不思議だねえ。

しかし、不思議というのは、大自然が人類に課したマジック（手品）ですよ。科学的論理的に究明していけば必ずネタ、つまり原因を解き明かすことができる。神様は病根の傍らに必ず特効薬を落としといて下さるんだ。

ご覧なさい、不治だと諦めていたレプラ（癩）が治ったでしょう。癌だって近い将来にはきっと治る。こういうのは、いわば古典的な病気だね。これが未来病、ボクは人工病と称するんだが、治療法は全くわからない。

例えば放射能がある。原爆の海中実験をするでしょう。放射能はプランクトンに吸収される。そのプランクトンを魚が喰う、その魚を人間が喰う。これを繰り返していってみなさい。人類滅亡。とても医学は追っつけない。漸く追いついた時には、全く新しい物質から想像を絶する毒素が排出されるんだから呆れちゃうよ。ま、地球の未来は真っ暗闇でしょうな。霊魂もへったくれもありゃあしませんよ》

極道者も残した刺青皮

とはいうものの、霊媒のすすめに従って、近々刺青皮供養を催すのだから、さすがの病理学者も、霊魂だけは苦手と見える。

公表を妨げる諸々の事情に鑑み、今その中から辛うじて取り出せる名前は、わずか四人。

巨人出羽嶽（脳下垂体の発育ホルモン異常分泌症、一名巨人症。勝成博士が解剖研究）から名人彫金、仕事師滝政次郎、遊び人大村大八である。

大村大八の刺青皮は、現在東京医科大学の地下室でホルマリンの瓶に眠るが、未亡人が、その完成を楽しみに待っている。

《極道者でしょうね。いえ、女を買うとかそんなんじゃないんです。祭りとバクチですね。祭礼追っかけて浮かれ歩くの。香具師じゃありません、仕事師です。鳶の者はホラ、半纏がイナセでしょ。パッと脱ぐと自慢の紋々。本人それが嬉しくて、東京はおろか関東一円をワッショイ、ワッショイ。祭りのないときはひたすらバクチの明け暮れです。

ええ、それでやってけたんだから、結構なご時世でした。そんな男でも、いざ死ぬ段になると、俺は男と生れてとうとう仕事らしい仕事もせずじまいだった……急にまっとうになっちゃった。で、福士先生に連絡頼むっていうんです。皮を残すっていうんです。びっくりしました。私、嫌だっていったんだけど、こればっかしは本人の遺言でもあることだし……まあ、何か残して置きたかったんでしょうね、この世の中に》

たしかに石造りの墓や寒々しい卒塔婆一本よりも、絢爛たる極彩の刺青皮一枚残す方が人間らしい。そして、どれだけ医術が進歩しようと、所詮死滅は免れ得ぬ人類の行末案じるよりも、只今この刹那の刺青の美を腐爛、あるいは燃え崩れる死体から剔出しようとする方向に、一人の病理学者の心情がたなびくのは、むしろ正常である。

更に文明とか死滅をいう前に、我々の肉体、否々皮一枚の世界の評価を改める時が来ている。眼前に妖美な画布として皮膚のひろがりを眺めるに際し、ヒトは誰しもおろおろとたじろがぬわけにはいかないが、それはスポーツとかサウナ風呂で磨き立てた肉体の外形の美が、皮一枚剝いだ内部の醜悪美に復讐された一瞬であろう。

現実にしろ人体にしろ、要するに皮一枚剝いでみなければ真実はわからない。虚実皮膜の間と大近松は喝破したが、皮膜とは決して空白の謂《いい》ではなく、恐ろしく充実した妖美漲る世界を胎蔵する一枚の帯に違いない。

幻想を誘う〝芸術品〟

《ミクロ視点から眺めると、皮というのは広大なものです。顕微鏡でね、刺青の墨の入り具合を検証していくとね、ボカシの苔蒸したような大地、朱の粒子が漂う幻想的な空間。なんというか、自分がその上を旅する虫になったような錯覚がある。考えてみれば、刺青皮から発生した虫の粒々も、地球にへばりついて生きるボクら人間の粒々も大差ないようだな。アッハッハ……》

遊侠の彫師・凡天太郎

昭和の初期、東京生まれ。本名、石井清美。数年間、全国の博徒、テキヤの間を放浪したすえ、劇画家として世に出る。肌絵師（ボデーペインティング）としても有名

刺青に魅せられて

怨念というべきか。永遠に満たされぬ魂を抱いてこの世に生まれ落ちてくる人間がいる。体内細胞の一粒一粒に毒素をたたえ、濃密すぎるその思いは人を傷つけてやまず、本人それと気がついても宿命だけに如何ともなし難く、ただ裏街道をころげまわる。そういう無頼の一群が存在する。この人はこの中の一人であると、まず踏んだ。絵と遊侠と女の妖艶なからみ合いがその半生を彩ってるのだ。ことさら〝妖艶〟というのは、この人が針道具かかえて遊侠の世界を渡り歩いた刺青師だからである。彫師、初代を名のって彫清。劇画家凡天太郎の、これが素顔である。

おんな・その一　そのころ、京都府立美術専門学校の学生だった。京都の町も学校も退屈だった。退屈な画学生は、退屈な学校に通った。毎日、白壁の下を通った。ある日のこと、白壁にある小さな穴をくぐり抜け

て蜜蜂が飛び立った。彼はその穴から内部を覗いた。袖の短い着物にたっつけ袴の老人が坐っていた。老人はいつも、うつ向いて仕事をしていた。彼は、きっと名のある絵師に違いないと思った。老人の姿にはそれだけの凄味があった。

翌日、その前を通ると、若い女がタスキがけで水を撒いていた。季節は夏で、京都の道は埃っぽかった。不意に、女が声を張りあげた。

「あら、ごめんえ。かかりましたん?」

まぶしいくらい美しい女だった。彼は、異様な老人と美しい娘の住む家に好奇心を起こした。老人は彫師だった。彫金といえば、今も名が残る名人である。彼は初めて刺青を見た。血玉を吹く人の肌のキャンバスに仰天し、命の色を刻むような針先の動きに戦慄し、刺青に魅せられた自分をはっきりと意識した。

美しい女は彫金の娘だった。彼は、女と刺青にひかれて通いつめた。女は自ら、その秘密をひらいて見せた。彼を抱き締め、口を吸ってから「見せてあげるわ」と、熱っぽく囁いた。次の瞬間、女は着物の前をまくり、脚をひらき、性器をさらした。茂みのなかに、ちらりと蟹に似たものの這うのを見ながら、彼はめまいのような激情に焼かれ、女の股間めがけて頭からつんのめって行った。

おんな・その二　そのころ、北九州の炭鉱にいた。美術学校と彫金の家を一緒に卒業したものの、画家志望は挫折し、刺青師にもなり切れず、いわば荒くれて諸国放浪の身の上だった。ちなみに、彼は三十数種の職業を体験している。

一歩坑内に踏みこめば、夏は灼熱の地獄、冬は凍傷で手足がただれた。敬という熊みたいな男がいて、彼を兄貴と慕っていた。ヤクザ三人をドスで刺し殺して逃げこんできた男だった。その炭鉱には女坑夫もいた。

しのというその女坑夫には夫があり、共に坑内で働いていたが、夫婦仲は険悪だった。あるとき夫がしのを刺そうとした。しのと敬が密通しているというのだ。敬はそれを聞いて怒り、夫を撲り殺そうとした。濡れ衣だったのである。しのと夫は以後、更に醜く憎み合った。

ある日、凡天太郎は坑道の闇の中で男女の喘ぎを耳にする。憎しみだけの夫婦でも、セックスだけは繋がっているのか、とそのとき思った。

それから一時間後に惨劇が起こった。坑内のカンテラに照らされて、胸に突き立った刃物を抱いた敬が絶叫し、のた打っていた。やったのはしのの夫だった。あれ以来疑うことをやめようとしない夫に腹を立て、しのが敬を誘ったのだという。あのとき耳にしたのは、敬としのの声だったのだ。

敬は死んだ。もめごとを嫌った雇い主が事故死と届けた。敬の死を境にして、しのは夫にべったりくっついた。死ぬほど愛しているのである。

凡天太郎はそのとき思った、女ってやつは恐ろしい……。

おんな・その三　そのころ、針道具かかえて旅から旅だった。彫清と名のって、いっぱしの刺青師として知られるようになっていた。

雁屋次郎という親分がいた。その人に連れられて、レンガ造りの瀟洒な家に行った。洋室で待ってると、女がはいってきた。全裸になると、総身くまなく刺青で塗り上げられている。しかし、一か所だけは彫ってないという。そこに牡丹を入れて貰いたいという注文だった。太郎が覗きこむと、女は羞恥心の気配もなく脚をひらいた。その奥、亀裂を芯にして揚羽の蝶が羽ばたいていた。これじゃあ彫る所はありません、と顔を上げると、女はくるりとうしろを向いた。尻の部分だけが真白く残っていた。

女は、雁屋親分のひとり娘だった。十四のとき、恋人だったチンピラに刺青をほどこされた。痛みは、ひとつ踏みはずすと快感に転化する。その感覚の倒錯が、いうまでもなくマゾヒズムだが、この女はさながら刺青というマゾ世界の美と苦との体現者だった。数千、数万回の針に肌をさいなまれ、血を流す恍惚を追って、以来六年、刺青の色は女の全身を彩った。今では、人前に出られない体をレンガの家に隠し、ひっそりと日陰の花のような日を送っているのである。そのとき、凡天太郎は思った。俺もこの娘も同じ世界の住人だ。刺青の色に首までどっぷり浸かってることには、変わりはない。俺の人生の色は暗い濃青と燃える朱の二色にきわまった……。

〃故郷なき芸術〃

《俺は父親の顔を知らない。生まれ落ちたところから、俺は父親との面倒くさい因縁が切れていた。人は子供の俺をつかまえて父無し子と嘲ったが、俺はへいちゃらだった。シャラクセエ！　こう見えても神田の生まれだ。ところが、母親の姿が消えた。変だな、と気が付いた頃には、俺はどっかの養子になっていた。母親の姉だという人が、新しいおふくろになった。そのオフクロは俺をもて余して親戚にあずけた。親戚は暫くすると、養いきれないといって祖母に渡した。祖母はやさしかったが、貧しかった。ひとりでも食えないところに、俺のような食い意地の悪い餓鬼にころがりこまれて、たちまち音をあげた。そして、別の親戚に押しつけられた。そのまた親戚からもっともっと離れた親戚へと、ぼろカバン一つぶらさげて汽車に乗り、またバスに乗り、俺はただわけもわからず運ばれて行った。お陰で小学校だけでも九回転校しなければならなかった。

小学校の四年のとき、母親が訪ねてきた。俺を養子に出した後で結婚した亭主と、朝鮮に渡るのだといった。その手に、見知らぬ子供がぶらさがっていた。俺の弟なのだそうだ。二度と会えないだろうから一生一度、何でも欲しいものを買ってくれるという。欲しいものなんか無かったが、よく考えると一つだけあった。パンタグラフだ。コンパスのお化けみたいなヤツで、似顔絵をつくる道具だった。その頃、ヒットラーとムッソリーニの似顔描きに熱中していた。当時の金で五十銭。母親はそれを俺の手に押しつけると、また弟の手を引いて去って行った》

　故郷喪失者の眼から見れば、刺青もまたふるさとを持たない芸術だった。彫師が一針ずつ精魂傾けた様々の図柄は、博徒、テキ屋、そして流れ者の体に背負われて日本中に散って行く。散って流れた先は行き止まり、人が死ねば彫物も死ぬ。刺青ははかない。ハカナイだけに、皮一枚下に塗りこめた情念は濃い。しかし、刺青の情念とは何であるか。凡天太郎なら即座に答えるだろう、セックスだと。皮を破り墨をそそぎこみ、その破れ穴の内側から血玉をこぼすという性的なイメージが、刺青にはたしかにある。しかし、それだけではない。その快感のみを目的とするなら、水を含んだ針で刺《っ》けばよい。刺青には色があるのだ。色のあるセックス。色と性の相姦関係と置き換えてもよい。闇の中の性行為を考えてみても、そのとき脳髄のイメージするかたちは極彩色だ。そして、架空のイメージではなく、性の快感自体が具体的に色をもつというのは、刺青を除いて他にない。皮を破る針の痛みと注ぎこまれた色彩の刺激が、脳細胞の眠っている部分を突き醒ます。このとき全身の肌が生殖器と化すのだ。

　人は母親の子宮から産道を通り、この世に引きずり出されたとき見る色に、一生縛られるのである。そこから更にさかのぼれば、もう色の無い世界、胎内回帰だ。色のあるセックス、刺青は他のいかなる芸術よりもこの人間の原始時代の〝ドロドロ〟に密着している。肉体がかつて胎盤をもっていたように、精神もまた胎内回帰、母性憧憬という溶け残った胎盤をくっつけている。そして、凡天太郎の胎盤はとくにデカイ。だから、彼は刺青に取り憑かれ、だから、彼のエネルギーは枯れることを知らない。四十半ばにして精気凛々、夜毎美女を従えて飲み歩き、一度お手合わせしてみたいわと胸ときめかす女々はあとを断たず、それというのも彼が性道の奥義をきわめた達人の故だ。しかし、それだけやってもなおかつ、みずみずしさ、陰翳たたえた初々しさを損わない秘訣は何か。彼はうそぶく。〃俺は、本質的に初々しいんだ〃。

凡天太郎は、巨大なる胎児なのだ。胎児がニヒルな面貌を風にさらして歩く。すれ違う女という女は、胎児のただならぬ気配と匂いにジーンと胸打たれ、事実、彼から〃別れようぜ〃と宣告されて半狂乱になり、そのとき、場所はプラットホームだったが、とっさに走ってくる電車の前に飛びこんで死にかけた女がいる。そういう女は数人いた。凡天太郎の通った跡には、かたつむりが光る糸を引いて進むのにも似て、一条の白い精液のくねりと、その粘糸にからめとられた女群の残骸が蝶のムクロのように散乱している筈である。

おんな・その四　今年の夏だった。ビヤホールにはいった。たて混んでいて、相席になったその席には二人連れの若い女がいた。彼は水割りを注文した。片方の女がシゲシゲと彼を見た。女は「ビヤホールに来てなぜ水割りを飲むの?」といった。彼は「俺はビールを飲むと、女が欲しくなるんだ」と答えた。女は、まじまじと彼をながめ、それから笑った。「アナタにビールを飲ませたくなったわ」それから、ホテルに行った。女はMデパートの店員で、結婚のためにちょうどその日、退職したばかりだった。数日後、女から呼び出しがきた。ホテルに行った。翌日、別れぎわに女がいった。「わたし、結婚するのやめたわ」——。そのとき、凡天太郎は思った。またか、これだから女ってヤツは困るんだ。

女の呪いで――犬になった画伯

鶴岡政男氏、六十三歳。昭和二十五年、第一回日本現代美術展受賞。戦後の美術は氏によって開かれたといわれる

ひとでなし！

一九六九年の夏、高名な画家、鶴岡政男氏は忽然として一匹の犬に変身した。魔法の鞭の一撃受けて肉の裂ける熱い痛み、死にもまさる苦しみして、それを過ぎるとワンワン……意識そのものが犬になっていた。自分がヒトであるという認識がすっぽり欠落し、白い無毛の人体を持つことすら知覚されず、ただ目覚めた意識は犬のものであった。

――めしは喰わず水だけ呑み、小便垂れ流し身じろぎせず、灰色にも暗黒にも見える重い空気中にうずくまり、舌を垂れ、ぜいぜい息し、眼はひらいても物の姿は消え、息苦しい灰色が周囲に立ちこめ、私はそこで一匹の犬だった。時が消滅し、犬一匹地球を離れた仮死空間に投げ出された、犬は淋しいさびしいさびしい……。（鶴岡政男の手記）

突如、

〃かわいそうに。政ちゃん、もういいんだよ〃

死んだ母の声を聴いたという。呪縛から解き放たれたのである。アトリエの中は暑熱と糞尿の臭気が充満し、鼻をつまんでよろい戸を開けると、外は夏の夜明けで、薔薇色の鮮光が中天をよぎった。

《母が救ってくれたのです。その時、もし母でない女の声を聴いたら、私は人間に戻れなかった。犬になったまま飢え死にか狂死か、とにかく救われなかった》

ちなみに、氏を犬に変えた魔法の鞭とは、ただ一通の手紙にすぎない。同棲していた女からの絶縁状だったが、その文面はヒステリックに氏を面罵し、ひとでなし！　ひとでなし！　ひとでなし！の五文字であふれ返っていた。げに、女の呪いは恐ろしや。手紙を受け取ったあと、指折り数えてまる七日間、鶴岡政男は犬であった。

牛の屠殺を見て悟った人生

さて、犬神憑きというのは、狐憑きでも同じだが、医学的原因は軽度の脳内出血にありとされ、脳の襞をかすめる極微量の滲血が一時的幻覚作用、狂気現象を強制し、出血が吸収されると共に正気が戻ってくる。したがって、鶴岡氏の場合も手紙による衝撃から軽度の脳内出血をきたし、一週間の幻覚を経て、やっと回復したと考えられる。つまり、犬神憑き体質者に特有の、一種の憑霊幻覚を鶴岡氏もまた体験した。ということは……。

《神戸から須磨に寄った東尻池村というところに住んでました。屠殺場が多いところです。五、六歳だった私と母と若い義父との三人が、上州高崎から西へ走って、ハッキリ言やあ駆け落ちですが、とうとうこんなところに住みついた。義父は沖仲仕、母は女工、留守番の私は毎日屠殺場を見物に行きました。

牛の屠殺って、どうするか知ってる？　そりゃあ見事なもんだよ。ゴルフクラブみたいな鉄のハンマーを、こう、うしろ手に隠してね、屠殺人はぶらぶらと歩いてる。退屈でやり切れないような顔してるんだよ。その前に追い立てられた牛がすすんでくる。暴れ出さないように、両脇に二人、ヒトが付き添っていてね、頃合いを見てすっと離れる。振り向きざま、屠殺人はハンマーの先端を牛の眉間に叩きつける。牛は四肢を縮めてぴょんと飛び上がり、地響き立てて横転、痙攣する。

その後肢を鎖で吊り上げて、逆さ吊りの頭の方に血を集めといて、バサッと頸動脈を切るわけ。全身の血が滝のように落下するけど、それが何百頭と増えるうちに、広い屠殺場の床がおとなの踝位まで血でいっぱいになる。それをね、海に流すんです。……あれは、身震いするほど異様な光景だった。薄い冬日が空に光っていてね、真青な須磨の海はそそぎこんだ血でダンダラ模様を描いてる。人影もなかった。寒い日でね、血の帯から白い湯気が立ち昇って、濛々と海上を流れて行くんだ。それを私はぼんやりと眺めていたけど、考えてみれば、そのとき人生ってものを悟っちゃったみたいだな。俺だって、いつかはこうやって死ぬのだ。ヒトが生きるってことは無残だよってて》

親子心中を試みたこともある。親子三人手をつないで、獣の血の浮く海にはいって行った。死んでもいいや、と幼い鶴岡氏は度胸をきめたが、真っ先に母が岸に逃げ戻った。こわいよう、死にたくないよう、と叫んだそうである。

《死ぬことは簡単だけどね、死に場所を見つけるのが難かしい》

母なる人は、親の手から他人に預けられ、上州高崎宿の女中をしていた女である。客と袖擦り合えば、いさぎよく帯解くことも稀ではなかったらしく、というよりも、むしろ女の方から客に憑かれてしまうぐあいで、その結果、ふたりの父無し子を生み、二人とも死なせている。後日、同宿の鍛冶屋と結ばれ、一子政男を設けるが、それもちょんの間、五年後にはこどもの手を引き、若い流れ職人と三人連れで故郷を出奔するのである。

《魅入られるというか、男に取り憑かれたようになっちゃうんだな。いったんそうなると座頭市だ。うん、目が見えない。前後の見境がなくなっちゃって……》

憑霊ならぬ憑恋愛者。つまり、魂ごとそっくり恋愛に入れあげてしまう女。そしてこの母の姿はそのまま、女遍歴を重ねる鶴岡政男の姿だと思って間違いない。

《女は私の死に場所です。女は、運命の赤い糸がその肉体からつむぎ出され、その胎内に溶けこんで行く私の死に場所です。女は土のような存在で、それがなくては私の足元は定まりません。いろんな土を踏んできたなあ。毒気をはらんだ赤い土、踏むと足をとられる深霜の土、底なしの沼を隠した湿地帯、ヒステリックな熱風の舞う荒れた土——ずいぶん歩いてきたもんだなあ。明治四十年二月十六日生まれ。数百という女の腹の上で私は生きることを教わってきたけれど、もうそれも終わったようだな。自分が犬になったときそれを覚《さと》った。これからの私にとって、女は生きる場所ではなく、死に場所だな》

鶴岡政男は尼僧を犯した過去をもつ。正確には、還俗した尼僧を、である。その女人は無理強いされた結婚を拒んで尼寺に隠れ、そのまま尼としての暮らしを続けていたが、両親に懇願されて還俗し、義理の兄の経営する下宿に身を寄せていた。秋田生まれの美しいヒトだった。その下宿の住人である鶴岡氏は、たちまちその美形に取り憑かれた。剃り上げた頭から萌え出した黒髪は五分ほどの短さで、それが凄いような色気になって男を誘ったのである。

ときは夏、女はひとり、寂しげに蚊帳の中に横たわっていた。バサッと蚊帳裾を跳ね上げて女の横にアグラをかいた。その間、無言。嫌なら嫌だとハッキリいってくれ、というカタチだった。女は黙っていた。薄物を透して汗ばんだ肌と肌を触れ合わせたまま、じっと息を詰めていた。鶴岡氏は畳に落ちていた新聞をひろげて声を出して読み、その声が妙な具合にかすれてきて……犯した。

しかし、その夜一夜を限りに二人の仲は義兄に裂かれ、半年経て女は死んだ。鉄道自殺だった。既に、人の目に立つほどの身重だった。人は義兄との関係を噂したが、鶴岡氏にはひょっとしたらという危惧が残った。否、その危惧よりも女の弱さ、悲しさへの怒りが残った。——怒りの澱がひとつ、胸の底に沈んで行った。

人はなぜ人をまねて生きるのか

その頃、中支の戦線にいた。そこで銃殺刑が執行された。鶴岡政男は射手の一人だった。十人の死刑囚に三十人の射手が銃口を揃えた。一人につき三人の割合である。

射て！

鶴岡政男は故意に銃身を上げ、目標の頭上に狙いを外《はず》した。にも拘らず、目標は死んだ。一人が狙いを外しても、残る二人の弾丸が囚人の脳天を射ち抜いてる道理である。何のために狙いを外したのか。俺は射たなかったのだと、後になって自分を慰めるつもりか。意気地なし！　人殺し！

苦悩は執拗に尾を引いた。自分の弱さに対する腹立ち、戦争への怒り。――怒りの澱がもうひとつ、胸の底に沈んで行った。

（私のキライな人間）
口先と腹のちがうやつ
腹に一もつあるやつ
人を見くびるやつ
面と向っておせじみたいなこと云ふやつ
なんでも断定してしまうやつ
尊大なやつ
やたらとあっちこっちで同じ事云ふやつ
うぬぼれの強いやつ
冷こくなやつ
勇気のないやつ（俺は勇気があるかしら）
自分が大将でいないとすまないやつ
えたいの知れないやつ
自信過ジョーなやつ
あきすねらいの様なやつ
まだまだいっぱいあるが、めんどくさい。

（鶴岡政男の手記）

ある日、野原で糞たれた。季節は春、うららかにひばりさえずり、その陽炎のただなかに直径四cm、長さ三〇cmの巨大なヤツが尻から突き出た。生まれて初めてお目にかかる偉大なシロモノに鶴岡政男は驚嘆し、その誕生がむしろ快感であったことを誇り、人生の記録としてビニールに詰めて持ち帰り、アトリエに飾った。アトリエを訪れる客という客がアンモニア臭い刺激臭の襲撃をくらって涙をこぼし、中には嘔吐を催す女性もあり、遂に最愛の糞を水洗に流さざるを得なくなった。しかし、そいつは水洗で押し流されるような弱者ではなかったのだ。黄金の糞は流し口で頑として踏みとどまった。改めて実感するその巨大さを惜しみながら、生まれ故郷の野原に捨てに行った。

その道すがら、セックスしてこどもをひり出すのも、糞を垂れるのも同じことだと考えた。豚の子もヒトの子も変わりはない。だが、それにしても親豚の尻尾について歩く子豚どもは、なぜあんなにまで親に似ているのか、なぜ鬼ッ子が生まれないのか。ヒトはなぜヒトを真似て生きるのか。ヒトはなぜ集団に参加するのか……。

怒りの澱が海底に降る雪のように厚く重なる。胸底に降り積った怒りの澱は凝結して一個のかたまりとなった。冷えびえと静まりかえった蒼い鉄の玉である。

《私、鉄の玉を抱いて墓場に入ります》

どうやら、無数に立つ墓という墓の下には、白骨と魂ではない、怒りに蒼ずんだ鉄の玉が納まっているらしいのだ。

さて、ヒトはみな怒りの玉をひとつずつ胸に抱えていて、鶴岡政男の玉は人並みはずれてデカイようだが、それは彼の怒りの大きさによるのではなく、いわば宿場女郎まがいであった母と、その母を生んだ母と……と果てしなくさかのぼる女の歴史の死の重みによるようだ。

六十過ぎた鶴岡は、ウルトラモダンなシースルー一着に及んで、夜も眠らずに遊び狂いボンゴを叩くが、それが常に、どこか鬼火が燃える如く陰惨なのは、何代もの女の霊が取り憑いてるから。鶴岡政男は代々の女の命をうけ継いだ、世にも珍しいオトコである。が……。

《女の憑きものが落ちちゃった。犬になっていた七日の間にです。女を受けつけない体質に変わったらしい。そう、大切なのは犬であることだ。あの無限灰色の中で吠えもせず、永遠にうずくまること、これが人間の体質だな》

女憑きから犬神憑きへ——この変貌が鶴岡政男の生まれ変わりを意味するか、それとも不吉な死を暗示するか。

大奇人・観方

吉川観方氏。明治二十七年生まれ、七十六歳。本職は美人画家。集めた風俗資料の数は本人にもわからないが、数十万点を越える

幼くして「源氏物語」をスラスラ

生きた人間の顔は、幾度見ても覚えられないが、こと人形となると、それが五月《さつき》の御所を飾る雛人形であれ、市井の路地に捨てられたボロ人形であれ、ちらりと一瞥くれただけで生涯忘れないとなると、そのヒトの視界はいささか異常ではないだろうか。

人形だけではない。かつて人間の生活圏で息づき古び、人肌の匂いをとどめるあらゆるモノに対する凄まじい執着がそのヒトの思考の強靭さ、感覚のなまめかしさ、限界の明晰さを支えているので、今、仮に過去の生活圏などと漠然たる言い方をしたけれど、それはまさしく生活圏としか例えようもなく、冠・烏帽子・頭巾・笠・櫛・笄《こうがい》・眉作り・鉄漿《おはぐろ》・油壺・紅白粉から半衿・着物・帯・草履・下駄・傘・甲冑・調度・玩具・遊戯具まで、こう並べると簡単に思えるが、女の頭の櫛・笄に例をとれば、武家の妻女・娘の使ったものと、町家の妻・娘のものとはその種を異にし、まして豪商の夫人と長屋の女房とをその持物において比較すれば、

天地の懸隔あり、これが遊女、水商売ともなれば、もはや同日の論ではない。衣類にしても普段着、外出着、式服と大ざっぱに分けて三種。時代と職業を検見《けみ》して分類すれば、幾十・幾百かとどまる所を知らず、さらに下着や襦袢・腰巻・下帯の類まで眼路《まなじ》はるかに、生活圏に散乱するモノの姿はさながら荒野に吹きつける砂塵にも似て、その一個、一粒を拾い集めるなどとは、狂人の所為としか言いようがない。

ところで……京にひとりの狂人あり。時代風俗画家にして古今の大収集家・吉川観方である。

《わたし、母が四十二歳の子です。大和大路古門前の化粧品屋で、姉が三人、初めて生れた男のせいか、幼い頃から母の手ほどき受けました。いろはに始まって漢字まで書いた半紙を天井一面に貼っておきますね。机に向かってないときでも絶えずいろはがちらついてまして、床につくとき眠るとき、夢の中ですら頭上に浮かぶ文字を眺めてるような具合で、それが学齢前のことですから、小学四年生にもなると源氏物語をすら読むことができました。平安から江戸まで、古典と呼ばれるものはあらかたその時分に読み尽くして、その後読み返したこともありません。中学以降は専門的な古文書や世に隠れた春本の類を漁ってました。しかし、本筋は絵を描くことと、書画の収集で、むしろ文献解読は参考のために手がけたものです》

七歳から絵と書の修行を始めて、短冊に興味をひかれたのが十歳頃。話は飛ぶが、骨董は掛軸置物に始まり短冊に終わるというのが定説だから、彼は十歳にして好事家の終着点に佇み、やおら回れ右して収集の難路を逆戻りしたかたちである。それから三年、十三歳ともなるとガラリ、こんにちはと店の扉をあけるとたん、骨董屋の主人がギョッとしてアヤマッたそうだから、天晴れ一人前の骨董屋荒らしである。そんじょそこらの骨董屋では値踏みもできない掘出し物を、小学六年生の小童が一銭二銭の小遣い銭でさらっていくのである。

そのころ、全国一の難関といわれる京都府立一中を受験した。絵画学校にいきたいというのを、観方の才を惜しんだ父が無理に受けさせたのである。ただし、これに失敗するようなら絵の学校に進ませる約束だった。試験場にのぞんでも、白紙を提出してしまえば、コトは簡単だが、それでは父にバレる恐れがあるし、苦心惨憺、まずこれなら落第間違いなしと手抜きの答案を提出し、さて合格発表のときには、それでもトップから数えて四番目だったと、これは有名な観方伝説の一つである。

それから七年。

ひとくちに書画といっても、まず漢詩・和歌・狂歌・俳諧。絵では土佐絵・狩野派・南宗画・浮世絵・大津絵・鳥羽絵と経由して、それらは各々一枚物・巻物・軸物・屏風・帖・色紙と分類され、さらに古文書（書状・通信文）を加えてひっくくった世界であるが、二十歳になるやならずの吉川観方が、既にこの世界を渉猟し終えていたというのも驚嘆に価する。書画の領土を踏み破ってその果てに邂逅したのが〝時代風俗〟という過去の生活圏の膨大なつらなりだったのである。

《当時、京都で人物を描くといえば、上村松篁一派が舞妓・大原女・農夫などと、まあ近代的な画風でやってましたが、わたしは同じ人物でも時代風俗でいこうと考えたわけです。ところが描けない。女の顔ひとつ描けない。勿論、大ざっぱには分っています。けれども、わたしが描きたい或る特定の女が、どんな眉をつくり、どんな紅を差し、頭にはどんな櫛・笄を飾り、どんな下着をつけ、どんな履物《はきもの》を使ったのか、正確なところは全くわからない。つまり、生活風俗が何ひとつわかってないことに気がつきました。そんなことをヒトに尋ねても、誰も知りませんね。仕方がないから自分ではじめましたが……》

コレクションの山、山…

最初は身につける衣類、履物、頭のものから集めだして、手に持つ小道具、日常品と次第に領域をひろげて、その先は果てを知らず、収集品を積み上げた屋内は昼だというのに電燈をともし、辛うじて人ひとり通り抜け可能の隙間を挟んで右も左も書類と箱の壁。窓もガラス戸もおよそ考えうるあらゆる空間が、収集品に埋めつくされ覆いつくされて日も射さず、二階に上がろうとすれば幅三尺の階段の上から下まで、びっしり半分にわたって古文書、書画が雪崩れる気配で納まり、ヒトは恐る恐る体を斜めに足音を忍ばせねばならない。

畳だけでも八十何畳敷ける住居の、そのまた押し入れ、便所の間際まで、モノというモノが占拠して、主の観方はわずか四畳敷きほどの収集品の穴蔵に起き伏しする有様である。が、驚くのはまだ早い。この他に、蔵が二つ。さらに京都府立資料館など京周辺の神社仏閣に保管を委託したぶんを合わせると、その総量は想像を絶して、まあ、吉川コレクション専用の特大博物館を三つ建てても、納まるかどうか……検分に乗り込んできた文部省の史料官が、おじ気をふるって逃げ出したという。

《吉川観方はあの年をして童貞だといわれますが、それ、本当のことですよ。わたしは嘘いつわりなく女を知りません。いいえ、女嫌いではないんです。美しい女を眺めて心をうごかされない男がありましょうか。まして、わたしは何事にも愛着の強いほうです。好いた女のひとりやふたり、長い人生のうちにはあったとしても不思議はありません。ところが、それが無いのです。恋ですか？

ホッホッホ、ご冗談でしょう。みんな、わたしの仕事の実際を知らなすぎるのです。今わたしの所には、それこそ数十万の時代風俗品が集まっておりますが、ただやみくもにかき集めたのではなく、そのひとつひとつの作られた時代、上物か安物か、そして、どの階級の何歳くらいの人が使うものか、全部わたしの頭に入ってます。鏡一枚にしても、初めのうちは、それが天皇のものか、公卿のものか、武家のものか、町家のものか、或いは廓の道具か、まったく見分けがつかないわけで、他に研究書があればともかく、無い場合には、独力で調べあげなければならない。だから、モノ一個を蔵に納めることに費やす精力と時間は、気が遠くなるくらいで、まして数十万の時代風俗となれば……女と交渉をもつ余裕がある筈もなく、それに打ち明けた話が、女にかける金が惜しかったんです。そんな金があればさっさと収集の方に振り向けた。そうですね、結局は収集を完成させる歓びのほうが強かったんでしょうね》

現実とは〝手に負えぬ調子者〟

さて、万葉の昔から数を重ねて平安・室町・戦国・江戸・明治と、歴史は疾走し、人間の脂粉にまみれたモノというモノを駆け抜ける街の辻々、職場の赤い土の上に振り捨ててきたが、それらモノを拾い集め組み立てる時代風俗史の世界はもっとも切実に破壊と創造に結びつく。戦争・火事・大地震のたびにひとつの風俗文化が滅び、それに替わる新しいモノが登場してくるのだ。

過去の時間に埋まった破壊と創造の無数の積層を眼前にしてたじろがず、歴史は滅び、人間はくたばっても、散乱したモノだけは目出度く残ったわいと、手に取りすかし つ眺めつ、そこにまつわりつく人間の苦悩もろとも〝美〟を鑑賞するという精神は、なかなか収集家などと呼び捨てできるシロモノではない。

吉川観方から見れば〝現実〟というのは手に負えぬお調子者で、戦争だの革命だのとわいわいうめきながら、ぞろぞろと一世代通り過ぎたあとの、その路傍にころがったモノを拾い上げて確かめてみなければ一切、本質はわからない。

現実に充満する〃わいわい、がやがや〃を認めず、その底に沈澱した物言わぬ品物だけを信用するのだから、自ら世の歴史家とは史観を異にし、そのせいか、膨大な吉川コレクションの中に戦後の収集品はひとカケラも見当たらない。

太平洋戦争で日本は終わりました。つまり、現在の日本は大股びらきで毛唐文化を迎え入れた曖昧国家だとののしるわけで、余人は知らず、人間の顔は忘れても人形の顔は忘れない観方さんがいうのだから、どうも真実らしい。

《これだけの収集をやりとげるについては、何処かスポンサーがおったろうとか、親の遺産だとか噂されますが、違いますな。わたしは京の化粧品屋の息子で、学生時代から松竹歌舞伎の美術監督やら、東宝の美術顧問やらで稼いだ金を、女房もめとらず子も産まず、一日四合の酒のむだけに費やして、すべて時代風俗につぎこんだのです》

これを曖昧国家の住民から眺めれば、吉川観方は、生身の女体菩薩を捨てて、時代風俗という人工の死物に恋着した異常者である。

時代風俗とは、たかが歴史の遺品、意地悪くいえば人間の抜け殻にすぎない。脂粉の匂いのこして、生身の肉体は欠落しているのだ。二千年にわたる過去の生活圏を渉猟し、荒地の石塊を拾うようにひとつふたつとモノの連関を追跡する観方の姿はナントモカントモ形容を絶し、生活の枠を踏み外し、凄絶を通り越して、ひとつ間違えば滑稽な道化に変じかねないが、辛うじてそれを許さないのは、彼が日本人の歴史を一身に引き受ける精神の大きさを備えているせいだ。

《わたしは、自分の眼で美しいと認めたものしか集めません》

この人、家の中で決して火を使わぬ。底冷えの京の冬でも、カン徳利に湯をみたし、両手でかこって暖をとる。

《火事が怖いのです。他処から燃え移る炎は止めようもありませんが、せめて自分から燃やすような不始末は防ぎたいと思って》

人間の集団は狂気、暴力、衆愚に結節するだけだが、物の集積は妖気をはらんで観方のまわりにとぐろを巻き、不気味な過熱を続け、やがては風を呼び黒雲を招き、どろんどろんとガスを噴出しつつ発火点に達するかも知れず、そのとき観方少しも騒がず、燃えさかる時代風俗の世界・日本想芸の虚構の火の粉総身に浴びてニタリと、凄い笑みを洩らして呟くだろう。

《ヨシカワ・カンポウガ　モエテイル》

蛇使いの女

山崎君子。昭和八年富山県生まれ、三十七歳。女芸人の第一人者

蛇が嫌う人間の鼻孔だが…

一匹の蛇がいる。

青地によどんだ茶色をぶち撒けた色合いでとぐろを巻き、するする伸びると体長四〇cm、太さ三cm余り、眼は漆黒にキラめいて縞蛇としてはかなり大きいものだ。

そいつを摑んで尻尾の先端から、ずるずる鼻孔にさし入れる。

しかし蛇の鱗というものは、魚類も同様だが、頭から尻尾に向けて生えており、これを尻尾の方から入れるのは、とりもなおさず鼻粘膜が鱗に逆撫でされる結果になり、これは非常に痛い。

では、なぜ、頭部の方から入れないのか。

その昔、三尺近い青大将を頭から鼻の孔に突っこんだ勇敢な芸人があったそうだ。

青大将の頭部は首尾よく鼻孔をかいくぐり、さて口から出てくる筈のところ、何をとり違えたのか、そのまま咽喉の奥深く潜入し、いきなりがぶりと咬みついたので、ギャッとも言わず芸人は悶絶した。

以来、逆さ鱗の痛みに耐えて蛇使いたちは尻尾の方から蛇を通すようになったのである。（頭から挿入した場合には、咽喉附近まで人差指を迎えにやり、鼻腔を潜り抜けた蛇頭にそれを咬ませて引き摺り出すのを常とする）。

ところで蛇の体というのは意外に脆く、鱗に附着した鼻汁や煙草のヤニを拭い取らずに放置しておくと、三日足らずでくたばってしまう。

つまり、人間の鼻の穴は、蛇にとっては身震いするほど嫌ったらしい鼻粘膜・煙草脂がどろどろとうず巻く毒の巣窟にひとしいのだ。

そこで蛇は怒り心頭に発して鎌首もたげ、ヒトの腕といい顔面といい、ところ選ばず咬みつき舐め上げ、必死の反撃を試みるが、それもつかの間、中央部から頭部へと鼻腔中に埋めこまれるにつれて次第次第と苦悶の痙攣に変化し、ゲーッと口を開く。

これは人間の鼻腔というトンネルともカンヌキともつかない奇抜な責道具で胴体を締めつけられる故で、一方これを見物の側からすれば、眼前のヒトの鼻から突然にも蛇の頭が生まれ咲いた錯覚の異様な瞬間が現出したわけで、蛇の口蓋は真赤に裂けて開き、針の舌がひらめき、その胴体はあくどい口紅塗りたくった唇からぐたりと垂れ下って、あたかも人間の第二の蒼ざめた舌が生え出た景色と見て間違いはない。

この芸を符牒でサンガツと言う。三月《さんがつ》・四月は花札用語、花と鼻との掛け言葉と思われる。

〃女ターザン〃・君子

ここに登場願う女性は本名を君子、サンガツを得意とする小政興行の太夫《コウタ》だが、他にハッカとバサを併せ演じる。

ハッカとは細めの蠟燭を一本から始めて数を増し、ついには十数本にたばねて火焔ゆらめくその燃えぐちを口中に含んで見せるものだ。

そのさい口中の焔で頰が透けて明るみ、ふと人間雪洞《ぼんぼり》といった残酷な抒情も匂わせるが、これとても生易しい業ではない。

並みの太夫が十本でやけどするのを、この人、ぎりぎり十九本まで口中で燃すことができる。

そして最後に、口中にあふれるドロドロの蠟を一息に吹き出すのだが、煮えたぎる蠟の霧は火気をはらんで物凄く、さながら火焔放射器の如く一条の炎の帯となって噴出する。まさに発火《ハッカ》たるゆえんである。

さらにバサとは生きたニワトリの首喰いちぎり、こぼれる生血をごくりごくりとむさぼり吞み、それでも飽き足りぬかバサバサ羽ばたく首無し鶏の羽毛ごと骨肉に到るまで嚙み荒す因果の芸、すなわち口上。

ホラ、ホラ、何の因果かこのお姉さん、生きた蛇や蛙を食べるというので村にも住めなくなって、生まれ故郷を飛び出して、出羽の三山で有名な湯殿・羽黒・月山と三山並ぶそのうちで、東北の霊山として名高い月山という山に登り、裸・裸足そのままで、山から山、谷から谷、深山幽谷を己が住家となし、蛇や蛙を食料としてあらゆる悪業をつないで参りました……。

ハイ、お待ちどうさまでした。

只今から〝女ターザン〟の実演公開です。

母の責め折檻

《私の前歯二本欠けてるの、これ何でもないの。

テンカンで倒れたときおっ欠いたのかなんて笑うヒトあるけど、テンカンで倒れるの必ず仰向きだから……ハイ、私、火デンカン。テンカンには人・水・火と三種ありまして、おばあさんてヒトが人デンカンで、人混みに出ると泡を吹いてひっくり返ったそうです。

孫の私はその血を引いた火デンカン。何度もそれで頭打ってるからトロくなっちゃって、使いものにならんのです、この頭《ペテン》。

生い立ちですか。ええ、お話しします。姐さん（太夫元・西村清子）から、話してご覧ていわれてるし、だから、お話します。

……一月の二十二か三日か、はっきり思い出せないんだけど、前の日から吹雪になった夜の明け方、父が死んじゃいました。ハイ、私が七歳のときです。葬式もそこそこに町はずれの焼場まで、近所の人たちが父の棺をかついで歩いたんです。富山市清水町、そこが私の家でした。

五人兄妹で、兄が三人の妹が一人。深い冷たい雪に足をとられ、倒れては起き、起きては倒れ、そんなことを二十回以上もくり返しながら、私、その行列について行きました。

私を可愛がってくれた父なんです。生まれ落ちてからこのかた太夫元さんに拾われるまで、ただ父だけが私を人間並みに扱ってくれたんです。

私、小さい頃からラリ（変）ッてるから、母にも兄たちにもヤキ入れられて、だから、父は私を自分の傍から離さなかったくらいで……その父が死んでしまうと、あれは初七日が終らぬ中からでした、母の物凄い責め折檻が始まったんです。撲る蹴るなんてのは折檻の中に入りません。

めしは食わせない。裸にする。その上を荒縄で結わえて引き摺る。首を締める……。

とうとうしまいには据え付けの五右衛門風呂に私を閉じこめて蓋に重しを載せ、焚き口に火を付けたんです。悲鳴を聴きつけた隣のおばさんが飛んできてくれた、というのは後になって聞いた話で、救け出された時には釜の内部は焼けるような熱さで、私はとっくに失神していて何も覚えていないんです。ハイ、それが父が死んで初七日のことでした。

いいえ、継母じゃありません。真実、私の生みの母なんです。

そのとき父の分骨を貰いに来ていた京都の伯父さんが、あまりのむごたらしさを見るに見かねて私を引取ってくれたんです》

一個の家族中に於て、わずか七歳の少女がこうまでむごく疎まれ、血肉分けたる一族の憎悪の的となるについては、そこに何らかの理由が無くてはならないが、さて母・兄の君子に向けられた暴力は少なくとも人間に対するそれではないようだ。

いうなれば、それは畜生・獣を飼育するべく振りまわされる苛責なき鞭の一振り。どうやら七歳の君子は畜類にひとしい一族中の異物であった。この異物は肉体のみを持ち、頭脳のはたらき鈍く、学齢に達したというのにまだ寝小便を洩らし、家事を手伝わせれば茶碗を取り落とし、使いに出せば帰る道を忘れ、どだい他人と口をきくことが殆んど不可能なのだ。このいわば知恵遅れに近い一家の恥さらしが、しかし、人一倍はげしい感情をもち、意地を張る。何の意地かと言えば、人間としての意地に違いない。私だってみんなと同じ人間なのだと、ヒトのこぶし足蹴の下から眼《まなこ》白々と光らせ、恨みがましく呟きつづけるこの凶々《まがまが》しい存在。

ヒトはその眼を見据え、呟きを耳にすることにより更に憎悪を募らせ、嫌悪と嗜虐のないまざった感情は一息に殺意の高みにまで駈け昇り、君子の五右衛門風呂に於ける焚刑とまで沸騰した。

そのとき、伯父が引きとらなくても、早晩、君子は自ら家を出るか、母・兄から放逐されるか、いずれにせよ、父の死んだあとの家にはいられなかった筈である。

神社の境内で火デンカン

《京都ではイトコたちに色々いじめられました。京都から長野、親戚の家を転々とタライ回しになる間、行く先々、必ずひとりは私を目の敵にするヒトがいるんですね。

嫌なめぐり合せだったと今でも思っています。私、病気持ちで家の役に立たなかったから。

病気は、それまでは喘息だけだったんです。

でも……京都にいる時でした。私ひとり、神社で遊んでたんです。伯父の家から少し離れてたけど、そこが私の遊び場でした。ハイ、いつも一人。私みたいなものと遊ぶ子いなかったから。境内には人影も無くて、鳩が飛んでるんです。私、白い砂利にうずくまってぼんやりしてました。

すると急に背中の向うが痒いみたいな変な気がして、ひょいと振り返ると、炎。神社の扉から紅蓮の炎が吹き出してきたんです。

あッ、火事だ。

そう思ったとたん、体がすくんで動けない。

眼玉はとび出すくらいに火を見て火に吸いつけられる。

突然、胸が裂ける痛さと吐気がこみ上げてきて、ぐーっと地の底に引きこまれるように気を失いました。

ハイ、それが火デンカンの発作だったんです》

運のない人生というのは、どこまで生きても所詮ツキとめぐり会うことは無いようだ。

人外畸型のふるさとへ

このとき始まった火デンカンの発作は、その後もしばしば君子を襲い、さらでだに生き難い道筋を一層狭める働きをした。

一人立ちの太夫となった現在もなお、発火《ハッカ》の芸のさなかにテンカンに見舞われる恐怖がつきまとう。既に両三度、見物の面前で倒れている。

しかし、見ただけで発作の原因となる火を口中に含んで、そこから更に火焔状に吹きかえす荒芸を二十年続けて、たった三回の発作とは、むしろ尋常ならざる意志の統御が肉体の隅々まで及んでると思われる。

これは、幼い頃から親兄弟に憎まれたほどの意地の強さが、今になって物を言ったともとれるが、言葉を変えれば、現在、この舞台こそこの世に設けられた唯一自分の生きる場所だという、思い入れの激しさを示す証拠で、ラリペテンの君子は一点凍りついた空白の魂を抱いて見世物の世界にころがりこんだのである。

そのときの情景を太夫元はこのように語る。

《赤い、シミだらけの風呂敷包みを抱えてね、私の前に坐るんです。変なコだと思いましてね。それで何喋るのかと思ったら、お願いしますしかいわないのよ。最初、断わったんですけどね、興行の行く先々にくっついて歩くのね。

根気に負けました。よっぽど入りたかったんでしょうね、見世物に……》

母に疎まれ、兄に追われ、他人に騙された人外者の魂が、遂に人外畸型のふるさとにたどりついた、これがそのときの姿だった。

津軽凧繪師

中野啓三郎、七十歳。父から習って凧絵をつくり六十年、その伝統を守りつづけている

神荒ぶ凧絵

津軽凧絵に用いられる色は八色。赤、桃、黄、紫、藍、茶、緑、樺といずれも着物の染料であるが、主色の赤のみは明礬《みょうばん》を混ぜて散るのをふせぐ。輪郭は墨をもって黒々と描き出し、描線以外の天を突く頭髪・逆巻く眉・髭など、色に色を重ねて独特の発色を求める。合わせて九種、これら色群を絢爛野卑に使いこなし、表現の対象は人物、それも激情の極点を拡大誇張した顔貌に限る。

日本武尊と熊襲・呂布出城、漢将勇戦・金太郎と山姥・時宗と元使など絵面に英雄超人の二者が必ず対決し、まさに神荒ぶ劇的緊張みなぎるが、他に大首と称するひとり絵もあり、女武者大首・源為朝大首・鬼神のお松大首など眼光ギロリと四囲を睥睨して空中にあってはこれが天下をとる。

背景は赤。荒神・荒武者・謀叛人の形相は風を呼んで物凄く黒ずんだ血と落日の光彩はらんで浮き上がり、美女毒婦の面は赤に犯されず白地を生かして蒼白、唇ほんのりと紅をさして艶麗無比。これを描く者を凧絵師といって昔はともかく現在では線の中野啓三郎・色の吉谷彦衛わずか二人を数えるのみ。線とは強さ鋭さ、

つまり気合いが凧絵の筆法にかなうことを指し、色は底無しの宙空でその一点に視線を吸い寄せる配色の効果の烈しさをいったもので、中野啓三郎はそのハゲシサにおいて、もっとも津軽凧絵の伝統を継ぐものとされる。

《我《わ》、九歳から描きはじめてこの正月で七十ですから、六十年あまり凧絵コを描いてきたんでありますな。明治三十六年一月四日の生まれ、戦前戦後の長きにわたり、凧絵の伝統をよく支えてくれたなどとおほめいただきますが、我《わ》、貧乏だから描いたのみです。九歳からはじめたというのも、オヤジが床屋で、そのころは床屋なんぞめったに行くところではありませんので、食えません。それでオヤジは凧絵コを描いたものです。助けになればたとえ九歳のコドモでも手伝わされ、家中凧だらけで、好きも嫌いもわからぬうちに、そこサ赤ぐぬれ、藍ぬれといわれるままに塗りこんで、そのほがに糊コを漉し、骨コを組み、そんな一日を幾日も幾日も重ねでようやく年を越しては初日《はつひ》を迎えたものですじゃ。凧コこしらえるよりも天高くうなりコあげで飛ばす方がなんぼが楽しいのでありますが、我《わ》、貧乏ゆえにこしらえる一方で、それで六十年過ぎでしまったですじゃ》

この世の生に取り憑かれる

ちなみに啓三郎の父中野良助は半紙凧絵の名手として知られるが、その生前は絵師の気配など毛ほどもなく、本職はどこまでも町の床屋であった。半紙凧とは当時十銭ほどのこども向けの安凧だが、絵巧者の町の床屋がわずかな工賃稼ぐために描きまくり、九歳のせがれまで動員して大量生産した。まちがっても凧絵師という独立した画家が存在して芸術的につくりだしたのではない。良助の子啓三郎は床屋では食えないからと、六十歳まで県の工業高校の守衛であった。しかし守衛をやっても、やはり食えずに爪絵を描きまくり、それがいまでは津軽爪絵の伝統護持者としてヒトの見る眼もガラリ一変した。昭和元禄の恩沢は津軽まで及んで、中野の爪絵といえば出来不出来など論外に色紙の類《たぐい》まで奪い合いの有様で買いとられ、おまけに国家では勲章までくださるという。本人ア然として文部省では何のために勲章くださるのかと首をひねるのも無理はない。

《我《わ》、昭和三年より弘前第八師団倉庫に守衛としてつとめまして、終戦の二十年までおりました。戦争がおわって軍隊というものがなくなり、いっときは思案にくれたのでありますが、さいわい工業学校サ奉職できまして助かりました。我《わ》こども十人おって、二人死に、残った男四人、女四人を育てねばなんねかったのです。それで爪絵コ必死に描いた次第で、なんも自分が絵描きだから描いたのとは違うのです。こどもらにちっとでもあったかあい正月迎えさしたいと思うのは親心ですからな。画歴六十年とヒトはいいますが、実はその半ば以上がこどもら育てる賃仕事で、守衛のヒマ盗んだり睡眠けずっては描きなぐり、あとは問屋さんに買い上げてもらえばそれで上首尾。とても画歴なんぞと誇れるシロモノでありませんのですじゃ。今度もどこやらから勲章くださるおハナシですが、我《わ》、爪絵コ描いたからでなく、よぐまあ八人の子ら育てたの、とそれをほめるための勲章と思っとるんでありますす》

爪絵に用いる和紙は西ノ内、半紙一枚が縦一尺二寸、横八寸で爪の寸法を計るのに西ノ内一枚、二枚と数えるのはこれにより、最大は三十六枚。こんな大物になると中野啓三郎でも生涯に五、六枚しかなく、描くさいには紙の上を走りまわるような具合になる。

さて、西ノ内一枚の絵を描いて七百円。二枚張りになると千五百円、三枚張り三千二百円と僅かづつでも面積の比率をうわまわって工賃が高くなるのは、大きいものほど絵が難かしい所以により、それが来年からは基本料金が百円アップの西ノ内一枚八百円。

とにかくこれが当代凧絵の巨匠と称される男の値段で、相場から見れば東京は新宿周辺にたむろする似顔絵描きと変わりはない。それでも本人大喜びだというのは、これが津軽凧絵史上異例の高値であるからだが、哀しいかな、もはや腕が利かぬ。高血圧で一度倒れて以来ガタリと体力も筆力も落ちたと、本人は依怙地に黙してても周囲がやかましく噂って、どうやら大方の世評は定まったようだ。いわく、中野の全盛は十年前であった。早く、新しい後継者出でよ、と。

たしかに中野啓三郎の肉体はガタツキ衰え、話すあいだにもしばしば咳入り、折悪しく、外は狂ったような吹雪だったが、粗木剝き出しの家中には窓を鳴らしてびっしょり濡れた寒気舞いこみ、北斉風のこのむさくるしいジイサマの全身包みこむ。すると喉にひっからまった悪性の痰をゲーゲー吐き出そうとして吐きちぎれず、両手で頭を抱えこんだまま昏倒するのである。眺める側ではこのまま第二の発作につながって息絶えるのではないかと恐怖にかられ幾度も腰を浮かしかけるが、そのたびに老絵師はむくむく起き直ってくる。この高値、この世評あるかぎり未だ死なぬ、とこれは絵の世界に没入した執念よりも、この世の生に取り憑かれた我執のなせる業と見える。

《下絵さえあれば、我描《わ》くほどの絵コ、たれでもできるのであります》

下絵、または粉本ともいう。柴田粉本、小田桐粉本と世にいわれるのは、この両人が津軽凧絵の完成者と見られる故で、以後の絵師はほとんど両者の残した下絵に従った。下絵を用いるとは彩色するばかりに描き上がった墨絵（原絵）に白紙を重ねて、下から浮き出る原稿をなぞって輪郭をつくる。要するに透かし絵である。だから小田桐粉本を使えば、名人小田桐岩蔵の傑作がそこに再現される、と考えるのは理屈の上だけで、実際には白紙刻まれた描線の強さ・原絵との微妙なずれなど、結局は絵師の個性・筆力にすべてがかかってくるとされる。

《線でむずかしいのは貌の輪郭ですじゃ。なかでも大首の頬から顎へかけての彎曲が命で、ここンとこサ弱かったら凧コ揚がんねのも同然です。揚がってもまわりの凧絵に負けてしまうのであります》

津軽に喧嘩凧なし。明治初年から百年、ひとびとは宙空に駈け上がった凧絵の美を競い、太陽光線ギラリと跳ねかえして輝き出る修羅大首の凄さ、紋様の華麗、つまりは劇的色彩美の世界を鑑賞したというから、津軽とはよほど雅たお国柄と見える。

民芸研究家の相馬貞三さんによると、津軽凧絵の由来を尋ねれば幕末から明治にかけて、幕藩体制の瓦解を悲憤慷慨する弘前士族の修羅願望と、遠く江戸からはるばる北上した絵本三国志など北斎の鋭利的な筆法・国芳の爛熟奇怪な構図とがぴたり二重透かしになり、その後、凧絵特有の構図筆法彩色に工夫を重ねて現在に到るという。けだし自らの願望を空中深く飛翻させたところに津軽武士の発明はあったが、心情は恐らく地を這いずっていたのだろう。凧絵の大宗とされる小田桐岩蔵また津軽士の果てだった。

〝我《わ》、描けるの凧絵だけ〟

《我《わ》、小田桐さまサ下絵コ数十枚もっております。我《わ》、オヤジ小田桐さまサ弟子で、我《わ》、そのオヤジに手ほどきされましたゆえ、中野は小田桐系統いうことになっておりますがの、我《わ》、そんなことくどくど考えたことはありませんのです。我《わ》は我《わ》のみ。北斎も国芳も知りませんのです。日本にどんな絵師がおるのやら、とんと知らんのです。我《わ》、描けるの凧絵だけ。ハイ、描き潰した筆の数・描き上げた和紙の量においては、

どんな絵描きにも負けませんな。これは自慢じゃありませんの。そうせねば親子十人、生きてこれなかったのであります》

一筋の糸に託された観念の図譜として凧絵という発明はすぐれていたが、民衆はそんな負け犬の幻想を逆手にとって自分たちの遊戯道具と化し、例えばヤマトタケルの阿修羅と鬼神お松の妖美を交錯させ、奇怪な劇の進行に酔うごとく、天上に演出される芝居をゲラゲラ打ち笑って見物したに違いない。

しかし、その中に立ち混じった中野啓三郎という絵師の語るところによれば、蒼穹を埋めつくして己の手がけた凧絵が大疾走しようと、夕陽にきらめく赤、黒、桃、黄、紫、藍、緑、茶、樺の色彩の氾濫が頭上に雪崩れ落ちようと、当人の脳中ただ〝生活〟の重みにしびれ、眼は虚に明日の米代のありかを探った。つまり凧を手繰る糸がそのまま当の絵師にとっては一家十人の飢えをしのぐ命綱に等しく、そして目出度く命綱の役をまっとうしたいまとなっては津軽武士の怨念もって瞑すべし。

《今年の正月あ、いい正月になるべし》

津軽凧絵は民芸の傑作として雪にも負けず、貧苦にもめげず、高度成長の風のあおりくらって一九七一年、灰色の雲たれこめた日本の空に遊泳するだろう。

鳥に飼われている画家

二十年間の共同生活により、鳥類に浸食された感覚で描く山下菊二画伯、五十一歳

絵に現われる古生物の影

画家・山下菊二の精神に鳥が棲むというのはひさしい間の定説であったが、それというのも処女作「マルドロールの歌　幻想」以来、彼の、どちらかといえば単色系に塗り潰された筆の跡には様々の鳥類が羽ばたき、否々、かれらは翼の骨格はあっても羽毛がないから飛翔することはできず、仕方がないから強い二本の脚と爪の生えた指で、のそのそ地上を歩くが、どこか場違いな感じは拭えず、どうやらかれらを支配するのはこの世に間違って誕生した奇型生物のうしろめたさ。

したがって後世、人類のように繁殖する意志も気遣いもなく、ひたすら己の身の恥ずかしさ・じれったさのみが先に立ち、他の生物の眼を逃れて地球上の薄闇の部分に身をひそめるが、その形態の奇型ゆえ、かえって目立たずにはいられないといった風情で、まんまるく光る眼球と脊椎の延長としての尻尾は爬虫類だが、硬く突き出た嘴は紛うかたなき鳥類のしるし。

つまり、爬虫類から鳥類への移行過程には恐らく出現したであろうと想像される古生物の影が、山下菊二

の絵には刻印されている。

当人にいわせると、何も好きこのんで鳥を描くのではなく、むしろ鳥だの花だのとは別次元の自分の心の中の悪魔性をぶち撒けて大作を完成するや、あたかも作家の意志を嘲笑うように画面中央に怪奇な鳥の影が浮き上がってくるのだという。これが実在の鳥なら絞め殺せるが画布の奥深くひそんで、その上に塗られる色彩を媒介に浮かびあがる幻影ではいたし方ない。遂には本人も呆れ返って私の悪魔的空間の中には鳥が飛んでいるのでしょうか、と逆にヒトに尋ねる始末。

鳥といえば、自分は鳥の卵から生まれたのだと広言してはばからぬマックス・エルンストの如き図々しいのがいるが、この山下菊二の場合もその顔貌をつらつら眺めれば、人類の鳥類への進化現象の兆候が明らかに読みとれるのである。

鳥類の出現は一億五千万年前、われら哺乳類に遅れること数千万年にして爬虫類から派生し、この空飛ぶ爬虫類は宇宙の驚異であった。アルケオプテリクス・始祖鳥の頭はとかげ、顎には歯、可動な椎骨からなる尾は骨格上爬虫類、おまけに翼骨の末端には指をもち、つまり鳥よりは爬虫類に近く、それで思い出したが、かつて登場頂いた鶴岡政男さんの顔は、爬虫類で、山下菊二氏のそれはいくらか進化した始祖鳥に似る。おまけにこのご両人、実生活でも仲が良いというのだから祖先の旧交いまに暖めるか。進化の時空もだいぶん縮まってきたようである。

《二十年近くになりますか、誘われてカラスの雛を獲りに行きました。どうやって巣を探すかというと、糞です。雛は絶対に巣の中に糞をしない。汚れるからです。大木の頂上にかかった巣から尻を突き出して下に落とす。その糞の落ちてる場所を探すわけで、だから簡単に発見できるかというと、そんなことはない。頂上から発射された微量の糞は、すべて途中の枝にひっかかってしまう。地面に到着する糞は珍しい。それを探すのがひと苦労で、もし見つけたら近くに隠れて観察する。親がえさを運んできたら本物です。あとは雛をつかむだけですが、木といっても二抱えもある大木だから、一人じゃ登れない。枝にロープをまたがせてその先端に人間を縛りつけ、ちょうどつるべの原理の応用で、二人がかりで引っ張り上げる。このとき登る人間は防空頭巾を着用するんです。なぜかというと群をなしたカラスが襲いかかるからで、元来、カラスは縄張り意識が甚だしく、ある領域によそのカラスがまぎれこんだりすると、寄ってたかって半殺しの目にあわせますが、対人間ともなると日頃の縄張りを捨てて団結する。よほど憎いんでしょうな、人間てやつが》

このとき手に入れた雛をカデュース一世と命名。かんたろうでもかーすけでもカラスの名に〝か〟の字がつくのは、カラスがカ行の音に反応しやすいからで、カデュース！　と呼べば、まだ目を開かない雛鴉が真っ赤なチューリップのような口腔ひらいてカーッ。これが山下菊二と鳥類との最初の出会いであった。彼の履歴書をめくれば、その直前には共産党の山村工作隊の一員であった。つまり、当時の、あのゴタゴタの中で、彼も政治からはじき出された一人。

ときは戦後、ヒトも飢えれば鴉も飢える。二時間毎に時間を計って与えるべき餌もつい眠りこんでは不規則になり、あるときハット目を覚せば二時間はおろか倍の四時間を経過、カデュース一世は小さな体をひとしお縮めてころりと枕元に転っていた。

両の掌にすくいとると既に体温を失い羽根は冷たく、黒い瞳には灰色のまぶたが半分程かかってカデューッ、カデューッとヒトの呼ぶ声にも反応はなかった。

ところでこうした仮死状態から鳥を救うには唐芥子をまぶした刺激剤をつくり無理矢理それを嘴の中に押

しこむに限る。のどがヒリヒリで鳥は自分から嘴をひらく。すかさずそこに練餌を放りこむ、それではほとんどが助かると今だから知ってはいるが、そのときはただオロオロとカデュース一世が死んで行くのを見守らねばならなかった。そして死なれてみれば、我が子を奪われた親鳥の嘆き、命弄れた雛鳥の恨み交々襲い来って、ヒトは今更のごとく自分の残酷さに愕然とした。

その眼球に終日監視されて…

《その次に飼ったカデュース二世を私は底の広い布袋にかついで連れて歩きました。そうすれば好きな時に餌をやれますからね。つまり、鳥と生活圏を共通にする覚悟です》

いま山下家の入口のドア一枚を境にして人間の土地と鳥類の空間は截然と分割され、一歩それを開いて内部に踏みこめば、ヒトは奇怪な鳥類図譜の生きた夢にとつぜん眼を打たれる仕掛けである。それは単なる比喩でなく、ハタハタと眼前をよぎるふくろうの風切り羽根が、コトのついでに人間の眼を一撃する具体的な痛みであり、鳥類から発せられたその鞭の一打ちにギャッとヒトは目を覚まし、初めて自分が鳥の生活圏に迷いこんだ事実を知ることになる。雛から育てた五羽のふくろうと二羽のみみずくが広くもない家中を我がもの顔に飛びまわり、垂れ流しの糞は天井から壁・襖を経由して畳に飛び散り、ために漂白されて畳も土間もささくれ立った白骨を思わせ、なぜこうまでひんぱんに食べるそばから排泄するかといえば糞を溜めていたんでは飛行のバランスに差障りがあるためで、さすがにデリケートなものですなあと一人で感心してるのは当の山下菊二のみ。

喰いかけの鶏の頭を所かまわず放り出すから中には物陰にまぎれて日数を重ね、それが夏ともなれば物凄い臭気を漂わすことになる。余りの異臭に家中ひっくり返して探索の結果、積み重ねた画布の陰にどろどろに溶解した鶏の首がひとつ、うじの巣窟と化してへばりついていたなどは日常さして珍しいことでもない。しみついた臭気は何とも例えようもなく、戦後、自分の手で建てたというバラックは失礼ながら巨大な鳥籠というにふさわしく、そこに棲む人間などはたまたま鳥類の生活圏にまぎれこんだ未進化脊椎動物に過ぎず、翼と羽毛と嘴を持たないだけ存在としてはみじめなので、その腹いせもあって彼はやたらと奇怪な絵を描くらしいのだ。山下菊二は鳥を飼っているのではなく鳥に飼われているのだと説のあるゆえんである。

《鳥と私とはお互いに浸蝕し合ってるんです。私の絵は鳥類的視覚・鳥類的感情・鳥類的愛または憎悪・鳥類的欲望・鳥類的飛翔感覚・鳥類的存在観・鳥類的聴覚の感化を甚だしく蒙っておりますが、一方、鳥の側にすれば眼も開かないうちにここに運ばれて、最初に見るのは餌を運ぶ親としての私の顔で、以来私と生活を共にするのだからひょっとしたら私のことをいささか人間化した鳥類だと解釈しているかも知れず、そこで当然山下菊二式視聴感覚・山下式感情・山下式愛または憎悪・山下式悪魔・山下式歩行感覚(私は飛べないから)・山下式存在観など私の浸蝕影響を受けないわけにはいかない。とはいっても、いいですか、一億五千万年のあいだ磨きあげてきた鳥類の眼球は底深い瑠璃の色を溶かしてその光りは人間の眼玉の比ではない恐ろしさです。そして、その眼球に一日中見物されながら暮らすのは実は容易なことではないのです》

鳥類との〝相互浸食生活〟

彼が鳥を愛するのと等量の愛をもって鳥類は山下氏に応えるというわけで、一億五千万年の眼球はともかく、我々の頭上をかすめて年功経たるふくろう五羽、雄大に翼をひらいて旋回すれば風圧くらって埃濛々、羽毛は空中に舞い狂い、時にはテーブルに着陸してケーッ・ケーッと威嚇の奇声発しつつヒトの顔色しげしげと覗きこむ。その様は一億五千万年の眼球どころか一億五千万年の悪意が噴出するようで、眺められるヒトにすれば余り気分のよろしいものではない。

その眼球の砲列を物ともせずに共同生活を営む山下菊二はたしかに並みの人間ではなく、聞くところによれば凄まじいときには頭から肩まで鳥の糞にまみれ、それはまったく白と黒の油絵の具をバケツ一杯ぶち撒けたような華やかさだったが、彼はそのままのイデタチで夕暮家に戻らぬ鴉を迎えに行き、アパートの屋根にとまっているそいつを呼び戻すべくカデュース！　カデュース！　と連呼、それでも降りてこないカラスにむかって再び三度びカデュース！　声は哀調を帯びて切々と西空にこだまし、鴉はしかしカーッとも答えず、鴉とヒトとの押し問答を繰り返すうち、ふと気がつくとアパートの窓という窓に住人が鈴なりしてこの異様な風景を見物していたという。

誤解を避けるために一言すれば山下菊二は鳥を描く画家ではなく、彼の描く世界にはどうしようもなく鳥の影が朧げに刻印され、むしろその影が媒介するようなかたちで実在の山下菊二と鳥類はめぐり会い、考えてみれば因縁としかいいようもないが、鳥類との相互浸蝕の生活が開始された。

従って絵面の鳥は鳥であってまた鳥でなく、あえていうなればそいつは人類とか鳥類とか四足類などにその形態を先取りされたが為に地上への登場のきっかけを失い、遂にこの世にその姿を現わすことなく消滅した未聞未見の生物の幽霊・つまり象徴である。だから彼が鳥類と寝食をともにするのは、他の人間が籠の中に鳥を飼うのとは意味を異にし、いわば仮に鳥としての形を表した未聞未見の退化生物の怨霊と暮らすわけで、これでは浮かばれないのは逆に山下菊二の方だ。

日頃極端なはにかみやである彼が鳥の話ともなれば形相一変、眼玉は満月に対面したふくろうの如く見開かれ、髪振り乱して熱弁をふるい、小鳥の飛翔を真似てひらひら両腕ふるわせ尻を突き出し、尾長がいかにして彼に交尾を挑むかを綿々とかきくどく有様は只事でなく、やはり物の怪が取り憑いた凄味がある。

《ホッホッホ　レディ・マクベスという鷹を外人から預けられましてね。レディというから当然メスだと思いこんでたんですな。あるときそのレディが私の頭にとまってしきりに体をこすりつける。初めは甘えてると思ってましたが、あまりしつこいのでひょいと鏡を見ると、何と私の頭に交尾しておるのです。ホッホッホ　レディ・マクベスはオスだったのですよ》

レディ・マクベスは気狂い鳥だ。山下菊二はその馴育に幾度か皮を裂かれ血を流している。しかも鳥は絶大に彼を愛しているのである。山下式愛または憎悪は鳥の生理を狂わせ、ここに鳥類と人類との間の種の断絶は埋まった。しかし、これは一種の地獄ではないか……。

《カデュース一世から五世まで、鷹のレディ・マクベス・ふくろうのふく魔・眉子・ほーすけ・きりこ・杢兵衛たち、私はあの鳥たちを家の中に閉じこめておくことを、いつも心のどこかで詫びているのです》

揚羽家半八、東京生まれ、七十七歳

無際限なアソビの世界

たいこもちの祖は曽呂利新左衛門。そのころ名人といわれた刀の鞘師で、この人の手になる鞘には刀身がそろりと納まるところから、太閤様が曽呂利の名字をくだされて新左衛門、生来の利発をもって秀吉のとりもち役にのし上がった。

太閤のとりもちをするから、タイコモチ、こいつは落とし咄としては上出来だが、実況じゃありませんな、と首を振る揚羽家半八、東京の幇間で七十七歳。へその緒切ってこのかた、刻苦勉励努力という字が大嫌い。ひたすら遊芸遊蕩に身をやつして七十年、幇間という存在の立ち行かなくなった戦後からは、専一、団体様をとりもって一座敷四百人くらいならまとめて面倒みさせて頂きます、とこれが只今の看板である。

《あたしの親父というのが帽子作りの職人で、腕は名人だが、箸にも棒にもかからねえ真面目人間。あたしが三味線弾けば棹を折る、踊りを習えば師匠の家にどなりこむ、都々逸うなれば撲られる。おじさんてえ人に身柄を預けられて、行ったところが兜町、めでたく株屋に化けたまではよかったが、生来地金というのは隠せないもんで、儲けた金はきれいさっぱり遊びにつぎこんで、そりゃあわびしい日々でした。そこへ、大正六年でしたか、未曽有のガラ（大暴落）をくらって路頭に放り出される。あたりまえの男なら、ここで一番やりなおしと褌締めて出直すのを、あたしばかりはすっかり面倒くさくなっちゃって、いっそ幇間にでもなってみようかと、ええ、ゆるんだ褌をさっぱり取り払って花柳界の産湯にどっぷり漬った具合です》

廓のたいこもちが街場の花柳界では幇間。両者やることは一座のとりもち、弦歌の賑わいに客を乗っけて、女人国へと船出する、と言ってしまっては実はとんだ艶消しで、たいこもちといい幇間といい、外見はうりふたつでも中身となると大いに違う。どこが違うかといえば、くどいようだが話は再びたいこもちの由来に戻る。

廓で大尽といわれるには、まず総花、顔を連ねる店の者すべてに、祝儀をはずんで気前の程を見せ、これにこたえるべく店では、お礼の大太鼓を座敷に運びこみドンドン叩く。音は近隣四方に鳴り渡って景気よく、豪勢な大尽遊びをしてるのは、あそこの座敷の誰某だと知れた。その太鼓を運ぶ男を称して太鼓持ち。ヤケに太鼓を鳴らしては僅かな祝儀にありついた。

元をただせば廓通いのどんづまり、色に身を滅ぼしたなれの果て、その哀れさと体いっぱい撒き散らす色の臭気を賞でられてか、とんだところで座敷にのさばり出した。これ、たいこもちの始まり。

廓の客は遊びといっても所詮は女郎をころがす一心。遊びの範囲は限られる。ところが花柳界ともなれば、そこに色は匂っても遊びの世界、客は新奇な戯れを求めるから幇間稼業、ただ色の道をきわめたのみでは勤まらない。遊戯遊芸色の道、無際限なアソビの世界に向かって爪の垢から毛穴の隅々まで開かれている必要がある。

《都々逸・端唄・三下り・琵琶・三味線に笛太鼓・居合抜きから曲芸手妻・獅子舞い・かっぽれ・素踊りいっぱん、およそ座敷の中で行なう芸で、半八これをやって見せろ、といわれて出来ないものは自慢じゃないがありません。こんなのは旦那衆にとっては遊びでも、あたしら幇間にとっちゃ座興の基本、ほんものの遊びてえのは、もっと奇妙奇天烈バカバカシクッテ、おい半八、一円で女を抱けないもんかな、なんて客が気まぐれをいい出す。例えば客と幇間の化かし合いなんてものは真実バカバカで女を買える道理がない。それを無理だといったんでは面白くないから、ようがす、たった一円で女が抱けてそのうえ酒の一本もつくってえ場所にご案内しましょう。半信半疑の客を引っ張ってやってきたのが自分の家。中じゃ赤児が泣いている。旦那、ちょいと酒買ってくるあいだお願いします。赤ん坊を旦那にあずけて、一円で酒買ってきて一合出す。飲んじまうと客がもぞもぞして、半八、おい女はまだか。へえ?とあたしがびっくりして、旦那、女はもう抱いたじゃありませんか。さっき膝であやした赤ん坊、ありゃ女ですよ。客はしまった、半八に化かされたと笑ってます》

この話には続きがあって数日後、例の旦那に呼ばれて上がると、様子がなんだか落ち着かない。聞けば明朝熱海に出かける、それも芸者連れ。お前どうする、と尋ねられて半八思わず、連れてって頂けるんですか。幇間の哀しい性根がのぞいた。しかし客は鷹揚に、連れてってやるとも、そのかわりといっては何だが、ここにある荷物、俺が忘れちゃ困るからひとつお前があずかって、明朝東京駅で落ち合うわけには行くまいか。お安いご用と引き受けたものの、これがめっぽう重い。それでも半八、東京駅までやってきた。ところが、旦那はおろか芸者の姿も見あたらない、朝の九時から十二時まで幇間半八、待ち呆け。ふと思いついて、先夜の待合に電話を入れると、旦那は朝から飲んでるよ。飛んで帰って、旦那、ひどいじゃありませんか。すると旦那は呵呵大笑して、おい半八、その荷物をあけて見ろ。半八あけてびっくり、中身はごろりとたくあん石。すかさず旦那が、これが先日の石（意趣）返しだ。客の方で落ちをつけた。語呂合わせといえば、

裾野より捲くりあげたるお富士さん
甲斐（嗅い）で見るより駿河いちばん

これ語呂合わせ歌の名作とされ、その他意味不明の歌として、

五人組は、隅田の川の渡し舟
竿をにぎって　川をあちこち

五人組すなわち五本の指、そのまませんずりと読む。竿をにぎってなぜ川をあちこちするかというと、川岸に立ち並ぶ待合、料亭、その厠は川面に突き出て、人は隅田の川風に尻を吹かれ、排泄物は直下の流れに心地良く没する仕掛け、芸者芸妓といえど異ならず、舟で近づき、その陰所からほとばしる飛沫をあびてたじろがず、眼は水面の微光にさらされた一点を凝視してせんずりにおよぶ、その凄絶な光景を詠じたものである。

それほど渇仰された女人国に日を送る幇間商売、女嫌いではもとより勤まらず、女に溺れてはなおのこと勤まらず、俗に千人斬りというが、それに近い数はこなさなきゃ、一人前とはいえない。むずかしいもので

すなあと揚羽家半八ニコニコしているのは女人への情欲はすべて満たされて、今は思い残すこともないからである。

逆説〝芸が私を使うんですよ〟

《ひとつエロな話をしましょうか。ある座敷に呼ばれました。襖をあけると目の前は立ち囲った屏風、その陰に向かって、今日はどうもありがとうございます。すると陰から男が首を出して、シッ、声を出しちゃいけないよ。あたしは変だなと、そのとき思ったんです。なぜかというと、今日は女性のご贔屓だからね、と帳場でいわれてるんです。

中にはいって驚きました。全裸の女が横たわっている。それがまたイイ体なんです。練絹のような光沢といいますが、汚れたところのひとつも無い真ッ白な肌で、胸や腰の具合なんざ脂ぎったような女盛りと思える。思えるてのは、何しろ顔がわからない。夏掛けの蒲団をすっぽり上にかぶってる。まるで首無し裸体を眺めるようで、さすがにギョッとしましたよ。

見てごらんよ、と男がいう。この場で見るところといや、一つ所しかありません。両脚開いて覗きこむと白い輪のようなヤツが顔を出してる。旦那、こりゃ何です、と訊くと、いいから、そいつをお前に抜き出して貰いたいんだ。へえ、さいですか、嫌な客だと内心思いながら輪を引っ張ると、これがビクとも動かない。まるで小さい土管みたいに穴の中に埋没してるんだ。

見りゃあ男の顔も青ざめてオロオロしているし、こいつはえらい座敷に呼ばれちゃったなあ、よいしょ、場所が場所だけに荒っぽいことはできません。それでも指先に満身の力をこめて、うーん、女が唸る。奥の院の肉が収縮して品物に吸いついてるから、ねっとりと中の方から濡らしてやらなきゃ出てこないんです。

そうと気がつけばお手のもの。押したり引いたり回したり、秘術をつくすそのうちに、オギャーと一声、自分の指先で引きずり出したモノを見てびっくりしました。一合徳利なんです。この徳利にシクロ（媚薬）を塗りつけていたずらしてる間に、女が乾いて抜けなくなったわけです。

さて、徳利が戸口から生まれて、これが本当のおひらきかと思ったらとんでもない、今度はその女と一儀をおこなって見せろという。ええ、女には蒲団をかぶせたまま、あたしは黒布で覆面しましてね、それはともかく、徳利のショックでシナモノがすくんじゃって使いものにならない。それでも努力するにつれ何とかサマになってきたから、本番。男は血走ったような眼で見物している。しばらくすると女の口からよがり声が洩れてくる。あたしも夢中になってくる。そのとたん、男が物もいわずにあたしを突き飛ばして自分でやり出した。何のことはない。あたしは二人の濡れ場のお膳立てをしてやったようなもの、ことが終るまでの間、素ッ裸に肌襦袢一枚ひっかけて次の間に控えてましたっけ。幇間て奴もこうなると情けないもので、しかし意気地がないとは思っても、この稼業が嫌だと後悔したことは五十年間一度もないんだから、あたしは幇間に生まれついたような男なんです》

幼い頃から身につけた遊芸が身を助けたか、それとも逆に滅ぼしたか、そんなことは本人どうでもよく、芸があたしを使うのです、と美しく悟ってひらひら泳ぐような足どりで娑婆を渡る。

揚羽家半八に限って苦界はメリーゴーランドの回転する遊園地。苦は変幻して遊びと化し、遊びの世界はさながら夢から醒めたように苦の領土に落ちこんでいた。

《幇間買いってこと知ってますか。大店の未亡人なんかが男は欲しいし、さりとて若い男を囲うのも世間の噂が恐ろしい。それで一時しのぎにあたしらと遊ぶ。それをいうと他人はあたしらをうらやむけれど、冗談じゃない。そういう女に限って体は豚で顔は化け物。それでも商売、醬油やこよりを使って、歓ばせる工夫を一所懸命したものです。また、それ専門の幇間もおりましてね、考えてみりゃあ剣の刃を渡るような、危い渡世でした》

化け物に男の貞操買われても歓んでもらうのが嬉しくて、ひたすら尽す色の道、座興のとりもち。元は株屋で今幇間、その変転が谷崎潤一郎描くところの幇間に似て、一時はモデルと擬せられたが半八さん、只今すっかり浮世離れして、三井三菱の社長様でも町工場の工員さんでも客に変わりがあるものか。幇間の神髄は、声色ひとつ、所作ひとつ操って肩肘張った世間の風に骨まで凍えた人間の精神呼び醒ますこと。すなわち遊蕩の血を騒がせてみせること。遊蕩きわまって倫落の淵に溺れたら、その時は幇間におなりなさい、と揚羽家半八、仏様を見たように微笑した。

怪獣は愛である

高山良策氏、五十三歳。画家。六年前、頼まれて怪獣を製作し、今はその第一人者

怪獣狂い

その昔、キングコングなるハリウッド映画があり、これは密林の奥深く土人たちの神として君臨していた化け物ゴリラを白人の探検隊が策略をもって眠らせ、アメリカ本土に連れ帰る。ところが眠りから醒めたコングは鉄の鎖を引きちぎってニューヨークの街なかに暴れだし、ビルを破壊し、美女を奪い、遂には摩天楼によじのぼってアメリカ空軍と一戦を交える。このキングコングが怪獣第一号で、ちなみに身長一五m、体重二〇t。顔の大きさ二mという想定で、事実、その顔を動かすのに八十五個のモーターが動員されたそうだ（「妖怪の世界」による）。

それから数えて五十年、わが国でもゴジラを筆頭として、怪獣の種目は異常増加の一途をたどり、ペギラ、ガラモン、パゴス、ゴルゴス、カネゴン、アントラー、レッドキング、ベムラー、ギャンゴ、ゲスラ、ラゴン、ピグモン、ドドンゴ、ガマクジラ、グビラなど、高山良策さんの手がけたものだけで二百頭、怪獣製作者はほかにもいるから、それらを合わせたら、いったい何百種の怪獣が地球上に誕生したのか数知れず、そ

れにしても、これだけ多彩な珍獣・奇獣・怪獣をよくも創りだしたもので、その報われぬ芸術的努力に応えて、動物図鑑は新しく怪獣類という項目を設けるべきではないかとすら思われ、少なくともその一項目の追加によって、動物図鑑の、こどもたちに対する売れ行きが飛躍的に増加することは目に見えているようだ。

《新しい怪獣はシナリオからデザイナーを経て、一枚の絵として私のところに届きます。しかし、デザインというのはイメージで、あくまでも怪獣の実物ではありませんから、そのデザインを基本に、私なりの具体的な動きのある怪獣のスケッチをこしらえ、そこから組み立てをはじめるわけです。針金で骨格を組んでスポンジに似た材質のウレタンで部厚く包み、その上からゴムや粘土を貼り付け、着色して肉質の感じを出す。こういうと簡単な作業のようですが、眼玉も動くし、目蓋も開閉する。咆哮するには口を開かなければならないし、火を吐くときには中に火炎装置を仕込んでおく。

一事が万事この調子で、怪獣内部のカラクリはふえる一方、糸・電線・針金を張りめぐらし、おまけに中には人間がはいって格闘を演ずるのだから、まず頑丈、次には軽くなければならない。まるで無茶苦茶、矛盾だらけの要求を何とかこなして、その上で歩く姿、闘う姿が見るヒトの鑑賞に耐え、いかにも怪獣らしい実在感を備えていなければならない。

そこまではいいとしても、製作費が信じられないくらい安い、期間は短い。だから、五十過ぎた私一人が夜を徹してゴムを伸ばし、粘土をこね、まさしく産みの苦しみして怪獣一匹創りだす。いまじゃ精魂使い果たして、こうしてしゃべってるだけで気が狂いそうです。気違いとすれば、怪獣気違い。バカとすれば、怪獣バカ。ええ、何をするにも怪獣がついてまわるいまの私です》

悲しい怪獣

この人の本職明かせば、実はれっきとした絵描きで、それも前衛の方だから、恐らく年ごろからしてダダだのシュールだのと、戦後の暗黒を内面の洞穴に潜り込み、生活苦、芸術苦、その他もろもろの苦しみかき分け、長い長い胎臓界の血みどろくぐり抜け、さて、ポッカリと陽光の明るい場所に浮かんだと思ったら、そこが何と太古中生代ジュラ紀一億三千万年前の怪獣の領土だったという人生のめぐり合わせらしい。

ジュラ紀の怪獣はさておき、本職の方をみると、透明な卵の中で裸体の女が便器に腰かけている奇怪なこしらえものがあって、女の眼鼻立ちは美しく整い、唇紅く笑みを含み、胸乳豊かに尻はゆったりと便器のへりに降りて両脚ひらき、これを下から覗きみると江の島の弁天様ではないが、象徴がもろで、女の肉体が丹念に生き物のようにつくられているだけに、それだけ効果はユーモラスで、これはいままで製作した怪獣群に劣らぬ傑作と思えた。つまり、こうしたヒトを食った感覚がなくては、本当の、生き生きした怪獣はこしらえることができないということらしいのだ。

《同じ怪獣でも正義の味方はなるたけつくらないんです。怪獣というのは、この世に生まれなかったか、あるいは生まれても、いったんはすでに滅びた生き物ですから、これは断じて正義ではない。正義が滅びる道理はないんですからね。怪獣は、だから悲しいものです。カタチは恐ろしくても、よくよく眺めると哀しくて、面白くて、愛嬌のある生き物です。そうした怪獣たちがもう一度よみがえったり、異なる宇宙から飛来したり、地球を舞台にカッコよく暴れ回るのは、夢があって結構じゃないですか。私自身それくらいの期待は怪獣に賭けていますよ。好きとはいえ、それでなくては、こんなシンドイ仕事つづけちゃいられません》

コナン・ドイルの「ロースト・ワールド」（失われた世界）は恐竜が地上を徘徊した時代の人間の勇気ある物語で、いうなれば、それは失われた世界でなく失われた夢を復元したともいえるが、翻って現在の怪獣を眺めると、たとえばカネゴンはひたすら金を喰らって腹中の貯金額が胸の金銭出納器に表示されるというエコノミックアニマル、諷刺としては奇抜だが、まさに夢も希望もない。

そして恐竜が爬虫類、キングコングが霊長類の各々の種の偶像として跳梁したのに比べ、たとえばガマクジラは爬虫類と哺乳類とのあり得べからざる結合体にして、その姿はグロテスクを通り越して荒唐無稽、種の起源も進化の法則も蹴っ飛ばし、これをみればダーウィンも腰を抜かして仰天し、ファーブルは呆れて昆虫観察中絶し、見世物師が脱帽してどうすりゃこれほどのゲテモノつくれるのかと、秘伝の製作法を聞きにくる。

凄いのになると、その結合体にさらに鳥類の翼を加えてバサバサと東京の西空飛ぶ有様は末世の予感すらはらんで、その破壊力は猛烈をきわめる。

東京タワーをはじめとして、国会議事堂は申すに及ばず、皇居・丸ビル・三十六階ビル・高層ホテル・高級邸宅街など、めぼしい建築物、文化の象徴は木端微塵に粉砕され、それにしても破壊の光景というのは、なぜ我々の血をかくも騒がせるのだろうか。満員電車は詰め込んだ乗客もろとも怪獣の足の下敷きとなって阿鼻叫喚、血は川となって銀座八丁泡立ち流れ、晴海の海を赤く染めるというのに、当の被害者であるはずの我々がそれを見物して、そのスペクタクルの壮大さに陶酔するというのは、とりもなおさず人間の欲望の奇怪さを映して余りある。どうやら怪獣は人それぞれの拡大された欲望の化身で、怪獣映画の楽しさとは、自身の欲望が奇怪な生き物となって動きだし、破壊殺戮を行なうのを眺める歓びを味わうことだといって誤りはなさそうだ。

怪獣は一場の夢を残す

この歓びを獲得するためには、人間は自分自身をすら殺しかねない生き物である、などとうがった洞察はいい加減にして、一場の夢、血ぬられたスペクタクルのまぼろしを残して怪獣たちは滅びていく。いつの世も人間の建設は勝ち、怪獣の破壊は敗れる。これが怪獣モノの絶対踏みはずせないパターンである。

《怪獣が出現するについての因縁とか筋立ては私には関係ないんです。今度生まれてくる怪獣の全体がどんな姿で、何本の脚を持っていて、眼の色は青いか赤いか、胸ビレ背ビレ尾ビレはどんなヒダになっていて、それが固いか柔かいか、動きだして不自然ではないか、醜悪でないか、こどもに好かれるだろうか。いえばキザになるけれど、人気のある怪獣というのは表現としてもできているものです。製作者自身が納得いくところまでこしらえあげたというか、中途半端な造型感覚は怪獣には禁物です。グロテスクというのは中途半端なことです。表現として徹底していれば、これは一つの作品として認めざるを得ない。私自身そうした作品をつくったかと尋ねられると、もう穴があったらはいりたいようなものですが、欲望としては一生一度、これが私の怪獣だと世間に見せびらかし、怪獣大展覧会を開けるくらいの珍品を金と時間を惜しまずつくりたい。この地球上において怪獣はもう一度だけ自分の存在を主張する権利をもっているのではないでしょうか》

巨竜・禽竜・剣竜・翼手竜・蛇頸竜などの大爬虫類が大地を踏み鳴らし湖水をゆるがせて生存するロースト・ワールドを背景に、コナン・ドイルは進化創造の過程で人類が爬虫類に遅れて登場したのは幸運だったといったが、いま繁栄きわまった人類は怪獣の矮小なハリボテつくって、満たされぬ破壊への欲望をそれに託す。高山さんにいわせれば、人類はそこまで自然から遠ざかり、偉大なるもの奇怪なるものを喪ってしまったということになるだろうが、破壊衝動という危険な欲望が人類に残るうえは、これ猛悪な肉食剣竜を心中に飼育するにひとしく、怪獣類はひとり高山さんの内部に限らず、我々すべての身内に鎌首もたげているると思われる。

俄、浪花節の元祖――くずれ琵琶師の旭貫堂

語る言葉をたずね行けば、日本芸能の源流に逆のぼる七十七歳の琵琶師

「くずれ」を奏するのは彼一人

元三郎吉塚旭貫堂は太宰府の宮大工の家に生まれて十六歳、琵琶づくりの道にすすんで今七十七歳、日本に三人しかいないとされる琵琶づくりたちの筆頭、つまり名人である。

琵琶をつくるだけでなく、実際にこのヒトは巧みに弾く。古式ゆかしい荒神琵琶から平曲、筑前琵琶と琵琶にまつわる奏法で、これは弾けないということがなく、果ては滑稽琵琶の曲弾き百面相まで演じてみせる。

滑稽琵琶は俗にくずれと呼ばれ、くずれというからには崩れぬ前の正統があった筈で、これが前出の荒神琵琶である。したがって、荒神琵琶とそのくずれとの関係を明らかにするのが話の順序だが、荒神琵琶すなわち盲僧琵琶とも称され、その歴史は遠く奈良朝に実在したとされる盲僧・玄清法印にはじまり、その後は弾圧・庇護と憂き世の流れに浮きつ沈みつ……がんらい、盲僧集団の内部に伝えられたモノだけに、すすむべきその足先は暗く、飢餓と悪疫の荒れ狂う巷の道を手さぐり杖さぐり、そろりそろりと踏み迷い、いくさにぶつかっては平曲を生み、頽廃にあっては阿国歌舞伎のはるか源流となり、今様《いまよう》催馬楽《さいばら》閑吟集《かんぎんしゅう》、中世芸能

のあらゆるジャンルでこれと関係をもたぬものはなく、琵琶弾き盲僧たちは、そのでんぐりがえった白眼で眺めた現世の詠嘆、浄土への憧憬を六調子の曲想にこめた。

つまり現実がはかない波枕を結ぶように盲僧の沈んだ闇は琵琶旋律六調子に結実し、しかし、それは現実と交錯して幾様にも散ったということで、紆余曲折は複雑をきわめ、いまここで扱えることではない。ただ、くずれとは猥雑野卑の色が濃く、正当荒神琵琶が経文を琵琶に乗せて弾唱するのにくらべて、いちじるしく芸能化し、現在はそれを演ずるのは、吉塚旭貫堂ひとりしか無いということである。

《わたしら、二つ三つの時分から、くずれを聞いて育ったもんです。片目や白眼の盲僧たちが頭陀袋を首から下げ、背に笹琵琶負って家々の軒先を門付けして歩いたんですが、なかには落ちぶれて乞食同然もあり、そりゃあ、いろいろと奇妙きてれつな琵琶ひき座頭がおったものです。数あるうちだから、自然、おもしろい者ほど人気があって実入りもいい。おもしろいというのは、弾唱の技術もありますが、多くはどれだけ笑えるかというので、笑いの中には猥雑な内容も盛り込まれていて、まあ、エロな語りを盲坊主が語ってみせるところに一種特別なオカシミがわいたわけです。それもしかし、わたしが十歳のころ、明治も末に近づくと、パッタリ絶えました。だから、わたしがやるくずれは、当時の記憶をモトに補塡したり、補曲したものので、本当に猥雑野卑なやつになると酒席で演じられた秘曲というか、往来などではやれないものもあったそうで、考えてみれば十歳やそこらのこどもがそれを聴いたり、万一聴いたとしても、覚えている道理がありません》

食わんがために琵琶ひき座頭は競ってくずれを一層くずして弾唱し、遂に曲弾き百面相まで登場して、ここまで来ればもはや経文なんぞ糞くらえ、ひとつの芸能の誕生である。くずれから更にくずれたものとして旭貫堂さんは、阿保陀羅経・博多俄・オッペケペ・浪花節の桃中軒雲右衛門を挙げている。

〽先ず目出度は、なまず元年どんこの歳、頃はこぶなの末かた、おいもの十部鯛之助、妻を取らせ給ふれど、しゅうとに対面なき故に、しゅうとに対面致さんと、今日は吉日がに（蟹）の日なりと、その日の出立花やかに、肌に取りては白波召さる、昆布のはかまにくろめ（海藻）のはおり、ひじきの紐を結びさげ、青さ（海藻）のえりまき、昆布のりっきん、わかめの帯を召されては、まて（貝）のいんろうにさざえのねづげ、もだまのきんちゃく腰にさげ、三尺三寸たちの魚……

まずはかくの如く地口、洒落、語呂合わせをふんだんに散りばめた上にトンチ即妙のアドリブを加え、本願とするところは滑稽諧謔野卑猥雑、こうした類の魚尽くしの他に、盲人特有の恋と性の歌にあくどい生彩を放ちつつ、ロカビリーまがいの琵琶の旋律にのせて語ったのが、いわゆるくずれの本体である。

≪わたしの基本は筑前琵琶なんです。十六歳のとき、市丸智定師に入門しましたが、そのきっかけというのが、父のお供でいった土地のことで、旅館の畳にぼんやり寝ころんでいると、松を渡る風のまにまに琵琶を弾唱する女の声が聴こえてきました。それはいかにも格調の高い、この世のものとも思われず、美しい声と曲でした。それまで盲僧琵琶とそのくずれだけを琵琶だと信じていたわたしは、まるで青天の霹靂に打たれた思いで、驚きというか、衝撃というか、くずれを聞いて汚《よご》れていた耳の奥底からリンリンと響く妙音で洗われた心地して、しばらくは立ち上がることもできなかったのです。そして、それが筑前琵琶というものだと知ると、矢も楯もなく、創始者である市丸智定師の下に弟子入りしまして、それから六年後には琵琶を自分の手でつくりはじめたわけです。宮大工変じて琵琶づくりということですが、ガキの時分から父親に叩き込まれた技巧は無駄には終わりませんでしたよ。琵琶つくりの親方の家に弟子入りではなく、職人というかたちではいれたのも、宮大工独特の木彫りの腕を買われたからですし、わたしは結局、三か月その家にいただけで琵琶つくりの技法はすっかり修得して、さっさと独立したもんです。ええ、生来バカがつくほど手が器用なんですな。新しい琵琶曲の作曲と作詞、ほかのヒトは頭を使うけどわたしは手先でこしらえちゃう》

くずれは更に崩れ…

筑前琵琶は市丸智定がつくりだした一派であるが、元をいえば智定自身幾代かつづいた琵琶ひき座頭の家の出であり、当然のこと、くずれを専一に演じて人気を博した時期もあり、鼻から耳にひっかけた紙こよりを、手は琵琶を弾じ、口は詞を語りながら、顔面の筋肉震わせつつ外して見せる百面相は後世の語り草になるほどの傑作だったという。

はなし変わって天台宗玄清法流本地成就院派、つまり盲僧琵琶の正統を受け継ぐ僧侶の数は、島根以西熊本まで百六十坊（人）。叡山管下として明治以来つとめて宗教本位の日を送って再興は果たしたが、それとひきかえに、天台教義と経文読誦に固執する傾向が強まり、くずれは盲僧琵琶にあらずして外道琵琶なりと喝破し、くずれへの露骨な嫌悪を隠さない正統派僧侶もある。

これは何も現在に限ったことでなく、くずれが発生したそもそもから、正統はそれを侮蔑し、くずれは正統にコンプレックスを抱いて更に崩れ、旭貫堂さんの記憶によれば、なるほどそれも道理、身は盲僧でありながら、経文の一節も覚えられないようなガラクタが転落してくずれたのだそうで、門付けする姿は滑稽な悲哀をたたえ、犬に追われ風に吹かれて木賃宿を渡り歩き、泊まる銭さえ持たないときは、わずかな仏縁を頼みとして吹き溜まりの寺の縁の下に雨露しのぐ身の因果、いつか頭もざんばらに生えのびて、こうなりゃ座頭でございといってもおれず、根が魯鈍なだけに、自分でもわけがわからぬままひたすら噴き上げてくる悲哀の情を弾唱すれば、見物衆は大笑い、当人が血の涙を流して悲唱すればするほど、見物衆は抱腹絶倒するというナンセンス。

この有様を見れば、正統派盲僧がこれと同一視されることを警戒するのはもっともな話で、結局はくずれが滅びて正統が生き残った。唯一の演者である旭貫堂さんの芸は、生きているというよりもむしろ、文化財的な珍しさが先に立つ。文化財とは、つまり剝製のことである。生きて呼吸しない形態は、所詮、ヒトの心はつかめない。そのことは旭貫堂さん自身がいちばんよく知っている。

役人、首をかしげ

《わたしがくずれの再現に本腰入れだしたのは、戦後の二十三年からです。きっかけというほどの動機もなかったんですがね、いくさが終わって一息ついたところが、無性にくずれのことが思われまして、なんというか、あの大いくさが終わったときには、わたしの好みが筑前琵琶の高雅からくずれの野卑に逆戻りしてたんですな。まあ、わたしの性根がくずれ向きの下司にできあがってたんでしょうな、とんだ先祖帰りです。

ポロリンポロリンひとりで弾奏してるうちに、盲僧琵琶の研究家が出入りしたり、やがては国の文化庁のお役人なんてかたがたまでお見えになる。しかし、お役人てのは地口・洒落・エロ味利《き》かしたくずれを聞くのに、正座して厳粛そのものニコリともしないんだから、それと対面しているこっちのほうがコッケイになって吹き出しちゃった。役人ひとり笑わせられないくらいだから、わたしのくずれもたいしたことはない。

いまではとても聴衆集めてゼニの頂ける芸じゃありませんや》

文化庁の役人様が地方文化の現状視察かなんかで黒塗りの車を乗りつけ、ぞろりと居並ぶ前に、このヒト琵琶を片手にヒョコヒョコ現われ、これじゃくずれは語れない。

台所にとってかえして冷酒ぐびりとあおり、茹で蛸そこのけの形相でデンと大あぐらの腰をすえ、さて、

〽フリめめこの女房んおへまを蹴っち蹴上げりゃ、おへまんやたあ、裾まくりの尻もちついて、臭え屁をばぶうとたれた……

と高声張り上げ、一方、文化庁の役人はこれが果たして文化財であろうかと、もっともらしく首をかしげ、実はすっかり煙に巻かれて引き揚げたが、旭貫堂さんの芸質はさておき、くずれの精神はここに覗いて、しかしアケスケなその正体は、歴史の堆積の下層に埋れたまま二度とよみがえることはない。

〝目撃・日本海大海戦〟——孤島の神職

佐藤市五郎、八十三歳。宗像大社沖津宮の神職、「三笠」保存会評議員

木の枝にまたがって見物

このジイさん、過ぐる十六歳のみぎり、どえらい修羅場を眼のあたりにして、なにものか魔物の魂魄に乗り移るがごとく、その修羅場というのは血の色はひとったらしも無く、ただ黒煙充満した、いがらっぽい空の黒色と見はるかす海原の濃青、そして虚空をつんざく砲火の赤い点滅と、つごう三つの色に染めあげられた錦絵ふうの戦争光景であったが、そのとき瞬いた砲火のきらめきは十六歳の少年の胸に火をともし、火はやがて炎となって八十三歳のこんにちに到るまで燃えっぱなしなのである。

修羅場とは、ほかならぬ日本海大海戦、といってもお若い向きにはなじみ薄かろうが、これ古今未曽有の海戦にして、どこが未曽有かというと、ロシアのバルチック艦隊が全滅して、日本側の損失はわずか水雷艇三隻のみ、これほど一方的な戦争は歴史にその例を見ないと、日本海戦史に書いてある。

当時無敵を誇ったバルチック艦隊、総数三十八隻が遠くバルト海の軍港リバウを進発して北海を抜け、喜望峰を回ってインド洋の長旅に耐え、そこから南シナ海を渡って朝鮮海峡に突入、延々半年をこえる難路の

果てに日本海は玄界灘の荒海に凄い姿を現わしたのが明治三十八年五月二十七日未明。「敵艦見ユトノ警報ニ接シ聯合艦隊ハ直ニ出動之ヲ撃滅セントス、本日天気晴朗ナレドモ波高シ」と大本営に向けて東郷大将の第一報が打電されたのが午前五時五分。そして旗艦三笠の帆柱に「皇国ノ興廃此ノ一戦ニアリ各員一層奮励努力セヨ」と信号旗が掲げられたのが約九時間後の午後一時五十五分。その十五分後に戦端は開かれたが、その壮絶ないくさ場の傍らにポツンと海面から突き出た孤島があり、地形的には広大な戦域を金魚鉢を覗くように眼下に俯瞰する位置を占め、バルチック艦隊もまたこの島を日本近海の目標と定めて接近、そこに待ちうけた日本海軍と大海戦という段取りだが、その有様をこのジイさんは島の頂上からつぶさに見物したのである。島の名は沖の島といい、古来、神棲む島として漁民の信仰を集め、付近の洋上を含めて神域とされたが、その神域のただ中で日露の戦艦は激突した。時あたかも強風二三m。名にし負う玄界の荒波は文字通り狂奔怒濤、沖には白馬の頭を競って走るがごとき三角波、風は猛り雲は走り……いや、このくだりは市五郎ジイさんに語ってもらおう。あのとき以来、何百回、何千回と語りつづけてきた独壇場なのである。

《あのころ島には海軍の望楼が設置されていて、そこに勤める兵隊たちを含めて三十人ほどの人数がおったかな。わしは島に御鎮座まします宗像神社に仕夫として神仕えする少年じゃった。さて海戦当日となると、風はむごく西から吹きよって、海は凄いほど荒れちょった。そのために対馬から流されたイカ漁の一人舟が付近で遭難したのを、島にいた漁師が救助して、それを対馬に知らせねばならんというので、打電依頼にわしは頂上の望楼まで登って行った。すると望楼長がいうには、今日は民間の電報は打てないようになった。納得いかぬならこれを見よ、と示されたのが今も忘れませぬ〝敵ノ艦隊対馬東水道ヲ通過スルモノノ如シ警戒ヲ要ス〟という電文。そういえば、ふだんのんびりして、海軍兵と看守と電信係とは別々の室に離れているのに、今は全員集合して笑顔ひとつ見えず、殺気立った空気は、こどものわしにもピンときた。とはいえ、そのときの敵が何を意味したのかはわしにはわからんかった。とにかく下山して、その旨を主典（権《ごん》禰宜《ねぎ》）の宗像先生に告げると、先生はふうんと黙って酒を呑んでいる。底抜けに酒好きな先生じゃったな、あの方は。それから昼食を済ませて、いくらもたたない頃だ、突然、電話が鳴り響いて、敵艦わが沖の島近海に迫る警戒せよ、望楼から怒鳴ってるのが受話器から離れておっても聞こえたくらいじゃ。先生はこちらを振り返ると見違えるようにシャンとして、市五郎ついてこい。社務所からまっしぐらに海辺に駆け下ると、真っ裸になって荒波の打ち寄せる海中に身を浸し、六根清浄禊祓《みそぎばらい》して、さて御殿にとって返すと、戦勝祈願、祝詞をあげる先生の声も何とはなしに震えを帯びて、背後に平伏しているわしまで気配に押されて涙を流したもんじゃよ。

祈願が終わると、わしは再び望楼への長い険しい山道を駆け登って行ったが、まだ望楼にたどり着かぬ前、ひょっこりと頂上に首を突き出すと一望千里の大海原、その西方に当たる位置から二列縦陣の大艦隊が怒濤を砕いて進んでくる。敵と思うよりも、あまりに壮大な雄姿にうっとりして、わしは暫く眺めておった。思えばそれが、バルチック艦隊最後の偉容だったな。それから望楼に登り着くと、中では全員キリキリ舞いで立ち働いている。望楼長はわしの姿を認めると、こりゃ市五郎、ここは敵艦の砲撃目標だぞ、さっさと下山しろ、と一喝しよった。ふと気がついてみると、忙しそうに飛びまわってる兵隊たちの中にも、青い顔をしてガタガタ震えてるのがいる。なんだ、兵隊でもこんなものかと、そのとき急に度胸がすわって、望楼から少し下った大木の枝にまたがって見物をきめこんだちゅうわけじゃ》

このときロシア艦隊は前方をちらつく巡洋艦「和泉」を深追いして対馬東水道をさらに東下し日本本土に

接近、洋上に浮かぶ沖の島を発見して初めて己れの危険位置を知り、それまで福岡から下関方面に向かっていた艦首を北方に、つまり日本海側に転舵し、沖の島を右手前方に見ながらの航行中であった。そこに北西というから、むしろ朝鮮海峡方面の沖合から日本海軍の総力が押し出してくる。そしてそのまま、敵艦隊を沖の島という壁に向かって押し詰めたのである。つまり、そのときの佐藤市五郎少年にとって、歴史的な大舞台を一人借り切って見物する仕掛けとなったわけ。

《西南から北上するのが敵で、北西の沖から視界に潜入してぐんぐん南下する大艦隊がわが軍とはわかったが、イヤその打ち出す砲声の凄いこと、ズドンズドンと天地を揺るがして、狂乱波濤は海上に吠え、双方合わせて五〇万t近い戦艦群が眼の下数海里の内に結集、一歩も退かずにズドンズドン……、砲弾落下の水柱は艦より高く上がっては消え、消えては上がり、まるで海が狂気したごたる惨景じゃ。わしゃもう樹の上では我慢できんようになって夢中で望楼に駆け上がると、望楼長が、ようきた、早く加勢せい。さっきのことはケロリと忘れちょる。まあ、それくらい全員必死の活躍をしとったわけだ。海戦は今がたけなわ、砲煙もうもうとして艦影を覆い、おまけに煙突という煙突から噴き出る黒煙は低くはって海面一帯を墨染めに変え、変えたかと思えば西風に乗って水平線に吹きつけられ、おかげで水平線から上の天は暗幕張りめぐらしたごたる黒闇に閉ざされ、その中にピカリピカリと曳光を引いて打ち出す砲弾は、殷々と蒼穹の闇に響鳴して、そりゃあ寒気立つほどの物凄さじゃった。そんな中でもわが艦優勢ちゅうことがわかったのは、望遠鏡をのぞきこんだ信号長が刻々と戦況を報ずるからで「敵の艦隊陣容乱る」とか「敵ボロジノ型に砲弾命中火災を起こせり」とか「我が艦はT字戦法にかかり敵の進路遮り包囲戦に猛攻中なり」とか、今でいえば戦況の解説を聞きながら観戦する気分というのは、血湧き肉躍るの一言に尽きるばい。

おまけにこっちの勝ちいくさ「敵艦ボロジノ型沈没！」と叫んだ時には、信号長は涙声、感きわまって声が出ないごたる。代わって望楼長が望遠鏡を握って「敵艦撃沈！」と大声で叫んだ。一同思わず感激の涙を流し無我夢中、バンザイ・バンザイ・バンザイ！……これを思えば、今でもわしの眼から涙が流れよる。そのうち、付近を哨戒する仮装巡洋艦から「未ダ戦闘中ナレドモ我軍勝利ノゴトシ」などと信号もあり、激戦三時間を過ぎる頃には望楼長が、わが軍勝てり、とはっきり宣言した。そのとき敵の陣容は乱れに乱れ、北の日本海に行くものがあれば一方朝鮮海峡に逃走する、機関を破壊された艦は戦場に取り残され、文字どおりの四分五裂、艦尾の軍艦旗は千々に裂け、煙突は過熱して薄赤い火の色を帯び、沖の黒闇からはどろどろと幽霊でも現われそうなおそろしい有様じゃった……》

日本海大海戦の語り部に

日本海大海戦というのは、わずか二日で終了したために報道機関による戦況報告もへったくれもなく、いわば秘密の帳の彼方で演じられ、日露の艦隊激突と知らされたときには既にわが軍大勝利、日本国民は眉に唾つけながら惑乱狂喜した。その渦中にあって市五郎少年のみは、非戦闘員でありながら戦いの経過を逐一ながめ終えて、しかも少年の無邪気さでそれを誰彼かまわず吹聴する。その両眼に写しとった戦争の光景は、またそれを所有する本人とは異なる価値を生み、以来、酒の席はもとより祝賀会、講演にと引っ張り出されては声涙ともに流るる名調子、いつしか日露の大海戦を専一にうたう語り部となって、今次の大戦中などは軍の車に乗せられて戦意昂揚の講演を打ってまわった。それが敗けいくさと決まって二十六年、日本海軍の名も禁忌となった現在なお、年に数回は上京して繰り返し大海戦の模様を語るというのだから、耳なし芳一の幽霊ばなしではないけれど、日本海軍の怨霊はしぶとく白昼の巷にうごめいているらしい。

両国の艦隊がたまたま沖の島付近で遭遇したことが、一人の少年の運命を変え、漁師として約束された健康な明け暮れを捨て、旗艦三笠ではないが、決然として十六点転進の方向転換、少年は島を出て本土に渡った。しかし現実は、眼下の修羅場をながめるほどには美しくなく、今度ばかりは見物席から戦争の渦中に引きずりこまれた具合で、幾度か辛酸も嘗め、さまざまな職業を遍歴したのちに警官、そして刑事として定年を迎える。定年後、七十歳を過ぎて家族と別れ、一人宗像大社沖津宮、つまり沖の島の神職として帰島する。爾来、孤島にひとりとどまること十三年。この十三年がどれほど長いかというと、女人禁制、人口は灯台守と護岸工事の人夫など十人足らず。夜にはネズミが群れをなしてフトンに侵入し、夏ともなればイケニエを襲うハゲタカのようにアブがワッとたかる。そのすさまじさは、時として人間の体が真っ黒の塑像と化したか——と思わせるほど。

その中でこの人、月給二、三千円からはじめ、十三年かかってやっと二万五千円まで昇給するという生活を送ってきた。わずかこれしきの稼ぎで命脈を保ってきたのは、四面の海が日本有数の漁場であることが与って大きい。漁師たちは大漁と安全航海の守護神である沖津宮の神職に、漁の成果を分ち、それがなくても海岸にアワビやウニなどが群生し、半日釣り糸をたれれば、その日の糧には過ぎるほどの魚が得られる。

いま宗像大社の神官でさえ沖の島に仕えるのは十日交代、それ以上の日数を四囲荒海に閉ざされたこの孤島に住むことは耐えられない。わずか十日を耐えるのにもひたすら酒を喰らい、だから社務所の庭にはからの一升瓶が山積されているが、その沖の島で十三年暮らしたということは、神様への愛もさることながら、市五郎ジイさんの人間嫌い、薄汚い現実への憎悪の深さを示して余りある。

どうやらこのヒトは、生涯のまだ早過ぎる季節に、あまりにも壮絶華麗な光景を見てしまったようだ。そういえばこのジイさんの振る舞いは人を人とも思わず、ぶーと一発屁をひって長講一席、これ海戦にあらず、イクサはイクサでも男と女の行なうイクサ、自ら称してせっくすばなし。酒は浴びるほど呑み、酌婦をかき口説き、一夜明ければ誰よりも早く起き出して、わしは沖の島に行くぞ！

船中にあっては持参の酒をぐいとあおって高いびき、その高いびきがふと絶えるとゴソゴソ舟底を這い出し、そのまま戻ってこないから海に落ちたかとのぞけば、ひろげた古新聞の上にたっぷりと糞を垂れ、そのまま包んで荒海に喰らわせる。沖の島に着くや、くるくると衣類脱ぎ捨て海水で真っ先に禊祓して、急峻な崖道猿のように登り我が家に帰りつく。

浮名を美声で流した大川端

富士松浪太夫。本名、岩上徳太郎、八十一歳でなお現役No・1の新内流し

古き時代をつたえる最後の人

このヒト、年は八十一で、古き時代をつたえる最後の新内流しだと聞いたから、おおかた世間の片隅でひっそり余生を送っているのかと思ったら、とんでもない、昔をしのぐ今の盛況なのである。

約束した面会の時間に、念のため電話を入れてみると、女性の声で〃師匠は三越さんのお座敷に上がっておりますの、ハイ、あのデパートの三越さん〃。夕方には帰ってくるというので、夕刻、在宅を確認して南千住にある自宅に駆けつけると、本人、いることはいたけれども〃ア、ごめんなさい。これから別の座敷に出なけりゃならないんだが、えーと〃と、時計を見て〃一時間でなんとかまとまりますかね、それくらいの余裕しかないけれど……〃

考えてみれば芸人がお座敷を優先するのはあたりまえ、先約した取材のためにあとからきたヒイキの座敷を棒に振るようでは、この商売やっていけない。それにしても、テレビ・新聞・週刊誌と、マスコミからのお座敷も、ちかごろめっぽう多いようである。

《私みたいな者のどこが珍しいのか、マスコミのかたはよく見えますな。新内語りはいくらもいるけれど、流し、それも大川を舟で流したのは私くらいだから、それが珍しいんでしょうな。ありがたいことだと思ってます。テレビなんかに出たあとでは、かかってくる座敷の数が違います。私にとっちゃ大変な宣伝になるわけで、今のご時勢は万事が宣伝、芸がまずくたって宣伝さえうまければ、名人だなんぞとたてまつられるんだから、芸人には甘い世の中。でもねえ、新内ばかりはどんな客の前でも息を抜くわけにはいかないんだから、甘いような苦いような、変テコな世の中です。

失礼だけど、アナタ新内ってものをごぞんじ？　知らない。みんなそうなんだよ、取材にくるヒトは。だから、いけないってんじゃないけどね、私は芸のハナシはしませんよ。したってわかるわけないもの。そりゃ私だって、喉チンコの裂けるような修行をしてないわけじゃない。でも、旦那芸が嵩じて流しになっただけの新内語りなんです。いまさら改まって芸談でもないでしょう。第一、テレくさいや。

弟子ですか？　一人もいません。私なんかの弟子になりたいってえ若い人も、たまにはあります。それから、新内の将来を考えて、今のうちに後継者を育てたらどうだと、忠告してくださるヒイキの旦那もあります。せっかくだけど、私のほうから断わってる。というのは、ほかでもない、自分がかわいいんです。人間にはヒトそれぞれの声質で、高いのもあれば低いのもある。いちいち、そいつにつきあって稽古つけてた日には、自分の声が半端物、稽古声になっちゃう。ほんとにフッ切れた、冴えた高音が出なくなっちゃう。澄み切った哀怨な節回しが新内の命でしょ、それが潰れちゃったら、もうおしまい。いえ、商売できなくなるよりも、自分で納得いくまで語れないのがつらいんで。いくら年をくっても、この我儘だけは直りません》

洲崎遊郭の哀切

浪太夫さん、もとの職業は床屋だった。十五の年に親方の店に入門して二十二で自分の店をもったところが深川木場町、それもずーッとはずれて洲崎寄り、なんだか遊郭の灯に吸い寄せられたぐあいに、色っぽい場所に店を構えた。お察しのとおり、若年の頃よりの道楽者だったのである。六十年連れ添ったおかみさんにいわせると〝あたしはハタチ前からアノ人を見ていますがね、それから今日まで一貫して道楽者ですよ、ハイ。女のことではずいぶんイザコザがありましたけど、あたしだって遊び人を承知で惚れちゃったんだから、仕方ないでしょ〟。

床屋の腕は、よかった。徳さんにアタってもらうと、髭の具合が二、三日ちがう。それで、一時は業界のキリン児とうたわれたというが、床屋のキリン児は初耳だから本人に確かめると、そいつはどうだか忘れちゃったけど、木場では私がいちばんだった。他の店には悪いけど、足を延ばして私の店にくる客が多かったんです。そんなヒトは帰りしなに五十銭、一円と置いて、ツリはいらないよ。想定料金が二十銭でした。なかには五円札をすッと置いて、ああサッパリした。今にすれば五万円てとこかな。時代が豪気だったんだねえ。五円札ですか、その晩使っちゃいました。なんたってアナタ、廓がじきそばなんだもの。

金があってもなくっても、遊廓のなかをひと回りしてからでなくちゃ眠られないという土地柄で、ひやかしに飽きると今度は新内流しにくっついて歩く。当時が新内流しの全盛で、洲崎だけでも二十人をこえた。客と女郎が二階の窓に寄り添って、

〽縁でこそあれ末かけて　約束固め身を固め　世帯かためて落着いて　アア嬉しやと思ふたは　ほんの一日あらばこそ　そりゃ誰故じゃ　こなさん故……

哀切の口説に、身じろぎもせず耳傾ける。なかには泣いてる女郎もいる。またその情趣がなんともいえなかったんですな、と浪太夫さん、昔にかえる眼になって、新内を語って流すはずの身が、逆に流されちゃった。つい本音が現われた様子で――。

オハキモノの切なさ

《床屋の場合、むさくるしい頭を一時間かけてきれいにしてやって、二十銭。これが流しだと、ひと声が最低五十銭。そのうえ女には騒がれる。どうです、これでもまだ床屋をやるって奴がいたら、そいつは阿呆か片輪だ。女郎にはモテましたよ。流しになってからというもの、手前のゼニで遊んだことはいっぺんもありません。ちょいと新内さん……二階から声がかかる。見上げると女が顔をのぞかして、ひょいとタバコの空箱を投げてよこす。中には銀貨がはいっていて、この金で上がってくれというシルシ。端から端まで流すうちには、空箱が三つも四つもたまっちゃって、ヘッヘッそれからカケモチです。

誤解しないでくださいよ。私だけモテたんじゃない。新内語りがみんなモテたんだ。私の弟子《でし》というのが死んだ三亀松だけど、いつも楽屋に五、六人の女性を待たせている。商売女じゃありませんよ。みんな堅気のお嬢様や、いいとこの奥様だ。その中から気にいったのを一人えらんで夜を共にする。それには驚かないけど、感心したのは、残った女たちに不服もいわせず帰らせる手ぎわだ。私なんざ、この年になってもそのコツがつかめない。

お恥ずかしい話です。どうも凝り性でいけません。新内の節回しや床屋の技術に凝るのはかまわないけど、女のほうでも、たったひとりに凝っちゃった。そうすると他の女への受けもまずくなるし、芸人としては失格だけど、惚れちゃったものは仕方がない。とうとうオハキモノになりました。オハキモノってのは、女郎と客があんまり深く馴染んじゃうと営業にさしつかえるから、その客は店に上げない。それを遊廓の言葉でオハキモノ。私の女は東北生まれの、色白の美《い》い女だった。看板女郎です。私のために毛糸のシャツ編んでくれたり、お守りくれたり、金くれたり、もう女房以上の尽くし方。古い廓言葉で、体をはずすというけど、女郎の勤めを忘れて本気で尽くすから、あとの勤めがなり立たない。これじゃ店にもバレちゃって、オハキモノ。私はそれでも顔見たくて、二つある入り口の、片方の番頭には知られてるから、反対側の入り口を素知らぬ顔で通り抜け、気づかれないのを幸いに、トントントンと二階に飛び上がる最後のところでひっつかまり、三人がかりで引きずり降ろされた時は、口惜しいよりも切なかった》

大川流しの発明

どういうわけか新内芸人の格は低く、料亭の座敷に上がるのに裏口を通らなければならない。どうせ裏口なら、いっそ、もひとつ裏に回ってやれと、浪太夫さん、夜の大川に舟をこぎ出した。川の上から眺めれば、表通りからは遠い奥座敷とも、つい鼻つき合わせる近さとなる。

深川木場から滑り出し永代、清洲と橋をくぐって、左岸につづく箱崎、中洲、浜町、柳橋、それをひっくるめて大川端、さんざめく茶屋の灯を慕って三味の音が水面を渡る。〝エーお二階さんへ……〟ともいわぬ先に座敷から声がかかって、猪牙船は提灯の火を赤くまたたかせて岸に寄る。あの情緒てえものは、われながら結構なものでした。この趣向は浪太夫さんの発明である。

《この年まで長持ちしたのも、大川を流したのがよかったんです。てえのは、広い水の上では反響するものが何もない。まったく自分の声がたより。邪魔な夜風も吹いてくる。なまじっかな声じゃ通用しませんので、三味の調子にすると、六本。一本から始まって十二本まで音階があって、てっぺんの十二本を弾くと耐えられずに糸が切れる。ふつう地面の上では四本、座敷の中だと三本調子で十分聞ける。それが水上になると、川面から二階の座敷に響かせるには、六本の高調子でないといけない。高調子で張りつめて息を抜くことが許されないんで、これが修行になりました。自慢じゃないけど、鍛えたうえにも、よけい鍛えちゃった。私はだから、足腰立たなくなるまで流しをやれる。

隅田の川ね、お天道様の下では濁っていても、星の光る時分には岸の灯を映してきれいな水です。風がとまって、暑くもなく寒くもなく、明るい二階にはきれいどころが居並んで、おまけに客の耳がいいと三拍子揃ったときには、イイ気分でやらしてもらいました。もっともいいことずくめってのはないもんで、あるとき、座敷の客から冷えたビールを出されてね、太夫お飲みよ。ちょうどいいおしめりだから、へい、いただきますって、手を伸ばしたけど届かない。惜しいなァ、もうちょいとなんだがって、向こうも伸ばしてくれる。手と手が触れそうで、触れあわない。すれ違いのメロドラマだ。芸者衆が面白がって囃すから、つい私もね、いい年して浮かれて、ズーッと体を伸ばしたとたん、ぐらっとひと揺れ、ポチャン、頭から落っこちゃった。ビールのかわりに水を呑んじゃって、でも、自分で呑んでみると、隅田の水は汚ないねえ。以来、岸からのお酒は一切いただかないことにしてますんで》

浪太夫さん独創の大川流しも、去る四十二年の護岸工事完成と同時に姿を消した。やりたくたって眼の前は灰色のコンクリだもの、まるで刑務所の慰問に行ったみたいだよ。仕方がないから再び陸《おか》に舞い戻って、深川の仲町を地盤に流す。流すといっても、週に三度や四度のお座敷は先約でくるそうで、みなさん新内が滅びるなんて心配してくださるけど、そうアッサリとは潰れませんや。単なる強がりではないらしい。とはいえ、同じ口の下から愚痴が洩れて、ほんとうは遊廓が消えたときに新内も終わったんです。つまり新内というのは廓の情趣、とくに義理にからんだ男女の道行・心中行を哀艶にうたい上げた曲だから、その題材が息づいている廓小路で語るのが神髄。廓は稼ぎの対象であると共に、芸を磨くための厳しい舞台でもあった。

新内語りは座敷にすわってちゃいけない。廓にはいって実地の修行をしなさいよってね、私らそういわれたもんです。そこには新内を聞いて泣いてくれるヒトがいたんだもの。今は、呼ばれて座敷に上がってもね、とりしきってるのは社用族だ。なかには猛烈社員なんてえゴマのハエまで混ってる。昔は、粋が身を食うなんて、イキで怕《こわ》いセリフがあったけど、このご時勢では、もうこんなセリフは通用しないねえ。

このヒト、強がりをいってるようでも、やっぱり昔が恋しいらしい。

ルソン島飢餓地獄（上）

F氏。大正九年生まれ。五十歳。「貞淑な妻と、親孝行な三人の息子」をもつ中企業のサラリーマン

戦争自体はデタラメだから

ごらんのとおり顔をつぶしたのっぺらぼう。この人物を仮にFと呼んでおく。F元衛生軍曹である。この人、今、東京に住むが、わけあって本名を明かせない。本名が知れた場合の、現在ある人間としての存在がいっきょに畜生境涯に倫落する恐怖が、この人をとらえて離さない。戦後二十五年、その恐れが続いた、だから名前も出さず、写真も写さず……疑い深い人は思うだろう、のっぺらぼうの語る〃殺しと女犯と飢餓の物語〃は、のっぺらぼうだ。つまり、もともとこの世に存在しない架空のホラ話だ、と。

しかし、それもいいじゃないか。狂人が嘘を喋るとは限っちゃいない。むしろ正常人が真実らしい嘘を喋り、狂人が嘘らしい真実を語ると考えた方が、間違いが少なくて済む。世の中変わっているのだ。そして、この場合、嘘とか真実とかにたいした意味はない。なぜなら、戦争それ自体が巨大なデタラメだったのだから……。

《私の軍刀は備前長船。オヤジがはなむけとしてくれたヤツです。何でも、日本刀は世界一の人斬り道具だそうですな。ええ、よく斬れましたっけ。話では、人を斬ると血脂が粘りついちゃって、駄目になるっていうが、嘘だな。なんぼ血脂を吸っても、斬れた。ゲリラの首を打ち落としても、手応えを感じないくらい、斬れた。でも、不思議ですよ。首が飛ぶと女はかならず、うつぶせに倒れる。男は、あお向け。なぜかな、こればっかしは今でも割り切れません。他人より切れる刀を持ってる自負からか、ずいぶん斬りましたねえ。中隊では、いちばん斬ったでしょうな。さあ、あとさき何人くらいになるかなあ……。

ある部落では、ゲリラの股を裂いた。見せしめです。部落中の人間を整列させて、眼の前で裂いて見せる。そりゃあ、凄いもんです。水牛を使うんですがね、ゲリラの足首を樹に結びつけ、片一方を水牛に縛りつける。その状態で尋問するわけだが、絶対に口を割らない。こっちは気が短いから、そんならってんで水牛の尻に火をつける。水牛は、仰天しますよ。素っ飛ぶようにして走る。人体の方は、それまで地面に両手をついてたのがピョンコと突っ立ちます。空中に立つ、と、思う間もなくぐしゃっと嫌な音がして、両脚もぎ取られる。ええ、両脚とれちゃうんですね。

たまには水牛にくっついた方がもげて片脚無事なのもある。無事ったって、死んじゃうんだから……。水牛はもげた片脚を引きずって、どこまでも走って行きますよ。もげるといったって脚だけスッポリ抜けるんじゃない。へその上の辺まで二つに裂けるんだから、気味が悪い。白っぽい内臓をだらりと垂らしたまま、胴体だけ空中に浮かんでる瞬間がある。それから、物凄い血の量を噴出しながらドサッと地面に着地する。眼が開いてたね。ギロギロ動くような感じです。音がするほど血が流れて、流れ尽くしたときにようやく動かなくなる。……ベトナムでも、同じことやってんじゃないかな。どこでやったって、戦争の中身は変わりませんよ。殺し合いがエスカレートすれば残虐行為に走るのは当たり前。それが、戦争ですよ。

まあ、私がいいたいのは、少なくとも私はそういった戦争を体験してきたってことなんですがね。

ただ炎、すべては炎…

昭和十九年暮れ。アメリカに制空権を奪われた北ルソン（フィリピン）の戦況は、急転直下、悪化した。F衛生軍曹の所属するラロの陣営はゲリラに包囲され、頭上からはグラマン機の面白半分みたいな爆撃が続いた。無線で援軍を依頼すると、来る筈はないと思っていた援軍がひょっこり二個小隊やってきた。しかし、この陣地の援軍ではなく、アパリ左方（クラベリアか）の警備隊が危いので救出に行く途中だという。その二個小隊にF氏もついて行くことになり、山岳地帯を歩いて歩いて……日が暮れて。ゲリラと遭遇戦を交えて、小隊長が戦死し、その小指を切り取って遺骸を埋め、それからまた歩いて歩いて……夜の白々明けの頃、二、三家のある部落にはいった。

部落を抜けて下り坂、そのあと上り坂をのぼりつめて、まただらだらと下ると幅五ｍの川にぶつかる。そこには小さな新しい木橋がかかっていて、その橋桁から向こう岸にかけて日本兵が一人、二人三人……数えて八人死んでいた。衣類を剝ぎとられたまる裸。一様に脳の皮を剝ぎ取られ、眼の玉をえぐり取られ、耳をそぎ取られ、三人ずつ重ねて竹槍で串刺しにされてころがっていた。ゲリラ戦の報復行為である。通り抜けてきた部落の家に八つの死体を運び上げ、家ごと火をつける。泡立ち、黒煙を吹き、燃え上がる仲間を見守りながら、F氏は涙をこぼして泣き、泣きながら、これで人殺しのやり方がわかったと考えていた。仇は討ってやると誓っていた。

ただ炎　すべては炎

ぬばたまの　暗き地あげて
大いなる　火につつまるる
汝《な》を救う　ひととてはなし

女を殺して得る恍惚感

小隊のなかに、Kという軍曹がいた。勇気のある、優秀な兵隊だった。F氏はこの小隊にはいってK軍曹と知り合い、性格的に共通するものを感じて親友となった。

そのK軍曹が先頭に立ち、更に奥地にすすみ、民家の掃討をした。終わりに近づいたころ、K軍曹がニヤニヤ笑いながら寄ってきた。

「見たいだろうなあ……」

ついて行くと、素っ裸の女がころがっている。脚を縛られ、サルグツワ。年は三十を過ぎている。あおむけのまま、べったり地面に貼りついている。

「やれ！」

抱くと、女は死んでいた。K軍曹が、やりながら殺したのだと知れた。戦後では小平義雄がそうだった。交接したまま女の首に両手をあてがい、じんわりと圧迫を加える。そのまま力を緩めず、死にいたるまで締め続ける。ひとつには、死に行く女の顔をながめる歓び。もうひとつは断末魔の女による快感。そのときケイレンに似た収縮運動を巻き起こし、その緊張の持続は長いほどよい（F氏がそういうのだ）。

恐ろしい！　牝山羊と交接

戦争は、人間の情欲を異常に昂進させる。女人渇仰、性器崇拝。MASでは充足できない。固い骨と肉の厚みと粘膜の痛みとを伴う、具体的な性器がそこになくてはならなかった。だから、兵士たちは牝山羊を大切にした。牝山羊のそれは人間にもっとも近い。一人が前にまわって頭を抱き、当事者は背後から牡山羊そのままに行為する。恐ろしいことに、牝山羊は刺激を受け入れて荒い鼻息をつくのである。動物さえ貴重だった。まして人間の女であれば、六十過ぎたとしよりでも、十歳の少女でも、ことさらそれが重く垂れた乳房と張り切った腰をもつ女ざかりなら、たとえ息絶えた死人であったとしても、……F氏は、その死体を犯した。からだはまだぬくもっているのに、そこだけがべっとり冷えているのが、奇妙だった。

その後、一個小隊増員されて、K軍曹とF氏の隊は海岸沿いに移動し、カガヤン川の支流口に駐屯することになる。そこで、情報収集と食糧徴発に当たるわけである。

「おーい、ご馳走を連れてきたぞお」

見ると、うしろ手に縛った男三人、女一人を連れて、K軍曹が立っている。女は小学校の教師で、三人の中のひとりと夫婦なのだという。腹が膨れている。妊娠三、四か月と値踏みした。

翌日、五、六〇〇m離れてゲリラのいることを斥候がつきとめてきた。夜間討伐ということになったが、この敵は強かった。米軍の銃器で装備され、迫撃砲まで持っている。味方に、戦死、負傷が続出しはじめた。足手まといになる男三人を処分することになり、補充された少年兵に殺らせた。しかし、殺れない。血は噴き出るが急所をはずしてるので、のたうち苦しむ。女教師が悲鳴をあげ、自分だけは助けてくれと哀願する。

F氏が抜刀し、三人の止めを刺した。女を引きずり倒し、そのまま匍匐前進。先頭にいたK軍曹がとつぜん退ってきて女の傍にすり寄った。銃をもたない左手が、女の股間に埋っている。女はむしろその手を迎え入れるかたちで、しかし、執拗に命乞いだけを繰り返す。K軍曹は進め、進めとうわ言のように女の耳に囁きながら、やがて左手を引き抜き、濡れた手を銃身に添え、無言のまま前方の闇にむかって突っ込んでいった。

その有様を目撃しながら、F氏もまた欲情し、隊列をはずれ、女を木陰に引きずりこんだ、すると女はF氏を楽々と迎え入れ、腰をゆすり肌をすり寄せた。頭上では盲射ちの弾丸が飛び交っているのである。そこで、二度行った。二度目が終わったあと、このまま逃がしてくれたらもう一度やってもいい、と女がいった。残念ながら、F氏は既に満ち足りていた。女教師は翌日兵隊に払い下げられ、三十数人を一巡ののち殺されて川に捨てられた。

最後の大盤振舞いは…

ラロ対岸のカプガオに築いた本隊の陣地に、各分隊が集結することになった。K軍曹とF氏の隊もカプガオめざして転進。その途中、ヤシの葉で屋根を葺いた教会から、K軍曹が二人の女をさらってきた。女はふたりとも、異様にどす黒い顔色だった。さすがのF軍曹が手をつけかねたまま、本隊に着いた。

陣地にはいると、三百人の飢えた兵士がいる。しかし、所有権はK軍曹にあるので、誰も手出しできない。もっぱら嘗めるように視る。視姦である。その観察の結果、顔の色がどうも変だということになった。

K軍曹が石鹼をつけてゴシゴシ洗うと茶褐色の液体が流れ落ち、そのあとで美貌の現地人が顔を出した。としは十八、九歳、双生児である。本隊中が色めき立った。

K軍曹は、姉の方を上官に献上し、妹の方を自由に使用する黙許を、とりつけた。F軍曹もご相伴にあずかった。回るのは下士官どまり、哀れな兵士たちは相変わらず木の股を抱き、牝山羊を代用にしていた。

やがて陣地内にも時限爆弾をまじえた五〇kg爆弾が落下しはじめた。大量の武装ゲリラが周辺に集結したという情報もはいっていた。撤退である。各人二十発の弾丸、銃、カンパン一袋。陣地は爆破と決まった。

女をどうするか……？　そのとき陣地内には、双生児とも五人の女がいた。これをどう処分するか。双生児は所有権をもつK軍曹の手で殺害、残る三人のあばずれ娼婦は、全員で使ったあと、銃殺。最後の大盤振舞いだった。

爆破のための弾薬を仕掛け、カンパンを配り、同時に大股開きの三人の娼婦に次から次へと男たちが飛びついている。飛びついて女に触れたときには、既に射精は終わっている。それでも、のっかっている。しがみついている。それを、次の奴が引き剝がす。そして、飛びのる──。そうした賑わいを背に、K軍曹は双生児をつれて、ぶらりと陣地を出て行った。

戻ってきた時、口内からしたたる鮮血で顎から喉にかけ真赤に染まっていた。

「コマッタ、シタヲカミキラレタ」

「キスしたな」

「タスケテクレ」

「女は……」

「ク　エ　ヨ……オレモクッタ」

どうしたと訊こうとすると、K軍曹は手にしたものを、ひょいと見せびらかした。串に刺した焼き鳥である。

K軍曹の眼が、熱に浮かされたようにギラギラ輝いている。そして、繰り返した。

「ク　エ　ヨ……」


（つづく）

ルソン島飢餓地獄（下）

よみがえったあの感触

竹串に貫かれた肉片が、五つ。K軍曹はそいつを、ひらひらと眼の先で振ってみせた。

「クエヨクエヨ……ヤキトリダ」

喋るたびにK軍曹の口からは血のあぶくがこぼれたが、その手当てを受けつけないほどの興奮状態だった。何か小声でいいながら串をF氏の手に押しつける。言葉はゴボゴボと内にこもって聞きとれなかった。炎に炙られた肉片はコゲ茶色に焼きあがり、表面は滲み出たあぶらを凝りつかせている。しげしげと顔に近づけると、ケモノ臭い匂いがプンと鼻をつき、それはたしかに食欲をそそる香りだった。

匂いを嗅ぎ、さらに仔細に観察すれば、肉片深く食い入るようにチリチリと焦げついた真黒い渦は、まさしく陰毛に違いない。

〝やりゃあがったね、とうとうやりゃあがった！〟

——F氏は内心呟きながら、そのことを口に出して、これは女の陰物だろうとは訊けなかった。沈黙して焼け焦げた肉片の切り口をながめ、表面に浮き出たぶつぶつを見つめる。見つめるうちに、興奮が乗り移ってくる。性器はヤキトリと化した後も男を欲情させるのである。F氏の下腹部に、生きていた女の触感がよみがえり、交接中まざまざと灼きつけておいた性器の濡れた肉質が眼の中に拡大され、その刹那思わず、胃の腑がグーッと鳴った。

「シオ　モ　カケテアル」

口に含むと、肉片は固かった。シコシコシャキシャキと嚙み砕くうちに味が出てくるのである。味は……（何というか、ヤキトリのハツを想像してください、とF氏がいう）結局、F氏は一串全部、五つの肉片をぺろりとたいらげた。そのとき、日本軍の誰もがそうであるように、F氏の体は動物性たんぱく質が欠乏していたのである。それを見て、K軍曹が満足そうに声をあげ、ケラッと笑った。

「オマエハ　アノオンナヲ　ゼンブ　ジブンノモノニ　シタ」

喰ったのは自分だけか

《ただの食欲ではありませんでした。オンナを喰いたい食欲ですな。これが最後と決まれば、犯すだけでは心寂しいのです。女をすっかり自分のモノにするには、どうしたらよいかと考えるのです。そうして、みんな空想にふけるのですが、K軍曹はそれを現実にやってしまった。私には、その気持ちがよくわかるんです。異常だとも思いませんね。そうなるの、人情じゃないんですか。阿部定は戦争でもないのに、男のモノを切り取ったでしょう。K軍曹は女のモノを切り取った。この私は、それを焼いて喰ったのですよ。K軍曹はひょっとして、生肉のまま喰ったかもしれない。阿部定だって喰いたかったんだ。ええ、そこまで追い詰められてましたね。この先は地獄と、はっきりわかってるんですから。まるで勃起した一物の先っぽに糸がついていて、それに引きずられるように、女・女・女……。けれども、よく考えてみるとね、私は衛生軍曹だったから、初めの頃は他人の何倍もやれたんですよ。ラロのピー屋（女郎屋）には、十二、三人の慰安婦がおりましてね、週に一度の検診を私がやる。そのついでに、あっちの方もやる。終わると、今度は軍票を持ってって、正式にやる。その合い間には、軍の薬品を代償に行商女とやる。なかにはキニーネ一粒で寝ころんだ女もいましたが、それだけ女を漁っても満足できないんですねえ。それで、とうとう喰っちゃった。行きつくところまで来たなア、情けないなア。ぼんやりとそんなこと考えてるうち、ドキッとして顔色変えたんです。とんでもない疑いが頭の隅に浮いたんです。そのウタガイというのは〝ヤキトリ〟を喰ったのは、俺ひとりなのではないだろうか。……実は、K軍曹は喰っていずに、私を騙して喰わしたのではないか。急にそんな恐怖に襲われてK軍曹を探して歩き回った。しかし、陣営内は混乱状態で見つからない。仕方がないから、現場を確認しに出掛けて行きました》

陣営背後の丘の中腹で、女は衣類を剝ぎ取られたまま木にくくられていたが、確かめるまでもなく死んでいた。つまり、生きていられる状態にないことが、一目で理解できるのである。股間というか、陰毛途中の恥丘から亀裂の終わる地点までスポリと、えぐり取られ、朱に染まった恥骨がわずかな白身をみせてのぞいていた。

K軍曹が双生児を先に立たせてこの場所までやってきたとき、逆に女の方から襲いかかってきたそうである。女といっても、死物狂いの二人につかみかかられて、さすがのK軍曹も恐怖し、思わず発砲した。倒れたのは姉の方だった。弾丸は女の胸にどす黒い穴をあけ、貫通した。身を翻して、妹は逃げた。狙いを定めて射ったが、これは外れた。

K軍曹は迷い、とっさに妹の方はあきらめた。急がないと、死体を抱く破目になる。倒れた姉は死に瀕し、傷ついた胸を抱いて地面に丸くなり、弱くもがいた。襟もとに手をかけ容赦なく引き剝ぐと、すでに上半身はぐしょ濡れに、血で赤かった。真っ赤な乳房が苦悶でぶるぶる震えるのが異様に刺激的で、K軍曹は我を忘れ、急にのた打ちだした女の体をおさえつけ、断末魔のさなかに延々と犯し終えた。立ち上がり、息絶えた女体をながめるうち、先刻の怒りが今更のようにこみ上げてくる。どうしてやろうか、と思案した。まず、死体に爪を立てて気が済むまでかきむしった。えぐり取ったのは、その後だ、とK軍曹はF氏に語ったと言う。

ポッカリと赤い穴が口をひらいてるのをF氏は目撃したが、さすがに試みる気にならなかった。もし生きていたら、その状態でもやっていた筈である。やらなかったかわりに、F氏もまた死体の肌に爪を立てズタズタに引き裂いた。爪に皮がへばり着いてきたが、それでも止めなかった。F氏が立ち去ったあと、美しかった女の死体は、見るも無惨な傷口を北ルソンの空にさらしてころがっていた。

撤退は目前だった。カガヤン川を渡って山岳地帯に逃避する日本軍三百人の中に、F氏もK軍曹もいたが、果たして切り取った女の陰部を喰ったか否か、確認する機会をつかむことができない。

それどころではなかった。渡河中にグラマンの爆撃をうけ、三百人中二百人余りがそこで死んだ。生き残った六十人ばかりが歩く先々に、五〇kg爆弾がしつこく落下する。ゲリラがバナナの葉を裏返した矢印で日本軍の進路を示していたのだ。六十人を更に分割して三隊とし、F衛生軍曹の隊は病人、中年兵など、いわば弱卒の集合だった。F氏とK軍曹はそこで別れたまま、遂に再び顔を合わせることはないのである。

《ジャングルの中に池がありました。巨大な岩群が周囲をとり巻いた気味の悪い湿地帯です。ひろい洞窟がありました。日本軍が野戦病院に使ったのですが、医薬品も多少残ってましたが、なぜか、ごろごろと腐爛死体が散らばっているんです。死体は埋めたが、こびりついた死臭は洞窟の底によどんだまま動かない。

我々にしても、洞窟の中にへたりこんだまま動けないわけです。下痢と南方潰瘍が蔓延してましたからね。

私はその死臭を嗅いで暮らすうち、突然、嘔吐しました。吐くものが無いのに連続的に嘔吐するのです。ざわざわと寒気がはい上がり、脚から全身をびっしり覆い尽くす頃には爆発的な頭痛と息もつけない悪寒で地面をころげまわりました。部下が重なり合って押えても、それを跳ね飛ばして起き上がる。

もう狂ってるんですな。ひょいと見ると、眼の前ににわとりがいるんです。白色レグホンがキョトンとこっちを見ている。自分でも、変だなと思いましたよ。だから拳銃を抜き、幻覚でないと見きわめてから引き金を引きました。手応えがありません。視線を移すと、あちらにもこちらにも広い洞窟中にいっぱいのにわとりが、じーっと私をながめているのです。私、それで完全に狂って拳銃を乱射しましたよ。不意に腕をつかまれ、数人に背後からねじ伏せられ……意識を失ったようです。目を覚ますと、火が焚かれていました。それがジュージューという音と、ボロ布のいぶる臭い、肉の焼ける匂いが煙となって立ちこめていました。それが人肉を焼くけむりだったのです。もちろん、喰いましたよ。喰ったから生き残れたわけでしょう? 筋が多いんですね、人肉は。だから、ちょっと喰いづらい。味は、牛肉に似ています。脂がのっていて、正確には牛と豚の中間といった感じですな。あとで聞くと、それはゲリラの歩哨の肉でした。

ことわっておきますが、人肉を常食したわけではありません。第一、常食できるほど、〝にんげん〟に行き会えないのです。それだけ人肉というのはご馳走だった。だから私たちの部隊では、階級の上の者ほど人肉を喰っています。下の者は喰いたくても喰えない場合がある。そういう連中が多く死んで行きました。要するに、物をいうのは体力なんですよ》

幼女を神とあがめて…

F衛生軍曹の隊は落伍した中年兵と歩行不能の南方潰瘍患者を捨て、山岳奥地をさ迷った。ある日、かなり大きな部落を発見した。四十人くらいのネグリート族が生活していた。

困った。こっちは二十人の部隊が、今や、たった八人に減り、飢えで足もともおぼつかないのだ。ヤケクソで奇襲を敢行したが反撃され、命からがら逃げ出した。そのとき、一人が六歳くらいの女の子をさらってきた。幼女は泣くことも忘れてパッチリと眼をひらき、異様な男たちを見回していた。

誰からともなく、順番に幼女の性器を撫ぜまわしていった。何回となく触れるうちに少女は尿意を催し、小便を洩らした。その様を、八人の日本兵が口をあけてながめる。それを見物することにより、男たちの体に生気がよみがえってくる。

幾日か経て、幼女の性器をMASの道具に使うようになる。幼女を抱いて泣き出さないようにあやしながら、自分のモノをこすりつけるのである。そのさい、内部に挿入して破損することは厳禁された。今や、幼女は生き甲斐であり、神様だった。

ひと月経つと……男どもの愛撫の下で暮らすうちに、六歳の幼女の性器は異常に発達して、そこだけが成人した女になった。そのとき男たちは、バンザイを三唱したのである。全員、舐めまわすように女を可愛がった。実際、舐めることだけが楽しみだった。壊れやすい道具を頻繁に使うわけにはいかなかったのである。

悲劇が起こった。兵の一人が舐めるうちに興奮のあまり、幼女の陰核を喰いちぎった。みるみる下半身が血に染まり、幼女は悲鳴をあげ、ひきつけを起こして倒れた。

間髪をいれず、銃声が響き、罪を犯した兵が倒れた。それが、神様を奪われた男たちの怒りの表現だった。

そして、生き残った七人の男たちは傷ついた少女を山野に捨て、再びゲッソリと歩き出す……

罪ゆえ、寿命《いのち》　長くして
一万五千の　　年をへて
苦しみ欠くる　　ことなきは
みなこれ餓鬼の　報いなり

F衛生軍曹以下、七人の日本兵が降伏したのは、昭和二十年十月二十一日だった。

死刑囚の〝つかの間の生〟

山田湖周氏、五十七歳。六年前から死刑囚の教誨師を勤める日蓮宗の僧侶

黙って数珠を渡すだけ

人間と生まれてどうせいつかは死ぬ身であるから、死を迎えることにおいては死刑囚も我々も変わりはない。いくらか違う点は、ふつう我々が内臓機能の衰弱によって、自然に息絶えるのに、彼らの場合は合法的な他人の意志のままに、人工的に生存を中止しなければならない。

しかし合法的な意志とはこの場の便宜で、これを気まぐれと置き替えてもいっこうに不都合はないわけで、某日、たまたま法務大臣閣下の虫の居所がひどく悪く、それまで迷っていた死刑執行命令書にポンと判を押すかも知れない。すると自動的に、数日を経ずしてロープは罪人の首にからみつくことになる。その某日というのは、あるいは、大臣閣下の愛妾の浮気がバレた日であったかも知れないのである。したがって死刑囚に与えられる最大の罰は死そのものではなく、首吊りの執行がいつくだされるかわからない恐怖、気も狂わんばかりの空白の時間のなかに投げ込まれることである。

ところで、死の恐怖をたたえた時間の残酷さに関してだが、戦場から別の戦場に進撃中の一人の兵士が地

雷を踏んだ。踏んでからシマッタと気がついた。地雷のカラクリは地表から圧力を加えられた瞬間に可動し、圧力が消えたとたんに爆発する。つまり靴底を地面から離すと同時に肉体はバラバラになって空に飛ぶことになる。だから兵士は踏んだ脚に重心をかけ、微動だもせずに爆発を押えつづけなければならない。仲間はただ遠巻きにして眺めている。それ以外、この不条理な死刑囚にしてやれることはない。そのうち兵士が悲鳴をあげる。〝畜生、脚がしびれてきやがった！〟これは実話ではなくてフランスの恐怖譚だが、このような極限状況にもし教誨師と呼ばれる類のヒトがいたとして、いったいどんな言葉をこの不条理な兵士に与えるのだろうか。

山田湖周さんに面会早々、尋ねてみた。すると湖周さん微笑して曰く、黙って数珠を懸けてやりますよ。それ以外のことはできません。あとは、後方に退いて念仏でも唱えますか。どだい教誨師のやることはそんなものですな。このヒト、日蓮宗本立寺の住職で、東京拘置所の教誨師を兼ねる、死刑囚専門の教誨師である。

《教誨師の役割りとしては日常的な囚人との接触と、それから最期の立ち会いのふたつがあります。最期の立ち会いと申してもおわかりないでしょうが、独房を出た囚人に付き添って処刑室に行きます。隣の控え室には死んで行く者のための仏壇があり、蠟燭も灯っている。そこで五分間、囚人と一緒に経を読む。それが終わると手向けの菓子というか、饅頭二個が出る。囚人がそれを味わい、緑茶をすする間、ポツリポツリと話をする。事ここに至れば、ことさらに話す必要もないのです。囚人の方でもつとめて明るく振る舞って、じゃ先生、元気で行ってくるからな、なんて笑ってみせるのもいる。そういうときには私も、おい、先に行って待ってろよ、などと声をかけてやる。

それから処刑が終わるまで、ずっと念仏を誦しつづけ、最後は棺に納まった亡骸に合掌して終わりです。これだけの話では、ずいぶん簡単なようですが、しかしふだん多く接触してきた男が死んだ日など、実にやりきれない嫌な思いをするものです。死刑囚と我々との付き合いには真剣勝負といった一面があって、まずこちらの方から一切の虚飾を取り払って、ありのままの自分をさらけ出していかなきゃならない。そうした私の人間性を見抜いたうえで、はじめて向こうは気を許す。極端に警戒心が強い。その代わり、いったん心を開いたら肉親以上の親しさです。いわば腹をぶち割った付き合いを三年も五年もして、ある日とつぜん相手が消えてしまう。これを寂しくないと言ったら嘘になるでしょう。

これは私が教誨師になったそもそもの因縁なんですが、もと、ある新興宗教の信者の死刑囚がおった。もと、というのは死刑が決定してから破門されたからです。この男は宗派から捨てられたけど、信仰は捨てない。なにしろ娑婆にいたときは折伏の鬼と呼ばれたそうで、学はあるし弁も立つ、他の教誨師では扱いきれないから、宗派上、縁のある日蓮宗に応援たのむと言うことで、私が選ばれて出向いた。

初めの日はそっぽ向いて口をきかない。次に会ったら、いきなり喋りだした。たちまち論争です。ところが、これが凄い。へたな坊主より経典にくわしい。宗論にも通じている。考えてみれば、先方は命を刻んで研究に打ち込んでるわけです。それから顔を合わせるたびに論争を繰り返して、私はとうとうかなわなかった。お前さんには負けたよ、と言ってやりました。ええ、それでよかったと思ってますよ。教誨師はなにも全知全能である必要はない。論争で負けても、それで死刑囚の凍りついた気持ちが揉みほぐれればいい。それだけのことができれば、教誨師としては合格だと私は思ってます。え？　その男の犯罪ですか？　女です。女に裏切られたあげく、鉈《なた》でもって女とその母親を殴り殺したんです》

ところで教誨師なる者が獄舎に姿を現わしたのは無論、明治以後のことで、それ以前にあっては問答無用の打首、獄門、つまり罪人の死は教え誨されるべきものではなく、むしろ世上の見世物、笑いものであった。因みに斬罪制度が廃止されたのが明治十五年正月元日、この時最後の首斬り役、八世山田浅右衛門は明治初年から数えてちょうど三百個の首を落としたと自称したそうだから、死刑囚のあまりの多さに、とても教誨師どころではなかったろう。

死罪の方法が斬首から絞首に変わり、と言うことは変革期から安定期へと世の中も落ち着き、死刑囚の人権も認められて初めて教誨師が必要となった。つまり死出の旅へ、ご機嫌よく出立いただこうというお上の思いやりである。キリスト教ではカトリック、仏教からは浄土真宗が出て、この任に当たった。現在ではプロテスタントから天理教、神道まで宗教各派が入り混ざって教誨師会を構成する。

さて、教誨師といっても死刑囚に向かって、神だの救いだのと、ことさら現実離れした教理を説くわけではなく、実情はむしろ現実以上に現実的な対話を交わすものだという。たとえば面会室にはいってくる死刑囚を見て、オヤ、今日はばかに景気のいい顔してるな、と言う。すると死刑囚はニヤッと笑って、実はね先生、昨日のダービーで俺の賭けた馬が一着にはいったんでさ……。

賭けはむろん空想の中での遊びだが、新聞・週刊誌類は自由に読むことができる。だから彼らは教誨師以上に娑婆の事情に通じており、死刑囚だからといって常に死を考えると思ったら大間違い。湖周さんの経験によると、オイ、顔色が悪いな、どこか悪いんじゃないか、と声をかけられてギクリとしない死刑囚は少ないそうだ。それほど自分の体をいたわり、健康に気を配っているわけである。死を背後に控えて、ヒトは神に近づくよりも、俗に汚れることを希望する。どうやらこれが我ら人類の赤裸々な正体らしい。

思い残すことなくその日の朝を

《これは私の立ち会った男ですが、いよいよ執行と決まって、前日に菓子の差し入れがあった。食いきれないから先生てつだってくれよ、と言われたが、私は甘い物を見ただけで震えがくる方で、遠慮しました。ところが翌日行ってみると、菓子折りの一箱をぺろりとたいらげている。おまけに執行直前には、出された饅頭をふたつとも腹に納めて、それから死んでいった。それほど甘党の男でもなかったんですがね。これはどうも、今もって奇妙な思い出ですな》

執行通告が当人に伝えられるのはその前日である。死神の到着までおよそ二十四時間、まる一日の猶予が与えられるわけで、死刑囚は一晩を費やして遺言を書き、あるいは差し入れの菓子折りを一個余さず食いつくし、形のうえでは思い残すことなく死の朝を迎える。これが普通のケースで、特殊な囚人の場合、すなわち二十四時間の精神的緊張に耐え得られないと判断される人間に対しては、当日の朝、いきなり執行を告げる。錯乱症状を呈するのもある。そのままウムを言わせず独房から抱え出し、処刑室に向かう。現在の東京拘置所は小菅刑務所の跡に移転し、処刑設備は付属している。移転前、巣鴨にあった時は、あるいは仙台、あるいは小菅へと護送しなければならなかった。教誨師は死刑囚と共に護送バスに同乗し、最後の言葉を与える。しかし、言葉はあまり必要ではないのだという。これが見納めの娑婆の景色を黙々と眺める者、躁症状を呈して一人で喋り一人で笑いころげる者、陰性に錯乱して細かく震えつづける者、死への反応はさまざまに変わっても、共通するのは言葉の空しさ、何より効果があるのは囚人の手をとり、用意の数珠を懸けてやることである。異常な昂奮状態が、これでピタッと鎮まる。

おとなしく処刑室にはいり、饅頭二個を食い、緑茶をすする。頃合いをはかって看守が声をかける。どうだ、もういいか。たいがいは、ハイ、もういいです、と答える。なかには、饅頭をあと一個食いたいという豪傑もいる。

数年間、囚人の面倒をみてきた担当看守、教育長、教誨師が並び、囚人はその一人ひとりと別れの握手を交わし、さて踏み台に立つと目隠しの黒布がかぶせられ、首縄が執行官の手によって下顎から喉にかけて絞められ、合図でスイッチが押され、床が開き、体は垂直に落下して床下に見えなくなる。完全に絞首されたことを示す衝撃が張りつめたロープの震動と共に足元に伝わる。ベテラン執行官になると、この間の作業に渋滞なく、あたかも水が流れるように囚人は死に至る。

《処刑室の地下には医師が詰めています。吊り下がった状態のまま囚人の手首をとり、脈搏をはかる。早いときには十分、長くかかっても二十分未満の間に鼓動は絶えるといいます。失敗は、絶対にありませんね、完全に死ぬまで吊っておきますから。死亡が確認されると下から連絡がきて、私たちは地下に降りる。そのときには亡骸はきれいに納棺されてる。焼香・読経をすませて、遺体は焼き場に送り出される。それでおしまいです》

古い死刑囚が一人消えると、新しい死刑囚がまた一人送り込まれてくるという具合で、教誨師の仕事も多忙をきわめ、山田湖周さんはいま八人を担当しているそうである。こちら一人に向こう八人、これは比率から見ても不均衡で、まして八人の死刑囚にこもった生の重みを考えてみれば、これじゃ私の体がもちません。湖周さんが音をあげるのも無理はないようだ。そして湖周さんの悲鳴の裏には、どうしてこんなに死刑囚が多いんだろう、世の中の歪みと死刑制度に対するやりきれない疑問がよどんでるわけだが、そこは役目柄、はっきり言葉にしてはいわなかった。

《内閣改造にいちばん敏感なのは、彼ら死刑囚でしょうな。更迭される法務大臣が、未処理書類といっしょくたに執行書に判を押すこともあるし、また新任の大臣が弁護士の場合、比較的事務的に、ということは、容赦なく判を押す傾向があるからです。どんな凶暴な死刑囚といえども、内心では死の準備をしているものです。その半面、生への執着も日増しに強くなるわけで、これを判コひとつで命断たれるというのは、はたしてどうなんでしょうか?》

どうでしょうか、というのは、なにも殺すことはないじゃないかという意味か、それとも処刑の方法を改善した方がいいという見解の表明か、そのへんシカとはわからぬままに当方、なるほど死刑囚にはなりたくありませんなあ、と慨嘆すると、湖周教誨師、ジロリと眼を上げて、アナタも私もいつ死刑囚になるかわかったものではありませんぞ、南無阿弥陀仏、と手首の数珠をまさぐった。

犯罪調書

〝アル中船長、酔狂夢遊〟事件

昭和四十一年、東北地方の港町・気仙沼で突発した事件は、怪奇にして滑稽、一陣のカマイタチにも似て、海添いの町々を吹き抜け、その修羅の跡には鍵盤のこわれたピアノ一台と、白い人骨と金襴緞子を剝ぎとられた花嫁の死体とがころがった。これだけめざましい狼藉がたった一人の男によって演じられたのである。

この男は阿久津哲夫といい、身のたけ五尺九寸五分(約一八〇cm)、体重二十一貫(約七八・八kg)の偉丈夫で遠洋漁船の船長だった。体が巨大なだけではなく、頭脳も優秀で、二十三歳のとき乙種一等航海士の試験をパス、これは一〇〇〇t未満の船舶の船長となる資格を得たということだが、以来二十八歳の当年まで、海の荒らくれをアゴで使って、過誤もなく、年上の部下たちからも信頼される堂々たる船長ぶりだった。

ところが、その名船長にもたった一つ欠点があった。酒である。海の上では量を押えているが、陸に上がったとたん、押えたぶんまで体内にそそぎこむ。二合や三合なら顔色も変えないが、それが一升となれば、さすがに酔いを発し、さらにビールを流し込み、焼酎をあおるころには酔は乱に変わり、最後にウイスキーをぐびぐびラッパ飲みするにいたって狂となる。これはその狂と化した阿久津哲夫が二日間にわたって荒れ狂った軌跡の調書である。

1

遠洋漁船東海丸が船底にマグロを満載して入港したのは夏も終わりの九月十五日だった。その夜、報酬の一部を懐にねじこんだ船長阿久津哲夫は、船員五人を従えて土地の料亭「波月」に乗り込んだ。そこで大漁祝いの酒を景気よく酌み交わし〝一升も飲むうちに船長の目つきが怪しくなってきたので、その料亭を出ることにし〟――宿泊所である旅館のほうへ歩いていると、突然〝お前ら、オレをバカにしちょるな。気にいらん。ぶちのめしてくりょうか〟と叫び、あばれだし、ものすごい力でみんなの手を振り払って反対方向に走った。また、病気が始まったと、船員たちは手分けして捜し回ったが、ついにその姿は発見できなかったのである。

そのころ、阿久津は〝裏通りのなんとかいう飲み屋でノドが渇いたのでビール二、三本を飲み、それからコップで焼酎を五杯飲み、勘定を払って店を出た〟――と、ここまでは覚えているが、その後は本人の記憶がないので証人の供述を引用しつつ足跡をたどってみる。

当夜阿久津があらわれた料亭・万代の女将の供述

十一時すぎた時分だと思います。仁王さまのように大きな男がやってきて〝酒を飲ませろ〟というので、私はお客だと思って、どうぞと申しますと、男は土足のまま上がってくるのです。

そのときは酔っているんだなと思って、お客さん、靴脱いでくださいといいました。すると男は〝うむ、かまわん、かまわん〟と玄関から向かって左の奥のほうへドカドカ歩いて行きました。

左の奥は家族の居間になっていて、主人とこどもが寝ているので、そっちはダメなんです、と声をかけても耳にはいらないようすでしたので、腕をとって、お客さん困りますというと、男は急に〃うるさい〃と大きな声を出しました。

あんまり大きな声に私はびっくりして身がすくんでしまいました。そのとき、店の若い者が飛んできて、二人がかりで引き戻そうとしたのですが、男は〃お前ら何をする気か、ふざけたマネをするな〃と、体をぶるっと一つゆすると、若い者は二人ともふっ飛んで、一人は襖に頭を突っ込んで顔から血を出しました。

男はゲラゲラ笑いながら奥へ行くので、私は警察へ電話して、といって男の後を追ったのです。（中略——阿久津は土足のまま、主人の居室に踏み込み）目をさまして泣きだした長女の美代子（当時四歳）を抱き上げて、男は〃かわいいこどもだ〃といい、それから〃お前は男か女か、わしが調べてやろう〃と、寝間着のすそをふってみて〃チンポコはどこへなくした。チンポコがないからお前は女である。わしは女が大好きだ〃と下腹のところに顔をこすりつけるようにしました。そのとき、美代子が小水をもらしたので。男の顔は濡れてしまい。私は男が怒って美代子を投げつけはしないかとハラハラしていたのですが、男は別に怒りもせず、〃ノドが渇いてたまらんから酒を飲ませてくれ〃と申しました。

私が、ここは酒を飲む部屋ではないから別室に行って飲んでくださいというと、男は〃わしはここが気にいったから、早く酒を持ってこい〃と、腰を上げようとせず、今度は病気で寝ている主人をつかまえて〃お前もいっしょに飲め〃というのです。私が、この人は病気なんですからかまわないでください、というと、男は〃こりゃオヤジ、お前は病気で寝ておったんか〃と、主人の頭をぴしゃぴしゃ叩き、ふと、私のほうを眺めて〃おや、あの女はだれじゃろか〃と、初めて気がついたようにじっと見るので、私も気味が悪くなり、もしも襲ってきたら逃げ出すつもりにしていたら、男は別段そんな気配もなく、一人でしゃべりちらしておりました。

そのうち、急に黙りこんだかと思うと、恐ろしい形相になり〝オヤジに狐が憑いちょるぞ。これからわしが払い落としてやる〟と叫びながら、むりやりに主人を引きずり起こし、顔面を殴打し、倒れたところを両足で主人の首をはさんで絞めつけたのです。

私の悲鳴を聞いた店の者が走ってきて、四、五人がかりで引き離そうとしても男はびくともせず、このままでは主人は死んでしまうと思っているところに、警察の人がきてくれたわけです。

出向いてきた警察官は屈強な若手が二人だったが、彼らに対し、船長は喜び勇んでつかみかかっていったのである。

警察の記録によると、とりあえず本人に近寄って手錠を見せて〝お前、静かにしたらどうか〟とさとしたところ〝警察の者が何しにきやがった、おう〟と食ってかかり、いきなり泥足で力いっぱい顔面を真っ向から蹴り、そこで〝警察官の公務執行を妨害するか〟とどなりつつ、手錠をかけようと接近したところ〝なにを、ポリの一匹や二匹ばらしてやらあ〟と、逆におどりかかってきた。二人の警官は阿久津船長の快腕に殴られ、蹴り飛ばされ、壁に投げつけられ、こうなっては逮捕どころではなく、せめて自分の命を守るための抵抗をつづけている際に、万一をおもんばかった柔道四段、これも巨漢の司法主任が駆けつける。

船長は警官三人を向こうに回し〝お前らに負けるオレじゃないわい〟と荒れ狂うが、足元のふらついたすきを柔道四段に体当たりされ、次いで折り重なって倒れたところに手錠をかけられた。そのとき、船長はごろりと寝ころんだまま〝ポリの一匹や二匹を殺せなかったんは残念じゃ。わしをだれじゃと思っとるか。日本人が日本人に、ようも手錠をかけやがった。今日は死ぬまであばれちゃる。うぬらの顔は死ぬまで忘れやせん〃と絶叫した。

三人の警官はさらに応援を頼み、リヤカーを仕立てた。船長の巨体は手には手錠、足は荒縄で縛られ、陸揚げするマグロのように運ばれたのである。ちなみに、料亭の主人は頸部ねんざで、以後、しばらくの間は首が曲がったままだったという。

2

しかし、話はこれで終わったわけではなく、むしろ、これからが阿久津船長活躍の見せ場なのである。リヤカーが警察署に着くと、船長は足を縛った縄を解かれ、手錠のまま両脇を抱えられて事務室にはいった。

事務室には夜勤の刑事や巡査がつめていた。そのものものしい光景を眼前にして、再び逆上したらしく〃お前ら、わしのいうことをよう聞け〃と、海で鍛えた大声で気合いをかけ、一座をじろりと睨め渡し、そこに先刻の柔道四段氏を見いだすや〃この外道がわしに手錠をかけやがった、やっちゃる〃と、両腕をつかんでいる巡査二人を引きずったまま、宙を切って飛び蹴りを試み、その必殺の靴先が相手に届かないとみるや〃わしは遺書を残して舌を嚙んで死んじゃる〃、周囲の刑事を一人、二人と足先で指さし〃よし、七人いるな。お前ら証人になれ〃——これは本気で死ぬ気だな、と署内緊張するうちに本人、ケロリと気を変えて、なかに居合わせた外来者に向い〃おどれが署長じゃろう、署長わりゃあ〃……と食ってかかる。

恐怖した外来者が外に逃げ出すと〃おどりゃあ！　署長逃げるんか〃と、外来者が逃げた表戸に体当たりする。その一撃で特製の重い板戸が枠からはずれ、船長は室外にころがり出た。衝撃はすごかったらしく、さすがの巨体が床に倒れて悶絶していた。

少なくとも、署内の人々の目には船長は気絶したと映り、暫時、その状態で放置したのは懲罰の意味があったのかもしれない。しかし、人々が次に船長の存在に気がついたとき、すでに彼は起き上がってキョロキョロと周囲を見まわし、さらに驚くべきことに、体当たりの衝撃のせいか、両手から手錠がはずれていたのである。

次の瞬間、船長は〝よし、二階へ逃げやがった〟と階段を駆け上がり、二階ではイスを振り回し、机を投げ飛ばし、一室をほとんど粉々に破壊しつくし、廊下で待ちうける警官たちの裏をかいて、二階の窓を突き破り、地面に飛び降りた。階段を駆け降りた警官たちが表に出たときには、酔いどれ船長の雄姿は闇の中に消えていたのである。


次に船長の姿が発見されたのは、翌朝の海辺だった。行くえ不明の船長を捜して歩き回っていた渡辺という若い漁師が、波打ちぎわに丸太のような黒い塊を見た。それが阿久津船長の変わり果てた姿であるとは、傍にくるまで信じられなかったというが、とにかく、潮水と泥によごれた漂流物のように倒れていた。

そのありさまから、てっきり水死したと直観した渡辺は〝船長！〟と叫んで、死体に抱きついた。すると、死体が〝うーむ〟とうなり、うるさそうに体を半転して、心地よさそうな高鼾をたてた。考えてみれば、そう簡単にくたばる男ではなかったのである。

渡辺船員の供述

それから船長を近くの旅館に連れて行きました。船長は昨夜のことは何も覚えてないといい、ただ岩壁を走っていると足をすべらして海に落ち、そのままどこまでも泳いでいるうちに海岸に着いたので、そこで眠ったのだといってました。

旅館ではすぐに風呂をたてさせドロドロの衣類を脱いで浴衣に着替えたのです。それから、船長はノドが渇いたといって一升びんを持ってこさせ、一人で飲みはじめたのです。船長はすぐに酔っぱらったので、これは自分一人では手に負えないと思い、帳場まで行って、宿泊所の電話番号を調べ、電話をすまして戻ってみると、もう船長は部屋におらなかったのです。

浴衣一枚に旅館の下駄をつっかけ、船長は風を切って歩いた。道はゆるやかな傾斜を描いて海から離れ、北寄りの山間部にうねっていたが、そんなことはどうでもよかったらしい。久しぶりに下駄の下に踏みしめる大地の感触は船長を感動させ、大きな声でオペラの一節を朗唱しつつ、ガラガラ歩き、途中八百屋に立ち寄って焼酎四合びんとリンゴ一個を求め、そのまま金を払わずに、あっけにとられている八百屋を尻目にかけ、ゆうぜんとリンゴをかじり、焼酎をラッパ飲みし、かつ、オペラを山峡にこだまさせつつ立ち去った(八百屋の証言)。そして、村の小学校にのっそり巨体を現わしたのが昼すぎだった。

小学校教諭・村瀬孝一の供述

その日は日曜日で、宿直の私は職員室におりましたところ、いままで見たこともない大きな男がはいってきて〝ピアノかオルガンをひかせてくれ〟と申すので、名前を尋ねると〝わしは土佐の阿久津だ〟と答えました。私は〝鍵がないからダメだ〟というと、男は酒臭い息を吹きかけて〝アゴをくだいてやろうか〟、とか〝ひかせねば殺しちゃろか〟などと脅しましたが、私が突っぱねると、男はいったん教員室を出て、校舎の中をピアノを捜して歩き回るようすなので、これはまずいと思い、駐在所に連絡して戻ってみると、ハンマーが投げ出され、講堂内に据え付けてあるピアノ一台の鍵盤が、見るも無残に破壊されてありました。それから駐在の巡査と二人で男の姿を捜したのですが、発見することができませんでした。

そのころ、船長は村の墓場にいた。墓所のすみでは、そのとき死者の埋葬が進行中だった、それを横目でにらんで、船長はかたっぱしから墓標を押し倒しはじめた。のちの記録では横転した仏石・台石等合計十二基、うち墓標下の納骨堂から奪った骨壺三個、その中の一個を葬儀列席者に向かって振りかけたのである。人々は浴衣に下駄ばきの異様な巨人が、汗みどろになって墓石を倒すさまを呆然と見物していた。

しかし、白い骨粉が頭上からサラサラと舞い散るにおよんで、ギョッとわれに戻り、遠巻きに逃げた。船長は地面に取り残された寝棺をひと蹴りした。中からころりところげ出たのは、なんと花嫁衣装に包まれた若い娘の死体だったのである。

これは結婚式を目前に控えて急死した二十歳の娘だった。花嫁衣装まであつらえた娘の死を嘆いて、両親は死顔に化粧をほどこし、唇に紅を塗り、身には金襴の装いさせ、いざ出棺というまぎわに気が変わり、火葬の予定を土葬に変更した。生前よりも美しく晴れやかな姿を見て、どうしても焼く気にはなれなかった。父親はそう述懐したが、その土葬が今度の椿事を巻き起こす原因となったのである。

すなわち、寝棺の中から死女の花嫁が出現したときには、さすがの船長も仰天したらしいが、それもつかの間、かえって死美人の妖しさに魅入られたように襟元に手をかけ、形ばかりに死者を覆っていた華麗な衣装を、見る見るはぎ取ってしまった。

　死後浄められて、いくらか蒼みを帯びた肉体が白昼の下にさらされ、顔に紅をさし、黒髪には油を吸わせているだけに、首から下のツヤのうせた生白さは凄惨、現場にいた人々も苔むした墓石に色彩をきわめた衣類がからみつき、その前方に繰り広げられる巨人と死女の取り合わせという奇怪な絵図には声も出なかったという。

〝男は死体を抱いたり、堅く凝った胸乳をもみほぐそうとしたり、まるで人形と遊ぶように死体をもてあそんでおりましたが、やがて、ぐにゃりと女の股間を開き、自らも浴衣の下から一物をつかみ出し、死女を姦しようとするにいたり……〟憤激した父親が引き抜いた卒塔婆で船長の後頭部を一撃した。

　船長は逆にその卒塔婆を奪いとり、打ちかかった。村人は石を投じて船長を牽制し、そのすきに死体を奪い返そうとした。それと気づいた船長は、やにわに死体を肩にかつぐや、いっさんに逃げ出した。その逃げる途中で、下からあがってきた警官隊と鉢合わせ、船長は死体を投げ捨てて奮戦したが、敵は二十数人、前夜来の疲労もあり、ついに逮捕された。

3

　船長の体内からアルコールが完全に抜けるのを待って取り調べが行なわれた。酔いのさめた船長は別人のように従順で、自分がいったい何事をしたのかまったく記憶はないと語り、ふと気がついたら両手には手錠がかかり、警察にいたので自分でも驚いた。いったい自分が何をやったのか教えてほしい、と係官に尋ねる始末だった。

裁判では、この記憶の有無をめぐって論点が分かれ、結局、精神鑑定ということで分析の結果を待つことになった。

そして分析の結論は——被告人阿久津哲夫ハ母方ニ明晰ナル精神病質アリ。母ハ分裂症ニテ座敷牢死、従姉二名アレドモ各精神病ナリ。本人モマタ遺伝原因ヲ負イ、夢中遊行、異常酩酊シ、常に光輝・水炎・怨獣・悪魔等ヲ妄覚ス。料亭主人ヲ狐憑キト言イ、死女ヲ頑弄スル類ハ全テ、コノ妄覚ヨリ発スルト思料サレル。酩酊中ハ秩序性朦朧状態ト見做サレ、終ニ深ク永イ睡眠ニ入リ、覚醒後ハ多ク酩酊中ノ記憶ヲ持タナイ。

つまり、犯行自体は無意識状態における行為と認められ、したがって被告人阿久津哲夫の犯罪責任は軽減される。ただし、明晰に狂気の兆が見えるから、しかるべき治療の必要があるという結論である。

精神鑑定者の右の勧告により、酔いどれ船長阿久津哲夫は、二十八歳で精神病院に送られたのである。

（文中、一部仮名）

富山〝教室内猟銃殺人〟事件

富山県東砺波郡平《たいら》村は山峡にうずくまる小村落で、隣県飛騨の白川郷ほど名高くはないが、古式を伝える切妻合掌造りがあって、噂を聞いて訪れる観光客の姿もちらほら見かけるようになったが、それもごく最近のこと。事件当時、つまり二発の凶弾が深山の緑をゆるがした昭和三十七年七月十七日は、真夏の陽光の下でとろりと眠ったような気配だった。

銃声の一発は暴発だったが、二発目は、筒先から五m前方に整列していた男女十八人中の一人の女学生の胸部を貫いた。場所は、県立福野高校平村分校定時制四年の教室だった。藤田美代子は、そのとき十八歳だった。十八歳の柔らかい肉体を貫通した弾丸は、背後の黒板に約三cm突入して停止した。

突然の殺人で、村人は恐怖するよりも呆然とした。〝政次（山尾政次・当二十年）が狂って、女学生を殺した〟と噂した。しかし供述が進むにつれ、教師を交えた十八人の列に向かって、当てずっぽうに引き金をひいたと見た先入観の誤りが訂正され、実は政次は被害者の少女藤田美代子だけを狙って正確に引き金を絞った事実が明らかになった。殺意の裏面には山尾政次の思いつめた、しかし一方的な純愛物語がひそんでいたのである。

1

「こんな恥ずかしいことは、死んでもだれにもいうまいと、こう心に決めていたことなんですが、軽蔑しないで聞いていただきたいと思います。それはぼくには小さいころから、頭のちょうどてっぺんのところに大きなハゲが一つあるんですが、これがそもそもの原因だったのです。ぼくも小さいころのことはよく知りませんが、なんでもぼくの姉が小さかったぼくを子守りしているときに、ぼくが誤ってイロリの中へ落ち込んで、頭に火傷をしたあとだそうですが、頭のハゲのためにぼくはこどものころからいつも人さまにも打ち明けられない、恥ずかしい劣等感をもっておったのです。

いかに楽しく遊んでいるときであっても、話題が頭のことや、私のハゲを連想させる話が出ると、とたんにぼくの気持ちは自己嫌悪の気持ちになっていき、やがては相手がなんとも思っていないのに、自分一人でひねくれた考えを起こして苦しんでいたのです。相手がぼくの頭のことに、なるべく触れないようにしてくれればくれるだけ、こっちの気持ちがやりきれなくなってくるものでありまして〝この人はぼくのことを知っていながら、知らないふりをしている〟とか〝わざと皮肉をいっている〟というふうに思えて仕方がないのであります。とくに相手が女の場合ですと、なおさらのことであって、そんな劣等感を背負いながら、常に人の中に出て生きていくということは、体験した者でないと、とてもわからない心境であり、苦しみだろうと思います」

高校にはいるとすぐ、長髪に変えた。母親の話によると、七歳のときに脊髄脳膜炎を病んだというが、発育は順調で、体格に恵まれ、喧嘩は負けたことがなく、スポーツは万能。ことにスキーでは県を代表する国体選手だった。この長身、長髪のスマートな国体選手は、いくらか粗暴でみんなに恐れられたが、それだけに一種の英雄であり、髪黒々と油で光らせた英雄の悩みの深刻さに、人々は気づかなかった。英雄は実に、肉体とともに成長する頭頂部のハゲに死ぬほど悩んでいたのである。

「そんなとき、ぼくはある女子生徒と急速に親しくなっていき、自分でも目の前が急に明るくなったような気持ちでした。それからの毎日は、ぼくにとってはとても楽しい毎日だったわけですが、その相手の女子生徒というのは、藤田美代子さんだったわけです。ぼくが初めて藤田さんと交際したのは、いまから二年前の昭和三十五年一月ごろのことで、そのとき藤田さんは高校一年生（山尾は一年上級）だったと思います。それからぼくたち二人は、学校内にいても親しく口をきく仲になっていったのですが、なかでも現在、ぼくが一番楽しい思い出として覚えているのは、昭和三十五年の五月一日のことなんです。その日は東砺波郡上《かみ》平《たいら》村上中田の春祭りの日でありまして、ぼくの母親の実家がそこにあったので、藤田さんを誘ってその家へお祭りに行き、二人ともその家で一泊しましたが、それ以来、ぼくは彼女が好きで好きでならなくなってしまいました」

ところがその年が終わると、美代子の態度は奇妙によそよそしく変わった。政次を恐れて避けるようすなのである。なぜだろうか、と政次は考えあぐね、悶々の日を過ごした。思うに美代子にすればスマートな国体選手の半面、つまり脳膜炎の影響のせいか頭痛に苦しみ、発作的にヒトを殴り、強迫し、タバコをふかし、酒に泥酔し、オレは精神病者だと広言するような男に嫌気がさしたというだけのことだったろうが、一方の政次にしてみれば、恋い焦がれているだけに少女の変心に惑い、誇大妄想的に悶え悩み、ついに奇怪な結論に到達した。すなわち〝彼女は確かにオレを嫌いはじめた。原因は一つしかない。きっとオレの頭のハゲを彼女が嫌いになったのだ〟――この結論から世を呪い、わが身を嘆く厭世観へは一本道だった。〝こんなつらい、苦しい思いで生きるなら、いっそ死んでしまおうかと思い、そんな寂しい気持ちになっては、ふとんの中で一人泣きしたこともいくどかありました〟そして生存への一縷の希望をハゲの治療に託し、母親から理由をいわず一万五千円をせびり取る。

「実はそのときのぼくの考えとしては、そのお金を使って、どこかの病院へ行って自分の頭のハゲが本当に一生涯なおらないものかどうかみてもらうつもりであったのです。そして三月十四日の日に、ぼくは一人で高岡市の町へ行って、高岡市民病院の玄関をはいってみたのですが、若い看護婦さんの姿を見たとたん、家を出るときには恥を覚悟で出かけてきたはずだけど、どうしてもハゲをみてもらう勇気がなくて、ダメだからやっぱりあきらめようという気になって、寂しく家へ帰ったわけであります。それから自分の心に、近いうちに死のうと何度もいい聞かせ、すべての希望を捨てる気になったのであります」

ハゲを治療するはずの一万五千円は、たちまち自殺行への費用と変じ、政次は城端（富山県東砺波郡）を振り出しに金沢まで行き、そこからUターンして高岡・魚津までさまよったが、どうしても死ねず、金を使い果たして舞い戻った。

「その家出中も一日として藤田さんの面影を忘れることができませんでした。〝彼女をあきらめて、忘れなければいけないんだ。そしてオレは自分の思った通りに死のう〃と思ってあきらめようとすれば、なおさらよけいに彼女のことが思い出されてきてどうにもなりませんでした。そこで未練がましい男だと思われるでしょうが、もう一度藤田さんと会って、その真意を確かめようという気持ちになり手紙を出しました。ぼくの気持ちとしては、とにかく藤田さんに直接会って、昔の気持ちに帰ってほしいと頼みたかったことと、久しぶりで彼女のなつかしい顔を見たかったので、ただ簡単に走り書きで〃中学校の分校のグラウンドでぜひ一度会ってほしい。その返事を待っている〃という内容の手紙を出したのですけれども、彼女からの返事はとうとうこなかったのであります」

かわいさあまって憎さが百倍、と政次自身がいっているが、このとき美代子を死の道連れにしようと決意したのである。そして決行の日を五月一日と定め、凶器は猟銃を使うことにした。〃ぼくら二人にとっては、二年前の五月一日に二人して祭りに行って一泊した思い出のある日だったので、二人が死ぬのにふさわしい日だと思ったからであり、また熊や兎狩りに使う猟銃ならひと思いに死ねて、まず彼女を殺しそこなう失敗がないからです〃。

2

大事の日を直前に控えた四月二十七日。政次は自分の村の祭りで酔っぱらい、オレは五月一日に死ぬんだと口走り、美代子のポートレートを自分の片見だといって、友だちに渡した。翌日の青年会ではそのことを持ち出され、アンタを役員に選んでも五月一日に死ぬんじゃあかんね、と興味半分にからかわれた。そこで政次は、五月一日にやってても邪魔がはいりそうだと、日延べすることにした。
それからの政次は自分の部屋に閉じこもり、何をしているのかと見ればトランジスタラジオをひっそりイヤホンで聞き、寝ころがっては雑誌を読みふけっていた。が、内心は死を急ぎ、焦っていた。八月のお盆になれば県外に散った友人たちが帰郷する。その眼前に、現在のみじめな姿をさらしたくないと、どうやらこのへんは、もと英雄のプライドらしい。なお——七月十七日、平橋の惨劇を期待せよ。美代子を道連れにする、これが最期だ——と記された雑誌の切れはしが、のちに発見されている。

「そうして七月十六日の晩は、いつものとおり、だいたい午後十時過ぎに寝たと思っておりますが、寝る前には、何も具体的に考えていなかったのです。ところが七月十七日の午前二時三十分ごろの真夜中に、パッと目がさめてしまってから、急にこれから自分が死ぬ計画を実行しようと思いたったわけでして、一度思いたつと、もうじっとしておれなくなって、何かにせきたてられるような気持ちになって、コッソリと自分の床から抜け出して、家の者に気づかれないように外へ出て行ったわけであります」

親戚・知人の家二軒に忍び込んで猟銃・弾帯を各一丁ずつ盗み、これまた他人の自転車を無断借用して福野高校平村分校に乗りつけたのが、午前四時、なつかしさもあって、校舎内をぶらぶら歩き回ってから二階の教室に身をひそめ、のぼる日輪の下、肌身離さず抱いていた美代子からの手紙四、五通を読み返し、そして燃やした。次いで発見されることを恐れて物置の中に隠れ、授業開始を待った。
この日、平分校は試験日だった。両脇に二丁の猟銃をさげ、静まり返った廊下を進む。そのまま階段を降りて美代子のいる四年の教室に行くつもりだったが、階段の手前に三年の教室があったので〝その教室の窓から中をのぞいて、ここから動くな！　と大声でどなったわけです。中におられた先生や、答案を書いていた生徒たちはびっくりしたのか、一瞬こっちを見てポカンとしておりました〃――そのとたん、左手の猟銃が暴発した。これには政次当人が仰天し、あわてて階段を駆け降りた。降りたところで一人の教諭に制止されたが、それを振り切って校庭に飛び出した。だれも追ってくる者はなかった。校庭に抜けた政次は、改めて外側から四年の教室に近づいていったのである。このときの山尾政次の様子を目撃者の供述から再現すると――、

当時四年、久野良一の供述

（暴発があって）約三分ぐらいしたころかと思いますが、校庭の東側から、頭にタオルを巻いて、黒のシャツにスキー用アノラックを着て黒ズボンをはき、青い顔をして左肩に猟銃を一丁背負い、もう一丁の猟銃を右側に抱え、頭に白いタオルを巻いた山尾政次がぼくたちの教室に近づいてきたのです、ぼくはこのとき、なんとも変わった格好をしたなあと思って見ていると、ぼくたちの窓際約一mくらい手前のほうで立ち止まって、右側に抱えていた猟銃の銃口を教室内に向けたのです。

二丁の猟銃を窓敷居にのせ、教室内に向けて発砲のかまえを見せた。

「〃みんな前へ出ろ〃とどなったと思います。みんなの顔がぼくを見たようでしたが、だれも何もいわないでゾロゾロ席を立って、黒板のほうへ出て行きました。そしてぼくのほうを向いて、つまり黒板を背にして、だいたい横へ一列に並んでいたと思います。（それから窓を乗り越えて侵入し）教室の中にはいって、右手

の銃を生徒たちのほうへ向けて水平にかまえたとき、初めて、ぼくのちょうど真向いに立ってこちらを向いておる藤田さんの姿を発見しました。藤田さんは白い上着に紺色のスカートをはいていたと思いますが、一番窓際に立っている者から数えて、だいたい四、五番目くらいのところに並んでいたように思うのです。しかし藤田さんの両側にだれがいたかはまったく覚えがありません」

同・久野良一の供述

政次はじいっとぼくたちを見回してから〝覚悟しておろうな〟といいました。このときぼくは、政次が一席演説でもしていくのかなあと思ってもみましたが、銃口が向いているので恐ろしくもあったのです、それも四、五秒くらいで、ズドンと音がして右脇に持っていた銃口から青い煙が出ており、首が縮まるようでした。それから女の声で〝美代子さん、美代子さん〟と叫ぶので、見ると、藤田美代子さんが背をやや黒板の壁につけるように、ほとんど仰向けのまま、やや左を下にした横向きに倒れ、足は少し曲げていましたが、胸から血があふれ、白いセーラー服が真っ赤に染まり、三声ほど〝あうー・あう・あう〟と泣くようにいい、口からドロドロの血を吐いて、死んだようでありました。政次は撃ってから〝これですんだと思うとるか〟とか〝まだ覚悟をしおれい〟とかいったように思いますが、恐怖に襲われて、よく覚えておりません。気がついたときには、もう政次はいませんでした。

死体検分書

氏名・藤田美代子。身長一四九・五cm、体型尋常・骨格稍小・色白・頭髪は左右を三つ編みにして後方で垂れ、栄養状態は良好。

死体の顔面・両手足は蒼白にして両眼とじ、口わずかに開き、体温すでに冷却し、全身に硬直の発現を見る。ために口を開くことできず、口内の検分は不可能。耳孔に若干の出血あり。

次に鮮血で染まった着衣を順次死体から脱しようとするも、硬直のためできず、鋏で切断し、ようやく着衣を脱して検したところ、右乳房の上部、肩甲骨の下第三肋間と思われる位置に、直径一・八㎝の長円形に近い弾丸射入口と思われる傷口があり、その周囲に二㎜の表皮剝奪が認められ、弾丸は右前胸部から左背部へ貫通し、途中、弾丸が心臓もしくは肺臓を損傷したため、即死に近い状態で絶命したと思可される。

解剖してみると、弾丸は脊髄を轢断していることが判明した。約一ℓの血液を排出したために藤田美代子の死体は白くこわばり、生前、美少女であっただけに着衣を剝ぎ、鮮血をぬぐった裸身は蠟づくりの人形の凄艶さを漂わした。

3

さて、純愛物語の一方が死んでしまった以上、二人の関係については政次の言い分を尊重するより仕方ないが、しかし本当のところ、藤田美代子は山尾政次をどう思っていたのか。

藤田美代子の親友・七尾ふみ子の供述

去年の六月の終わりごろであったと思います。学校の帰り道、いつも二人きりなのですが、そのとき美代ちゃんがわたしに〝四年生の政（平常わたしたちは学友同士で山尾政次のことを政と呼んでいました）が、わたしを好きだという手紙をくれて、返事をしろ、二つに一つだといっているけど、恐ろしい人や〟といっていたことがありました。美代ちゃんがわたしに直接、政との間柄を話してくれたのはこれきりの一回でしたが、美代ちゃんは別に政を好きだということをわたしに話したこともなく、また、そのような態度をわたしが見たことはありません。同級生のなかには山尾が美代ちゃんに目をつけているという話もありましたが噂はどうであろうと、美代ちゃんは山尾を好きだったとは思われません。もし好きだったら私に何らかの話をするはずですが……本当のところ（山尾を）なんとも思っていなかったのではないかと思います。

政次は〝可愛いみよちゃん〟という流行歌に思いをこめ、〽色が白く、小さくて……あの娘は高校二年生……と大声で歌っていたのである。それを耳にして、藤田美代子は苦笑いしていたという。どうやら純愛は政次だけが一方的に燃えあがったらしいのである。

また、政次が意味ありげに繰り返している〝祭りに行って、美代子と一泊した〟という事実だが、そのことについては公判における一問一答が明らかにしている。

問　春祭りに行って同女と会いましたか

答　村内で二時間くらい会いました

問　泊まった家は？

答　別々です

問　帰るときはどうでしたか
答　別々でした
問　肉体関係は
答　ありません。考えてもいませんでした

藤田美代子は医学的にも処女であることが判明した。そして〃平橋の惨劇を期待せよ〃と書き記して、自分もまた平橋から下の川原に身を投じて死ぬはずだった山尾政次は、橋梁から下を見たとたん、死ぬ気をなくし、七年の刑を受けて、現在服役中である。

（文中、一部仮名）

木乃伊《ミイラ》の恋

原作　円地文子「二世の縁　拾遺」

1　郊外の道（夜）

まだ道の傍らに畑が見えるほどの、ひらけかけた土地である。

則武笙子が歩いている。

笙子のN「布川先生をご存知でしょうか。春雨物語を口語訳した国文学者です。春雨物語をご存知でしょうか。とても怕い、気の狂いそうなお話です」

2　踏切

警笛

笙子待っている。

黒い乗用車が音もなくすべりこんでくる。

笙子、危うく避けながら眼を見張る。

一人は金襴の法衣の若い僧侶。

眼を伏せてひっそりと合掌している。

もう一人その隣には、王朝時代の美女が黒髪を長々とすべらし微笑をたたえて後部座敷によりかかっている。

電車が走る。

一瞬、照らされる車の内部。

青ざめるほど真白くすき透った二人の面上を、光りの帯がよぎる。

浮き上る美女の凄艶な微笑。

笙子「人形……人形だわ」

拝み合わせた若い僧侶の手がゆらりと揺れて、乗用車は再び音もなく滑り出す。

笙子のN「私の眼には確かに人形と映ったのです。けれどもその時の私は、それが不思議だとも思わず只、ああ、あの若いお坊様は、これから入定なさるのだな、と思ったのでした。そのころ私はまるで、春雨物語の妖しい世界に憑りつかれたとでもいった状態だったのです」

遠く闇に消えて行く乗用車のテールランプ。

3 穴

風が吹いている。

穴の縁に立っている美女。

色鮮かな装束。黒髪をなびかせながらひとつかみ、ひと握りずつ土を穴の中にふりかける。

深い底に坐禅しつつ、鉦を打ち鳴らす僧侶。

笙子のN「入定とは仏教に説く大往生の一つで、生きながら棺の中に坐り、坐禅しつづけて死ぬ作法のことです。そして春雨物語とは、その入定した男の執念をめぐるお話です」

4 古曽部家・庭

深更。

枯枝にしがみついた柿ひとつ。
向うに書室、灯が見える。
雨、寒くふる。

布川のN「山城の国の秋、高槻の葉は皆散りはてて山里は木枯しさむく、わびしさも大方ではない」

5　書室

机に向って端坐した正次。しかし、ひろげた漢籍には目もくれず一心不乱に宙を凝視している。と、思えばガバと身を伏せて畳に耳をこすりつけ、違う違うなどとぶつぶつ呟きながら立上り壁に耳を寄せ、一瞬虚ろになったかと見る間に窓際に走り寄りガラガラと雨戸を繰り開け、近いぞ近いぞと奇怪に口をひらいてみたり——只ごとでない。
廊下の障子をあけて母親の宗が顔を出す。

ムネ「(茶盆を置きながら) 子の刻の鐘もとうに鳴ったではないか。いくら好きな学問とはいえ、そう根をつめてはかえって毒になるものを」
正次「はあ」
正次、いったん窓を閉めて座敷に戻ってくる。
ムネ「死んだお父さまが話していられたけれど、好きな道というものはとかく自分では気づかぬ内に深入りして……」
正次「あッ……」
すうっと立上る。

ムネ「正次や」
正次「シッ、聴こえるでしょう。鉦が鳴っています。この家のどこかで」
ムネ「……いいえ、私には何も。……ただ、雨の音、そして虫のすだき」
正次「以前から耳に留めてはいたんだが、まさかそれが鉦の音とは……」
正次、書室を飛び出て行く。
後を追うムネ。
ムネ「お待ち。この夜更けにいったい……。風邪をひきますよ！」

6　庭先

しとしと雨。
どろどろにぬかるんだ庭土。
高下駄の正次、傘をさしたまま立ちつくしている。
耳。
木枯しが唸って走る。
また立ち停る。
正次、突如くるりと半転してすたすた歩き出す。
縁先では、手触をかざしたムネが青ざめた顔で見守っている。
正次「近いぞ。確かにこの方角だ」
更に前進し、遂に庭隅の置き石に足をかける。

正次「……あッ！」
とび退って震える。
正次「ここだ。誰か、この石の下で鉦を打ち鳴らしているに違いない」
手にかざした傘をずぶりとぬかるみに突き立て、石にさしかけると、正次、雨の中を帰って行く。

7　翌日・庭

地面を掘り下げる鍬。

布川のN「さてその翌日、正次は下男どもを呼び集めて、石の下を掘るように言いつけた」

飯炊きの老婆から小作人はもとより、女中、小女に到るまで屋敷中総出の見物である。

その割に静まりかえっているのは、掘りすすむに従って次第に近い鉦の音のせいである。

正次「ハ・ハックション！」

鼻紙を取り出して鼻をかむ正次。

正次「手荒く掘るな。中のものに傷つけては畏れ多いぞ」

そのときカチリと音がして、鍬の先が石にあたる。

正次「取り除けてみろ」

大きな石を運び出すと、その下に、今度は平らになめした石蓋が横たわっている。

急に高く聞こえる鉦。

正次「（変らず）取り除けてみろ」

ざわざわと、見物の間から動揺がひろがる。

正次「静まれ、静かにせんか」

あわあわ、わわわ……！　と髪振り乱した飯炊きが泳ぎ出てくる。

老婆「いけません旦那様。あんまり神仏を畏れねえなさりようでござえます。祟りが、き、きっと祟りがこの家に……ああ！」

平気で笑ってる正次。

正次「祟るものか祟らぬものか、私には分ってる。皆もよく聞いてくれ、人間に祟りを働く魔性の者がなぜこのように鉦を打つのか。鉦は仏道に帰依し、極楽浄土に生れ変る願をこめて打ち鳴らす筈のものではないか……？」

老婆「いいや、死人が怒ってるんでげす。土の下で眼を剝き、歯ぎしりして鉦を叩いてるんだ。ヒー、恐ろしや、南無阿弥……」

眼を剝き、歯の欠けた土手で歯ぎしりしながら振っ飛び逃げる老婆。

正次「祟りを恐れる者は立ち去れ。私はこの下にあるものをどうしても見たいのだ。(下男どもに) 早くしろ！」

下男ども「へえい」

下男ども決心し大石の蓋を持ち上げ、どっと大地に投げ出す。その地響きで棺の中からむらむらと白煙が立ち昇る。

下男1「出たあ！」

我れ勝ちに逃げる下男、見物。

白煙はしかし、不発弾のようにちょろちょろと落ちて消えてしまう。

遠巻きの見物たち、またそろそろと寄ってくる。

穴に一人近ずいてのぞきこむ正次。

正次「……（首をひねっている）」

やがて拍子抜けしたように笑って皆をさし招く。

正次「のぞいてみろ。これでも祟るというのか……」

恐る恐る首を突ン出して見る下男たち。

一同「……?」

顔見合せ、首ひねる。

人に似て人のように見えず——乾魚みたいに乾き固まって、しかも髪は膝まで生え伸び、機械仕掛みたいに鉦を叩いてるもの。

正次「外に出してみろ」

下男の一人が棺の中に入りこむ。

気味悪げに爪で弾いてみる。

パサッと枯葉のような音。

ぷッと吹いてみる。

白い埃りの渦が鼻っ先ではじける。

プファファ、ゲヘゲへと笑い出して、

下男「ちっとも恐ろしいことなんかねえ。只の乾物よ。（両肩をつかんで支え上げ）軽い軽い。それ、受け取れ」

上の下男2に手渡す。

正次「これ、粗末に扱うな」

陽光の下にさらされたミイラは全身塵で出来上っているかと思われる程の埃りである。

女中が出てきてパタパタとハタキをかける。

とたん、灰かぐらが立つように吹き上る塵埃で濛々と視界が煙る。

その中でキリキリ舞いする女中の姿がおぼろげに見えている。

ゲーゲーとむせ返りながら大笑いの見物達。

風が煙を吹き払った地面には真白けの女中がぶっ倒れている。

突然、むっくりと起き上る女中。

女中「私しゃ死ぬかと思った。この役立たず!」

尻をからげてポンと蹴ると、乾物はコロンと軽く転げてそれでも、鉦を打つ手は動いている。

腹を抱えて笑う見物達。

素直に笑えない正次。

布川のN「これは仏教に説く大往生の一つに定に入るといって、生きながら棺の中に坐り、坐禅しつづけて死ぬ作法がある。正しくこの人もこれであろうと正次は思った。わが家はここに百年余も住んでいるが、そのようなことのあったのを曽ってきいたことがないところを見ると、これはわが祖先のこの土地に来たより以前のことであろう。魂はすでに仏の国に入って骸だけ腐らずこうしているものか。それにしても鉦を叩いている手だけが昔のままに動くのが執念深い。ともかくもこう掘り出した上は生命を再び甦らせて見よう……」

下男どもに抱えられ運ばれて行くミイラ。

8　座敷

床の間にチンマリ納っているミイラ。

湯桶を傍らに、丹念にミイラの体を拭っている正次。
大分、人間らしい形に近ずいている。
こうやって見ると、ミイラが象皮状の皺の重なった灰色の表皮に覆われていることが分る。
綿に含ませた水で唇を湿してやっていたムネが悲鳴をあげて尻もちつく。

正次「どうなされました?」
ムネ「舌が、この乾物様の舌がむすむすと私の指を……」
正次「なめましたか?」
ムネ「ええ」

ムネ神経質に何度も手を拭いている。

正次「有難や有難や。それこそ、生けるしるしではありませんか」

正次、ミイラの口元に水をやる。
黒いヒラヒラしたものが中からのぞいて唇をなめる。

正次「おお、動いた動いた。南無阿弥陀仏……」

と、合掌する。
ミイラの黒い舌、しきりに水を求めて唇を這いうごめきつづける。
手は相変らずの単調さで鉦を叩いている。

9 古曽部家・庭

深更。

雪、吹雪く。

10　書室

書室、灯りが見える。

布川のN「こうして五十日ばかり経つ中に塩鮭のようだった顔も手足も、少しずつ湿おって来て、いくらか体温も戻ってきたようである」

机に向っている正次。

キャーという女の悲鳴。

11　座敷

手触をかざして飛びこんでくる正次。

正次「……失せた？」

座ぶとんが一枚。そこにいる筈のミイラの姿がかき消えている。悲鳴がまた聞こえる。

12　女中部屋

断続的な悲鳴。

正次ガラリと開けて踏みこむ。

正次「あッ！」

　くらくらと後ずさる。

正次「お前たち……?!」

　灯りのなかに、抱き合ったままガタガタと歯の根もあわない男と女が浮かび出る。

女中「あああ……ああ……」

　白眼を剝いて悶絶寸前の女。

　その腋の下から下男の顔がのぞいて、あわててまた隠れる。

正次「六蔵、お前いつからお竹と夫婦になった！」

下男「お許し、お許しを！　ああ、旦那様！」

　部屋の隅を指さして恐怖する。

　鉦が鳴っている。

正次「ん……！」

　正次、振り向きざまに手触を突きつける。

　ヒーッ！

　肌もあらわにぐたりのけぞる女中。そのぶるぶると震える胸乳の向こうに眼玉が二つぎょろりと動く。

　ミイラである。

　カサコソと鉦を打ちながら男女の抱き合うさまに見入っている。

正次「(ぞっとして) どうしたことだ。これは？　なぜこの部屋に。……どのように動いてこの部屋に。え、乾物様？」

乾物様の口がパクリと開き、舌がペロリと延びる。

乾物様「オギャーッ」

正次「生れた。……甦えった！」

正次、総毛立つ恐怖に襲われながら叫ぶ。

正次「有難い。生き仏の甦りであるぞ！」

下男「へ、へー」

と、土下坐するが、鼻っ先が女の腹をなめただけである。

13 翌日・座敷

相変らずチンマリと坐ったなりでギョロリと眼を動かす乾物様。

鈴なりの見物が廊下にひしめいてひそひそと囁きを交わし、中にはひれ伏して拝んでいるのまである。

布川のN「世話した甲斐あって眼は見開いたが、まだはっきりとは見えない様子である。古樹の皮のようだった皮膚の皺が浅くなり少しずつ肉づいて来て、耳もどうやら聞えるのか北風の吹きたてる気配に、裸のままの身体を寒げに慄わしている」

粥をのせた盆をはこんでやってくるムネと正次。

正次「さあ、行った行った。見世物ではないぞ。尊い聖の甦りである。失礼のないように気をつけろ」

引き退る見物と入れ違いに入ってくるムネと正次。

ムネ「（まず合掌して）こうして目出度く甦ったとあれば、さぞかしお腹も空いておるじゃろうよ」

粥を口に含ませてやる。
ミイラ、ぴちゃぴちゃと舌を鳴らしてむさぼる。
ムネ「ホホ、まるで赤子のようだこと」
凄い勢いで喰うミイラ。あっという間に釜ひとつ空になる。呆れて顔見合せる二人。
ムネ「聖さまはひょっとしてお代りをご所望かの？」
乾物「ゲーッ」
と、ゲップを出す。
正次、いささか気をそがれて、
正次「いかに高徳の上人様とはいえ、飢えにはやはり普通の人並みですな」
ムネ「これ、何をぼやぼやしておる。上人様はあのように飢えているのではないか」
正次「ああ、そうか」
あわてて自分の上着を、ミイラに羽織らせてやる。
口をもぐもぐさせ、何度も卑屈なほど頭を下げるミイラ。
正次はどうも割り切れない。
正次「(思い切って) 失礼とは存じますがお上人様。お名前なりと伺わせては頂けませぬか？」
ミイラ「……」
どんよりと視線を泳がせる。
正次「聞こえませんか、お上人様？」
ミイラ、首を振っている。
正次「何ということだ。眼をひらき、物も食えるようになったというのに、この有様は！」

ムネ「お前、そう急がずとも、今にきっと……」
正次「黙っていて下さい！」
　　　憤然と立ち上る正次。足をとられてステンと転る。
ミイラ「ゴホ、ゴホ、ボ……」
　　　笑っているのである。
　　　ポカンとする正次。何だか気味が悪くなってくる。
正次「母者、この方は誠に入定された上人様であろうか？」
ムネ「そう最初にいったのは、お前ではないか」
正次「はあ……」
　　　意気悄沈する正次。
　　　だが、突然、何かを思いついて、膝を打つ。
正次「そうだ」
　　　慌ただしく立ち上りながら、
正次「一寸、寺まで行って参ります」
ムネ「また、お前は……。寺へ行ってどうするというのです」
正次「お住持様に、おいで願うのです」
ムネ「……？」
正次「乾物さまのために経文を上げて頂くのですよ。前の世に聞き馴れた経文が耳に入れば、記憶もとり戻し、聖であった昔に立ち戻ることもできるのではないかと思いまして」
ムネ「おお、それはよい所に気がついた。このように徳の高いお方ゆえ、きっと仏さまがお救い下さるに違いない」

と、ミイラを見やるが、

徳の高い聖さまは、あらぬ方を向いてキョトキョトしている。

14　座敷

濛々と護摩がたかれている中で、珠数を振り回し、汗だくになって経文を称える。

廊下に控えた正次・ムネ・雇人など。

床の間、この有様を眺めて首をひねっているミイラ。

キョロキョロと落着かぬ風情はまるで猿に似ている。

ひときわ声を張り上げる住持。

びっくりするミイラ。

見ている正次。

火に叩きこまれる護摩。

炎。

一オクターブ高くなる読経の声。住持の頭からポッポッと湯気が昇っている。

大アクビする乾物様。

仰天して眼を剝く住持。

気物好さそうに伸びをする乾物様、ごろんと肘枕でうとうと始める。

呆然たる正次。

経文が止る。

白眼を剝いた住持が倒れる。

わッと立上る一同。

正次「おい、早く医師《くすし》を呼べ！」

かつぎ出される住持。

長々と寝そべった乾物様を蹴り上げる正次。

ミイラ「……？」

正次「あの世から舞い戻った化け物には尊い経文も通じぬらしいな」

ミイラ「……ケフ・モン？」

正次「経文も忘れたか。しかしそれにしても棺に入り穴に埋められた時のことだけでも思い出せぬものか。さても、昔の世には何という名で呼ばれていたのか」

ミイラ「エヘ、エヘ……」

そっぽ向いてしきりに鼻をうごめかしている。

正次ふと気ずく。

立上る正次。

15 台所

下女が乾物をくっている。

荒々しく入ってくる正次。

正次「いま焼いていたのはこれか?」
下女「へ、へい?」
正次「貰うぞ」
　　皿ごと持って行く。

16　座敷

　　戻ってきた正次。乾物をミイラの前に置く。

正次「食え!」

　　ミイラ、眼を輝かせ魚の頭から尻尾の先までぺろりと平らげる。

正次「尊い上人の甦りであるからと遠慮して魚肉も与えなかったが、そいつはとんだ感違い。こりゃ可笑しい、アッハハ、乾物様か。乾物様とは、よくつけた。乾物の乾物様か? こりゃ珍だ。アッハハ。どうだ、お代りが欲しいか? アッハッハ……」

　　ゲラゲラ笑い出す正次。

　　ミイラはいぎたなくぺろぺろと指をなめている。

布川のN「さても仏の教えとは馬鹿々々しいものである。入定して百余年も土中にあり、鉦を鳴らしつづけるほどの仏道心はどこへ消え失せたものか。尊げな性根はさらになく、いたずらに形骸ばかり甦ったとは何たることであろうか」

17　古曽部・庭

庭を掃いている定助。

布川のN「あたら高徳の聖を再生させたと喜んだのに、この有様には正次はすっかり気を腐らせ、後には下男同様に庭を掃かせたり水を撒かせたり召使うようになったが……」

台所で乾物ばりばり、飯ざくざくとかきこむ定助。

魚の骨を喉にひっかけて眼を白黒させる。

布川のN「下男仲間も近所のものも尊げに扱う風は微塵もなくなって、ただ名前だけは一度入って甦ったのだからと……」

18　農家

薄目にひらいた窓近く、木の枝にまたがった定助が鼻糞をひり出しながら、一心不乱に中をのぞきこんでいる。

布川のN「入定の定助と呼んだ」

突如、窓障子がガラリとあいて、胸元のはだけた百姓女が怒鳴る。

女「こら！　またのぞくか、入定の定助！」

定助「ああッ」

慌てふためいた拍子に、墜落する。

定助「あッ、痛テテッ」

定助、したたか腰を痛めて亀の子みたいにもがいている。

男も顔を出し、ポリポリ胸を搔きながら、

男「おい定助、うらやましいかよ。抱いてみたいかよ、え、こんな具合によ」

女を引き寄せてみせる。

定助、あんぐり口をひらく。

女「あんた、何だか気味が悪いよ」

男「ふん。あいつは女に迷って、のこのことこの世に舞い戻ってきたんだからな」

女「おい、定助、色はまっ黒、鼻ひしゃげ、目はギョロギョロの金壺眼、傍に寄るだけで、死人の匂いのお前なんかと肌を交わす女がどこにいる。口惜しかったら色白の歌舞伎役者に生れ変ってみせろ！」

定助は腰を押え、びっこをひきながら逃げて行く。

19 古曽部・門

とぼとぼ帰ってくる定助。

子供の泣く声。

20 座敷

ギャーギャー泣いている五才くらいの女の子。

その傍らに、苦虫嚙みつぶしたような両親。

正次が困り果てた表情で腕をこまねいている。

父親「お宅の定助がいたずらしたというんですじゃ」
母親「傷がついて、大きうなっても嫁に行けんようになったらどうしてくれるんかね」
正次「はあ、誠にどうも……」
父親「入定の定助ではなく、色気違いの定助だわね。さあ、定助を出して貰いましょう」
正次「さあ、それが、今は一寸……」

21 古曽部家の表

鍬や棍棒など、えものを手にした男どもが寄り集っている。

男1「どこに失せやがった定助の野郎」
2「村の為にならねえ！」
3「見つけ次第に叩き殺しちまえ！」
4「れッ……！」

ポカンとする男たち。
傍を白塗りのお化けが通って行く。

22 小川

ひょろりひょろりと歩く定助。
水に映した己れの顔を眺める。

顔はまっしろけ、うす紅、眉に墨さした色お化け。

女の声「まあきれい！」

定助ぎょっと顔を上げると対岸に女がいて、大根を洗っている。だらしなく開いた前から、股の奥までさらされている。

定助、眼を奪われる。

女「あんた、きれいだあ！」

布川のN「さてこの村に夫にさき立たれて貧しく暮らしているやもめがあった。これも少し足りない方に数えられている女ではあったが……」

定助ニタッと笑う。

女もニタッと笑う。

定助、着物のまま小川に飛びこみ、ざぶざぶと渡り始める。

女は身悶えする風情で待っている。

布川のN「何をとり違えたのか、入定の定助を迎え入れ、契りを……」

大根の山の陰から、剥き出しの女の足が二本ニュッと突き上る。

悲鳴とも呻きともつかぬ定助の声。

布川のN「結ぶこと、7日7晩」

23　女のあばら家

じめじめと暗い内部。

どろどろに腐った畳の上で蠢く定助と女。

布川のN「定助は百数十年の恨みと欲望に喘いで女を抱きつづけた。そして8日目……」

女、苦悶の形相で跳ねる。

女「痛い、痛いよう!」

虚空をつかんで苦しむ女の腹が臨月のようにふくれている。

女「生れる、生れそうだよ。早く、早く!」

畳をかきむしってケイレンする女の有様に仰天し、うじうじとちぢこまる定助。

女「はやく、産婆を……とり上げ婆を……あんた……!」

24　女のあばら家・外

中から鉦の音がきこえる。

通りがかりの村人が興味にかられてのぞく。

村人あッとのけぞって腰を抜かす。

25　古曽部家・書室

机に向っている正次。

どやどやと入り乱れる足音と只ならぬ声々。

「旦那様!　旦那様!」

正次、窓から顔を出す。
大勢にかこまれて先刻の村人が青ざめている。

村人「生れました。入定の定助の子が生れました！」

そのまま、へなへなと崩折れる。

26　田舎の道

正次を先頭に走る村人たち。

27　女のあばら家

打ならす鉦の音。
ひとつではない。二つ以上、無数である。
駆けつける正次たち。

28　同・内部

板戸を蹴破ってくる正次。

正次「……」

正次、声を呑んでふるえている。

差しこんだ光の帯に青ぶくれの女の死体。

股にも、下腹にも、胸にもそして顔も分らぬほどうようよと仏がたかっている。

フガフガと産声挙げて死体に群っているのは菩薩たちである。

五寸ほどの菩薩が薄い金色の皮膚をこすり合せながら、それぞれに鉦を打ち鳴らして泣いている。

部屋の隅では定助が放心したように鉦を叩く。

信じられぬ面持で静まり返る村人たち口々に呟く。

菩薩だ、仏が生れた。眼が潰れるぞ……ああ、拝め！

正次、菩薩の一人をすくい取る。

そいつは正次の手の上で鉦を叩き、寒げに体をふるわして泣く。

正次「何のための甦り。女の体に喰らいついた色気違いの菩薩たち、男女の交りを果したくてこの世に生れ変ったか」

ひょいと投げ捨てる。

土間に落ちた菩薩はくしゃりと砂人形みたいについえる。

それを見て笑う正次。

正次「見えた。見えたぞ！　仏とはつまらんものだ。見ろ、こうしてみりゃあ只の塵、埃りではないか」

ぷっと吹く。

砂ぼこりが立つ。

プッファッファッと笑い出す正次。

正次「何が仏だ！　何が甦りだ！　こんなものを拝んで何の功徳がある！　アッハッハ！」

正次ずかずかと上りこむと菩薩たちを片っ端から叩き潰す。
家の中は濛々たる白煙に包まれる。
その中を悪鬼の如く狂い踊る正次。

正次「殺せ！　殺せ！　化け物どもを殺せ！　生かしておくと祟りを働くぞ！」

呪縛から解き放たれたようにハッと気が付く村人たち。
我れ勝ちに菩薩を打ち壊し始める。

正次の声「定助が逃げたぞ！　逃がすな。あいつが生きている限り、化け物は生れてくる。入定の定助を殺せ！」

29　家の外

ころがり出る定助。
逃げる。

30　田舎の道

殺意に顔を引きつらせた群集が定助を追って走る。
力尽きて脆く転がる定助。
群集があっという間に定助を押し包む。
打ち下される鍬、棍棒。
鉦が鳴っている。

吹き上る塵埃の煙がたなびき、やがて鉦の音が微かに、そして消え入る。

静寂。

凝然と一点を見下している群集。

白っぽい塵埃の中に、鉦がころがっている。

布川のN「こうして入定の定助は打ち殺された。村は再び安らかな日々を迎え送り、正次の家も変らず栄えた」

31 闇
提灯の波が漂い流れる。
布川のN「やがて正次も、遅まきながら嫁を迎えることになった」

32 古曽部家・一室
張りめぐらした金屏風。
美々しく敷きのべられた絹布団に長襦袢の体を横たえる花嫁。
正次「幸せか？」
頬を染めてうなずく花嫁。
正次まぶしく眼をそらして、
正次「よい子を持とうな」
花嫁「はい」

正次、行灯ににじり寄り吹き消す。
闇の中で絹ずれの音だけが高まる。
喘ぎ。

花嫁の声「……ああ、あなた」

33 古曽部家・庭

月の光り、
虫のすだき、そして
鉦の音。
何処とも知れず打ち鳴らされる鉦。
陰々と響き渡る。
雨戸を破って飛び出してくる正次。

正次「定助！　入定の定助！」
ほどけた帯をひきずり、裸足で走り回る正次。

正次「聞こえる。鉦の音。……何処だ？　入定の定助はどこだ?!」
地面に耳をつけ、草むらにもぐりこみどろどろの半狂乱でふらつき歩く正次。
縁側では花嫁が恐怖した眼差しで夫の姿を見ている。

34 翌日

下男どもを総動員して掘り返される庭。
方々穴だらけである。
うんざりした顔の下男が鍬を放り出して正次の所にやってくる。

下男「旦那様これ以上は無駄でごぜえます」

正次「聞こえたのだ。鉦は確かに鳴ったのだ」
見違えるほど憔悴した正次。
眼をすえたままぶつぶつ呟いている。

布川のN「その夜、鉦は鳴らなかった。それは正次が妻の体に手を触れなかったからである。鉦は奇妙にも正次が妻と交りを果そうとする時に打ち鳴らされた。このことが知れると妻は実家に呼び戻され、その後正次は一生女と交わることなく終ったという……」
鉦が鳴っている。

35　踏切・夕暮

鉦に似て、警笛が鳴っている。

36　布川の家・病室

布川「……さても、不思議なことのみ多い世の中ではある。……はい、これでお終いです」

春雨物語とある大判の校訂本を畳に落して、ぐったりと眼を閉じる布川。

とび出したのど仏が上下し、まばらに生えた顎ひげが震える。

薄暗い電気の下で、室の趣きは陰惨である。


笙子のN「私のつとめている出版社から出ている江戸文学叢書のひとつに、上田秋成の雨月と春雨物語を入れることになり、その口語訳を大学時代の恩師布川先生に依頼したのだった」

〃さても、不思議なことのみ多い世の中ではある――春雨物語・終〃と、ノートに筆記を終えて、ほっと机から体を起す則武笙子。

室の隅から布川の様子に眼をやる。

笙子のN「けれども、病気で原稿を書くことのできない先生のために、いわば口述筆記の役を私が引き受けたのであった」
眠っているような布川が呻くように呟く。

布川「さても、不思議なことのみ多い世の中ではある……」
笙子「先生、有難うございました」
布川「ああ、終ったね、やっと」
笙子「お疲れになりましたでしょう」
布川「どうやら、これが私の最後の仕事になりそうだな」
笙子「あら、珍らしく心細いことをおっしゃいますのね。先生にはまだまだ活躍して頂かなくては困りますわ。それに、出版事情もおいおい良くなるという話ですし……」
布川「肝腎の体の方がね。ふ、ふふ……」
のど仏をひきつらせて笑う布川。

笙子、ひやりとしたものに触れて眼を伏せる。

笙子「お茶を入れて参りましょう」

と、立ちかかる。

布川「そんなことはみね子がやる。それよりも、どうだねこの話は。入定の定助の甦り」

笙子「ええ何だか恐いような、悲しいような……。何といったらいいんでしょうか？」

布川「そうだな。たしかに恐いといえば恐い悲しいといえば悲しい。……曽っては高徳の聖。生死の理についても充分悟っていた筈の男が定助のような愚鈍な男に生れ変り、前の生活では果せなかったセックスへの執着だけを、ともかくも一人の女の体を借りて果す。救われないな。可笑しいね。ホッホホ……笑っちゃうよ。君、これを書いたとき上田秋成は七十を半ば過ぎて余命いくばくも無かったんだぜ」

声にならぬ笑いで震わせていた全身が急にぐったりと伸びる。

笙子のN「私が女子大学を出たての頃、母校の教授だった布川先生は、書物を貸してくれたり、研究の手伝をさせたりして、かなり目をかけてくれたが、その合い間には、今の弱り方からは想像もつかない呆れるほどの大胆さで、体をすり寄せてきたり、手を握ったりして、それ以上の接触を、無遠慮に私にいどんだものだった」

笙子、声をかけるのを躊躇して布川の次の言葉を待つ。

面倒臭そうに、間をおいてのろのろ喋り出す布川。

布川「……笙子くん」

笙子「はい」

布川「君、いくつになった」

笙子「忘れました。この世の中では自分ひとりを生かすのが勢いっぱい」

布川「君のご主人は確か、この近くで亡くなったんだね」

笙子「この先の〇〇の防空壕で」
布川「もう十……幾年か」
笙子「十二年です」
布川「うん」
笙子「防空壕に入ったまま爆死したとも、生き埋めになったとも。遺体が見付からない所をみると、直撃弾を浴びて粉々に飛び散ったのではないかとおっしゃる方もおりました」
布川「そう。……」
布川が黙りこんでしまうので、笙子気になる。
笙子「あの、主人のことで何か?」
布川「いやね……」
と、寝返りを打って笙子の方に向き直り、薄く笑う。
布川「病人の退屈まぎれに妙な想像をしてみたんだが、あ、その抽出しをあけてみてくれないか」
笙子「これですか?」
笙子一方の隅に置いた古書の山を積み上げた坐り机に手をかける。
返事の代りに、タンを切る荒い息切れが聞こえる。
抽出しをあける。
一葉の写真の他には何もない。
笙子、何気なく写真を手にとってアッと声をあげる。
布川「君たちの婚約時代のもんだよ」
一撃をくらって、ありありと動揺を見せる笙子。

笙子「変だわ。この写真がどうして……」
布川「僕の手に入ったか。簡単だよ。君が僕の研究室に忘れてったのさ。その当時は私もいたずら心で隠していたんだが、その中返さなくちゃいけないと思っている中に終戦のどさくさでね……」
笙子「(まだ半信半疑で)気がつきませんでしたわ、ちっとも……」
布川それには取り合わず、黒く筋立った腕をのばす。
布川「見せてくれないか」
仰臥したまま写真を見る布川。
布川「ほう、旦那さんは眼鏡をかけてたんだね」
笙子「ええ、少し遠視で。本人は青い海を見詰めすぎたせいだ、なんて笑ってました」
笙子、汚いものから写真を守るといった勢いで取り返す。

× × ×

写真。

黄ばんでぼけた印画紙に海軍の制服も凛々しい夫と着物姿の笙子が並んでいる。

笙子のN「私には、今頃になって死んだ夫の写真などを持ち出して見せる先生の心が理解できなかった」

× × ×

突如、むくむくと起き直る布川。

顔面が醜く歪んでいる。

布川「あれから十二年、土の中か。そろそろ甦ってもいい頃だ」

ぎょっと青ざめる笙子。

笙子「えッ?!」

布川「冗談だ。冗談だよ。あッつッつ……」
　下腹を押えて二つに折れる。
布川「済まんが、一寸みね子を……」
　青ざめた顔のまま立つ笙子。
笙子「みね子さん、みね子さん！」
　隣りの茶の間をあける。
　炬燵にうずくまっているみね子がどんより顔を上げる。
笙子「みね子さん、先生が……」
　生あくびをするみね子。
みね子「はい。今すぐ……」
笙子「急いで下さいね」
みね子「そんなに慌てなくたって、どうせすぐには出ないんですから」
　台所に立って行く。
　その気だるい背中を苛々と見送る笙子。
布川「おーい、みね子！」
　蒲団からのり出す布川を、仕方なく抱きかかえるかたちで、
笙子「みね子さん！」
　布川の頭を枕に落してやる。
布川「笙子くん」
　笑ったような顔が、下から囁きかける。

あっと、身を引こうとする笙子の肩を仰臥したままの布川の手が押えている。

笙子「どうなさったんですの、先生」

布川「タイセツナハナシ」

笙子「わたくしに?」

布川「モット傍へ、モット近ク」

笙子「え……?」

布川「耳ヲ……」

ぶるぶる身震いしそうな嫌悪をこらえて耳を寄せる笙子。

布川「君ノ夫ハ、生キテイル」

笙子「え?!」

と、体を起すのに、

布川「執念ダヨ、入定ノ定助ダヨ」

笙子「先生、ふざけないで下さい」

布川「定助ハ、ヨミガエッタデハナイカ」

笙子「でも、あれは……」

布川「ツクリバナシデハナイ。定助ハ現実ニコノ世ニイタノダ。ソシテ、定助ヲ、迷ワセテ成仏サセナカッタ女ガヒトリ。ソレハダレダ?」

笙子「知りません、そんなこと!」

逃げるにも逃げられず、すくんだようになっている笙子。

容赦なく、生あたたかい囁きが吹きこまれる。

布川「君ニタイスル未練ト執着ガノコッテ、死ヌニモ死ネナイアワレナ男ガヒトリ、コノ世ニヨミガエッテキタ。信ジルノダヨ。信ジルノダヨ、人間の執念ヲ、セックスノ奇蹟ヲ」
笙子「嘘！　嘘よ」
布川「定助ガヨミガエッタヨウニ、君ノ夫モヨミガエル。イヤ、執念ガ人間ヲ、ネムラセテクレナイ。入定の定助ハ、一人デハナイ、タトエバ君ノ夫ノヨウナ、タトエバ私ノヨウナ、タトエバコノ私ノヨウナ、タクサンノ定助が……」
笙子「みね子さん！」
悲鳴をあげて、飛び退る笙子。
笙子「みね子さん！」
みね子の声「はーい。今、行きますから……」
再び現れたとき、みね子はシビンとカテーテルの管をぶら下げている。
みね子「はいはい。もう少し我慢して下さいねえ」
などと声をかけながら入ってくる。
いれ違いに、茶の間に逃れ出る笙子。
背中で、境の襖がガタピシ閉まる。
みね子の声「ええッと……もう少し、も少し腰を上げて……はい！　よオし！」
布川の声「痛い！　痛タタッ。おい、手荒にするな」
みね子の声「こらえて下さい。まだ？　まだですか？」
布川の声「う、うん……。ハッハ、アッハッハ、フフフ……」
みね子の声「どうしたんです。いったい何がオカシイです？」

布川の声「ウッフフ……ハッハ……」
みね子の声「変ね。何を笑ってるんだか、気味の悪い」
布川の声「グッフッフッフ」
果てもなく、痴呆のようにタガのゆるんだ布川の笑いこぼれる。笙子、たまらない思いで聞いている。

37 線路添いの道

傘を傾けて急ぎ足の笙子。
笙子のN「私は夫とは一年数カ月しか結ばれることはなかった。しかし、その間の接触が今になって身体を湿しているようで、布川先生のいう性をめぐる果てしない執念を考えるまでもなく、私の日常では夢の中で夫と抱き合うことが始終であった」

38 踏切

赤くまたたきながら鳴る警笛。

待っている笙子の傘を煽り上げて電車がよぎる。

笙子のN「なぜだろうか。そのとき私の耳には踏切の警笛が、定助の打ち鳴らす鉦の音にきこえた」

轟音の走り過ぎた森閑とした踏切りに背を向けて、笙子は逆方向の間道に入って行く。

39　竹藪

笹子の傘が行く。

笹子のN「二人の定助がいるのなら、二人目の定助が甦っても不思議ではない。次第に火照ってくる頭の中に点滅するのは、そのことだけだった」

40　廃墟

音もなくふる晩秋のしとしと雨。
崩れひしゃげた鉄筋の建築が獣のように身を伏せている。
風が走る度びに、雨脚が絹糸のように走って流れる。
瓦礫とぬかるみに足を奪られながら、あちこち歩き回る笹子。

笹子のN「やはり奇蹟はないのだ。病人のうわ言にとりつかれてふらふらと来てしまった自分がみじめだった。夫は私なぞには執念を残さずに死んでしまったのだ」

笹子、ハンドバッグから写真をとり出して火を点ける。燃える写真。
寒さと貧血症でふるえる笹子。
眼を閉じ、ふらっとよろける。

男「危いですよ」

次の瞬間、笹子は男の腕の中にいる。

笹子「あ、離して！」

もがく笙子。男の腕をのがれ出るとうわずった声でいう。

笙子「どうもありがとうございました」

男「いや、どうも」

男ぼそぼそと低い声でいう。夜中、黒眼鏡をかけているのが異様である。

男「この辺は爆撃のいちばん烈しかった所で、滅茶苦茶です。……」

男の脚、写真の燃えかすを粉々に踏み砕いている。

コートの裾から雫がしたたっている。

笙子「少し考えごとをしておりましたので、つい足元がおろそかに……」

男「何か落したものはありませんか」

男は腰をかがめて探す様子。

男「見あたらんようだな。もっとも僕は眼がいい方ではないから。……海をね、海の遠い所ばかりを見過ぎたんだな」

男、顔を上げて始めて笙子を見る。

陰になっているが、サングラスの下で笑っているようでもある。いっぺんに震え上る笙子。

男「寒いですね」

夢見るような思いで寄り添って行く笙子。

笙子「お入りになったら……。こんなに濡れていらっしゃるわ」

男、無言で笙子の腰に腕をまわす。

ゴボゴボと咳こむ。

男「うっとうしいな。雨は好かん」

笙子「どちらにいらっしゃるの?」
男「……」
返事の代りに、男はまわした腕に力を加え笙子の脚がもつれる程密着する。
声が弾んでくるのを抑えられない笙子。
笙子「落したものがないかっておっしゃったわね。ありますわ、とっても大きな落し物が……私、それを探しているんです」
男、低く声を立てて笑う。廃墟の中をもつれるように歩く笙子と男。
若やいだ笙子の笑声が反響する。
笙子「とっても逞しくて、小っぽけな私なんか、ひと抱えですっぽり包みこんでしまうくらい大きなもの。ホホ……何でしょ」
男「海だよ。それは海だよ」
笙子「……海がお好きね」
男「土が嫌いだ。湿っぽくて、かび臭くて息の詰まるあの匂いが」
笙子「死んだ夫は海軍でした」
男笑っている。
笙子「さっき私が何をしていたか御存じ?」
男、首をふり更に抱き寄せる。
笙子「私はね夫と私の写真を燃やしていましたの……私の夫が、私に少しも執念を残さずに死んでしまったので、それが悲しくて、写真を燃やしておりましたの」
男、足を止めると笙子の体を自分の方に向き直らせる。

男、悲しそうに笙子を見つめる。

笙子「サングラスをとって」

男「……」

男、いけないという風に首をふり、接吻する。長い接吻。

笙子はげしく喘ぎながら叫ぶ。

笙子「あなたね、あなただったのね！」

笙子ギラギラ燃えながらぶつかって行く。

笙子「この歯、これがあなたよ。覚えているわ。私だけが知っている白い宝物よ」

崩れかかった壁の下に笙子を倒す男。

笙子半ば陶酔しかかって。

笙子「あなた。あなたは本当に私のあの人なの……?」

男の手がせわしくコートのボタンをはずして行く。笙子、手をのばした男のサングラスを奪う。

笙子「あッ！」

夢中で跳ね起る。

笙子「先生！　あなたは布川先生！」

気が狂ったように走り去る笙子。

41　踏切

恐怖に衝き上げられ、我を忘れて走ってくる笙子。眼の前を電車がよぎる。視界がひらけると、線路をはさんで向うから渡ってくる赤い傘が気になる。笙子放心した眼差しで赤い傘を迎える。

「笙子さん」

傘の下から顔がのぞく。

笙子、一瞬おびえて、

笙子「みね子さん！」

みね子「笙子さん。先生、亡くなりました」

笙子「えぇッ?!」

みね子「布川先生死んじゃったんです」

笙子「嘘よ！」

みね子「(必死に）嘘じゃないんです。あなたが家を出て間もなく、急に発作がきて。先生、心臓もひどく弱ってたんです」

呆然とみね子を眺めているのみの笙子。

みね子「(弁解するように）私、死体といるの何となく気味が悪くて。駅まで走っていけば笙子さんをつかまえられるかも知れないと思って……ね、どうしよう？ 一緒に来てくれる？」

笙子、妙に気落ちした声でつぶやく。

笙子「そんな、そんなことが……。それじゃあれは誰だったの、私を抱いたあの男は……？」

赤くまたたいて警鐘が鳴る。

定助の叩く鉦のように——（完）

痴人の愛

原作　谷崎潤一郎

1　千束町・銘酒屋・かづさ屋

河合譲治、ひとり酒を飲む。
向かいの娼家に行こうかどうしようか、迷っている。
女将のキヨミが、

キヨミ「旦那さん、あの店はいい妓がいますすよ。年が若くて、別嬪揃いで」
譲治「そうかね。しかし、足がね……」
キヨミ「足？　足がどうか致しました？」
譲治「足が汚い」
キヨミ「……？」
譲治「田舎の女は地面をさんざん踏んで、甲が広がって、肉が厚い。それが嫌だ」
キヨミ「そんなこと言ったら、旦那の好みに合う妓なんていませんよ」
譲治「だから、こうして酒を飲んでいるのさ」

と飲んで、ふと見る。
かづさ屋の裏口から、少女入って来て、狭い階段を上がっていく。
少女の細く白い足がひらりひらりと宙を舞うように登っていく。
譲治、体をひねるようにして見上げて、

譲治「（見ている）……」
譲治「あの子、客はとるのかい」
キヨミ「まだ十五でございますよ。うちの娘ですけど、ほんのネンネで、客をとるなんて、まだまだ……ほほ」

譲治、勘定を置いて、出てゆく。

2 同・表

出てきた譲治、見返る。
二階で少女、髪を梳いている。
譲治、じっと見る。

譲治のN「その少女は、私の目には異様に魅力的に見えた。……それがナオミだった」

3 工場

電気の激しい火花が散る。
譲治、防熱ガラスのメットを被って、現場の指揮をとっている。
メットを外し、汗を拭う。
冷えた美貌――。
その向こうで火花散っている。

タイトル

痴人の愛――。

4　ホテルのレストラン

見合い。

背広の譲治と、華やかな着物の妙子、向かい合っている。

付き添いの母親同士がホホッと笑う。

譲治の母「父親が早くに亡くなりまして、私も田舎に引っ込んでおりますもので、つい二十八になるまでずるずると独り身で……」

妙子、ちらっと譲治を見上げる。

譲治、淡々と料理を口に運ぶ。

5　同・庭園

譲治と妙子、ゆっくり歩く。
譲治「僕はどうも結婚というものに懐疑的なんです」
妙子「……?」
譲治「もともと他人だった人間が結婚し、一生をひとつ屋根の下で暮らす。僕には、それがとても恐ろしいことのように思えるんです」
妙子「私、怖いですか?」
譲治「いや、あなたはとても美しい……」

譲治、ぼんやりと庭園の花を見ている。

妙子「ちゃんと私を見てください……」

譲治「……」

妙子「あなたに愛されるためには、私なにをしたらいいのでしょう?」

譲治「……」

妙子「家事一通りは出来ます。体に傷ひとつありません」

譲治「失礼ですが……足を……」

妙子「足?」

譲治「見せてくれませんか……」

妙子「ご冗談を仰ってるの?」

譲治、妙に生真面目に妙子を見ている。

妙子、譲治の肩に手を掛け、足袋を脱ぐ。

譲治、跪き、妙子の足を両手にとる。

譲治「(顔を近づける)……」

譲治の息が足にかかる。

妙子「(微かに感じる)……」

譲治「許してください」

譲治、妙子の足に足袋を穿かせる。

妙子「私じゃ……いけないのね?」

譲治「……」

妙子「私たち、不幸になりますわ」
譲治「……？」
妙子「だって、結ばれる筈の二人がすれ違ってしまったんですもの」
譲治「……」
妙子「さようなら……」
妙子、走って行く。

6　千束町・かづさ屋

譲治、一人飲んでいる。
譲治「娘さん、今日は留守かね」
キヨミ「あの子、勤めに出たんですよ」

7　カフェ・ダイヤモンド

譲治、おずおずと入ってくる。
女給「ご案内します」
譲治「いや……」
と見回す。
カウンターの隅に、女給見習いのナオミ、心細げに立っている。

譲治「あの子を呼んでくれないか」

とテーブルに着く。

ナオミ、耳打ちされ、訝しげに譲治を見る。

テーブルに来る。

ナオミ「あの……」

譲治「……やっと会えたね」

ナオミ「……？」

譲治「ずっと探してたんだよ」

ナオミ「……？」

譲治「ずいぶんおとなっぽくなったね。幾つになった？」

ナオミ「十……七……」

譲治「映画、観に行かないか？」

ナオミ「えっ？」

譲治「活動だよ。活動写真は嫌いかい？」

ナオミ「……好き。でも……」

譲治「……」

ナオミ「私、あなた知らないもん」

譲治、名刺を出す。

譲治「こういう者です」

ナオミ「電気技師……河合……譲治？」

譲治、頷く。

8　映画館

満員の立ち見。

譲治「ナオミちゃん、見えるかい」

ナオミ「見えない」

譲治、ナオミを抱えて、横木の上に乗せてやる。ナオミ、手を譲治の肩に置き、脚をぶらぶらさせ、一心に映画に見入る。下駄が落ちる。譲治、それを拾おうとして、屈み込む。

譲治「(見る)……」

目の前にナオミの足。甲から足指にかけての美しさ。

譲治、思わず跪き、頬ずりする。

9　呉服屋・店内

譲治、ナオミに反物を選んでいる。

何枚も何枚も、奥から高価な品物を出して来させ、粗末な銘仙一枚のナオミの体にかけて見る。

ナオミ、陶酔したように鏡の中の姿に見入る。

譲治「派手な色がよく似合う」

ナオミ「……」
譲治「自分がこんなに美しいなんて、知らなかったろう?」
ナオミ「(頷く)……」
譲治「僕が見つけたんだよ」
　　譲治、無造作に数枚注文する。
　　ナオミ、嬉しさの余り、ボーッとしている。
ナオミ「私、どうやってお礼したらいいの?」
譲治「美しくなることだよ」
ナオミ「……?」
譲治「それが、僕への礼だ」

10　浅草・公園

　　譲治、待っている。
　　ナオミ、歩いて来る。
譲治「遅かったね。今日は来ないのかと思った」
ナオミ「……もう、誘わないで下さい」
譲治「どうして?」
ナオミ「河合さんと会うと、お店で苛められるの」
譲治「どうして?」

ナオミ「だって……」

ナオミ、ちらりと譲治を見る。

ナオミ「河合さんて、独り者で、いい男だから、誰が落とすか競争なんだって」

譲治「(笑う) 僕を落とす？　そりゃあ、話が逆じゃないかね」

ナオミ「だから、誘わないで……」

譲治、考えている。

譲治「キミ、本を読むのが好きだって言ってたけど、女学校へ行く気はないのかい？」

ナオミ「十七じゃ。遅すぎるわ」

譲治「女学校は無理でも、本当に学問したい気持ちがあるなら、僕が習わせてあげてもいいけど」

ナオミ「……私、英語が習いたい」

譲治「ウン、英語と……それだけ？」

ナオミ「それから音楽もやってみたいの」

譲治「じゃ、僕が月謝を出してやるから、習いに行ったらいいじゃないか」

ナオミ、上目遣いに譲治を見る。

ナオミ「その代わりに、私はなにをすればいいの？」

譲治「僕はただ、お前を引き取って……どこまでも責任を持って、立派な女に仕立ててやりたいと思うんだけれど……」

ナオミ、じっと譲治を見ているが、

ナオミ「(頷く) ……」

11　文化住宅

河合譲治の表札。
たどたどしく英文を読むナオミの声。

12　同・アトリエ

譲治、ナオミの発音を直す。
譲治「じゃ、意味を言ってごらん」
ナオミ「わかんない……」
ナオミ、白痴のような微笑で見返す。
譲治のM「ナオミには学問は無理だ。私には、すぐ分かりました」

13　レストラン

譲治とナオミ、ステーキを食う。
譲治「今日、千束町に行ってきた」
ナオミ「そう……」
譲治「お母さん、言ってたよ。ナオミのことはなにもかも河合さんにお任せしますって」
ナオミ「そう……それって、河合さん、私を奥さんにしてくれるってことなの?」

譲治「奥さんになりたいのかい?」
ナオミ「……分かんない」
譲治「僕はね、キミが段々とおとなになって行くのが楽しいんだよ。一日一日とキミは女らしく際立って育って行く……」

譲治、ふと見ると、ナオミ、夢中になって分厚いステーキを平らげている。

譲治「もう一枚食べるかい?」
ナオミ「食べてもいいの?」
譲治「何枚でも遠慮なく。それがお前の栄養になるんなら」

14　河合家・アトリエ・夜

カードをする譲治とナオミ。
ナオミ、大人っぽい長襦袢。
夢中になって、立て膝になる。
ひらく胸元、あらわになる太腿。
譲治、視線が吸いつく。
譲治の体が前のめりになり、手の中のカードがナオミに丸見えになる。
ナオミ、すかさずカードをオープンする。

ナオミ「スリーカード、私の勝ちね。譲治さん、ワンペアだけでしょ?」
譲治「狡いぞ。見たな?」

ナオミ「どんなことしたって、勝ったもんは勝ったんだよ。さあ、馬におなり!」

　譲治、四つん這いになる。

譲治「さあ、お乗りよ」

　ナオミ、長襦袢の裾を捲って、跨がる。

　ずしりと重みが背中にかかる。

譲治「う……」

ナオミ「どう? 重たくない?」

譲治「重たいけど、ナオミちゃんのお尻は柔らかくて、気持ちいいよ」

　ナオミ、腰を揺すり、タオルを取って手綱にする。

ナオミ「走れ!」

　譲治、走りだす。

　ナオミ、譲治の背中にのけ反って、歓声。

　譲治、懸命に走る。

15　同・二階の四畳半・夜

　譲治。設計図を見ている。

　隣の三畳から、ナオミ挨拶する。

ナオミ「譲治さん、お休みなさい」

譲治「ああ、おやすみ」

譲治、設計図に手を入れる。

隣室でバタンという音。

譲治、そっと覗いて見る。

ナオミ、蒲団をはみ出し、寝相悪く眠っている。


譲治「(見る)……」

むき出しの太腿。ほの暗い股間。

譲治、顔を寄せる。

譲治のM「ナオミの肉体が完全に熟成する十八まで、それまでは禁欲しよう。私はそう決めていたのです」

16　音楽の時間

ナオミ、女教師に手直しされながら、ピアノを弾く。

17　道

女学生姿のナオミ、歩く。

若者の一団、振り返る。

「すげー、別嬪」

「どこのお嬢様だ?」

ナオミ、ツンと顔を上げて歩く。

18　河合家・アトリエ

西洋風の浴槽を据えて、譲治、ナオミの体を洗っている。

ナオミ「くすぐったいわ！」

ナオミ、笑って身をよじる。

はずみでつるっと滑って湯の中に沈む。

ナオミ「ああ、苦しい！」

ナオミ、立ち上がる。

譲治、息を呑んで見つめる。

ナオミの濡れた体、豊かな胸、腰、ほの白い腹、そして陰毛のへばりついた股間。

譲治のM「学問は駄目でも、肉体の方は期待以上だったのです」

ナオミ、脚をバシャッと上げる。

ナオミ「拭いて」

譲治、口で拭く。足指から甲、脛、膝そして太腿とせり上がって行く。

ナオミ「(感じている)……」

譲治の唇が股間に近づいた時、ナオミ、耐えがたいように、浴槽に崩折れる。

ナオミ「譲治さん……、なんだか恥ずかしいよ」

譲治「僕にだけは、全部見せておくれ、ナオミ」

譲治の手、湯の下で、ナオミの性器に触れる。

ナオミ「あ……」
　ナオミ、のけ反る。指の先にひっかかった大きな魚のように、跳ねる。

19　譲治の会社

譲治のM「ナオミの十八回目の誕生日がきた……」
　電気の火花——。

20　道

　鞄を下げた譲治、歩く。
譲治のM「どうやってナオミを抱いてやろうか、それを思うだけで私の胸は高鳴りました」

21　河合家・玄関

　譲治、入ってくる。
譲治「ナオミちゃん……只今」

22　同・アトリエ

ガランと無人。

テーブルにメモ。

「実家に、あそびにゆくわ。よる、かえる。ナオミ」

23　千束町・かづさ屋・前

譲治、来る。

がらんとしたかづさ屋の店内。

譲治、ふと二階を見て、アッとなる。

髪を梳るナオミ、嬌慢に笑っている。その前に男の影。

24　かづさ屋・二階

鏡に向かったナオミの髪を結い上げる化粧師の男（英三）。
英三「俺はナオミちゃんが子供の頃から目をつけてたんだがね」
ナオミ「へえ……どこに?」
英三「子供のくせに妙に色っぽくて、男をそそるのさ」
ナオミ「ふーん」
英三「とうとう十八か」
ナオミ「今日の誕生日を待っててくれる人がいるの。その人のために綺麗になるのよ」

英三「勿体ねえな。こんな綺麗な体、一人の男の物になることはねえやな」
英三、ナオミの胸元に手を入れる。
ナオミ、拒みもせず、体を反らせて、媚びる姿勢になる。
それが、ナオミだ。

25 千束町・娼婦の部屋

譲治、上がってきて、窓から見る。
譲治「(見る)……」
かづさ屋の二階でナオミ、化粧師の男の前で身をよじるように笑っている。
娼婦、蒲団を敷く。
譲治、女の荒れた足を見る。
娼婦「旦那、寝ないんですか?」
譲治「ウン……」
娼婦「旦那、なにしにきたのかしら」
譲治「オイ、どじょう食わないか」
娼婦「え?」

26 かづさ屋

娼婦、走って来る。

娼婦「柳川二人前、お願い」

キヨミ、ヘイ、と奥に、

キヨミ「××楼さん、柳川お二つ」

階段をナオミ、気だるく降りてくる。

ナオミ「私、そろそろ帰ろうかな」

キヨミ「お前、また新しい着物誂えて貰ったのかい？」

ナオミ「ウン、どう、似合う？」

キヨミ「贅沢なもんだねえ。こんないい思いさせて貰って、河合さんに悪いと思わないのかね」

ナオミ、フンと鼻で笑う。

キヨミ「ちょいと出前を頼むよ」

ナオミ「遊郭に行くのヤだよ」

キヨミ「ちょいと届けるだけだからさ」

ナオミ「嫌だよ。あそこにだけは入りこむまいって、子供の時から決めてんだから」

キヨミ「パッと一走り、頼むよ」

と岡持ちを押しつける。

27　娼家の二階

譲治、窓から見ている。

ちんどん屋が練り歩いている。
岡持ちを下げたナオミが道を渡って来る。
ちんどん屋がまとわりつく。
ナオミ、うるさそうに払いのける。
かづさ屋から、化粧した英三が出てきて、ちんどん屋と滑稽な踊りを踊る。
ナオミ、笑う。
英三に岡持ちを奪われる。
ナオミ、ちんどん屋に尾いて行く。

譲治「(見ている)……」
ナオミ、だんだん遠くなって行くようだ。
譲治、不意に娼婦を抱き寄せる。

譲治のM「奇妙なことに、私に不意に汚れた女への欲望が沸いたのです」

娼婦「旦那、急にどうしたのよ。待ってよ、柳川食べてから……」
譲治、無言。娼婦を蒲団に倒す。

28 道

ちんどん屋から逃れたナオミ、岡持ちを下げて、戻って来る。

29 娼家

ナオミ、入って来る。

ナオミ「柳川、お待たせしました」

亭主の声「二階に運んでおくれ」

ナオミ、躊躇して、階段へ足をかける。

30　階段

登って行くナオミの足。

31　娼婦の部屋

ナオミ「柳川、遅くなりました」

32　同・部屋の中

譲治、ナオミの声にハッと動きを止める。

ナオミの声「お邪魔します」

襖が開く。岡持ちを押し込んで、去ろうとして、ナオミ、ふと見る。

部屋の中に譲治がいる。

ナオミ「(まじまじと見る)……譲治さん！」
譲治「ナオミちゃん、お入り」
譲治、ゆっくり立って来る。
譲治「おめでとう。今日が十八の誕生日だね」
ナオミ「……？」
譲治「二人で、お祝いしようよ」
ナオミ、やっと事態に気づく。
ナオミ「(逃げる) やめて、譲治さん！」
譲治、とっさにナオミの帯をつかむ。
ナオミ「イヤ！　ここでは、嫌！」
ナオミ、廊下へ逃げる。
追う譲治。

33　階段

譲治に帯を摑まれたまま、ずるずると降りるナオミ。
解ける帯。
譲治、追う。
階下でナオミを捕まえる譲治、ナオミを抱えて、ずるずると階段を登る。

34　娼婦の部屋

譲治、ナオミを引きずり込む。

ナオミ「譲治さん、やめて！……ヤダ、こんなとこで、ヤダ！」

譲治、ナオミの脚にしがみつく。

頬すり寄せる。

蹴られる。

譲治「痛いッ」

譲治、ナオミの脚を摑む。開く。

暴れるナオミ、ずるずると壁に頭がつく。

結い上げた髪がひしゃげ、崩れる。

下ばきを穿いていない股間。譲治の頭が深くもぐって行く。

ナオミ「あ……」

×　　×　　×

譲治、凌辱するみたいにナオミと性交する。

ナオミ「……私って、娼婦だったの……」

譲治「違う……ナオミは……僕の宝物だ……」

×　　×　　×

譲治、静かにナオミの体を愛撫する。

譲治「ありがとう。ナオミちゃん、ほんとにありがと……。僕は今こそ正直なことを言うけれど、お前がこんなにまで理想にかなった女になってくれようとは思わなかった。一生可愛がってあげるよ。……お前ばかりを」

ナオミ、黙って目を見開いている。

35　道

譲治、鞄を下げ、自宅への坂を上って来る。

脚が止まる。

譲治「……」

河合家の、庭の花壇の前に白地絣の若い男（浜田）が立って、ハイカラな麦藁帽子を回しながら、笑っている。

その足元にナオミ、しゃがみ込んでいるが、咲き乱れた花の陰になっている。

譲治「（見ている）……」

浜田、ハッと譲治に気づく。

浜田「じゃあ、また」

ナオミ、すっと立ち上がる。

ナオミ「じゃあ、さようなら」

浜田、譲治に向って、帽子の縁に手をかけて、すれ違って行く。

譲治「誰だね、あの男は？」

ナオミ「あれ？　あれは私のお友達よ。慶応の学生で、浜田さん……」

譲治「いつ友達になったんだい」
ナオミ「あの人も伊皿子へ声楽を習いに行ってるのよ」
　譲治、玄関を入って行く。
譲治「ちょいちょい遊びにやって来るのかい」
ナオミ「今度ソシアルダンスの倶楽部を拵えるから、是非私にも入ってくれって」
　ナオミ、急に譲治の腕に縋る。
ナオミ「ねえ、やっちゃいけない？　よう！　やらしてよう！　譲治さんも一緒に習えばいいじゃないの」
　胸を譲治に押しつける。
譲治「僕が？　僕はそんな趣味ないよ」
ナオミ「駄目よ駄目。私ひとりでやったって、踊る相手がいないじゃない。毎日家で遊んでばかりじゃつまらないわ。ねえ譲治さん、いいでしょう？」
　譲治、ウンウンと頷きながら、台所を見て、唖然とする。
　出前の岡持ち・洋食の皿食器・鮨屋の桶・鰻のお重・蕎麦屋の丼などが山積みになっている。
譲治「これ、みんなキミの昼食かい？」
ナオミ「だって、ひとりだから、おかず作るの面倒くさいもん」
譲治「しかし、贅沢だねえ」
ナオミ「だって、譲治さん、いくら贅沢してもいいって言ったじゃない」
譲治「贅沢はいいが、太っちゃいけない」
　ナオミ、パッと部屋着の前を開いて見せる。
ナオミ「私、太った？」

譲治「(見る)……いや」
ナオミ、濃厚に唇を寄せてくる。
ナオミ「譲治さん、寝よう……」
床に倒れながら、
譲治「僕の晩飯は?」
ナオミ「あとで出前とればいいわ」
ふたり、重なる。

36 楽器店

ナオミと譲治、入ってくる。
ピアノや蓄音機の置いてある入口に学生らしい五六人、屯ろして、ナオミと譲治をじろじろ見る。
政「よう、ナオミさん」
ナオミ「今日はァ」
政、マンドリン鳴らしている。
ナオミ「まアちゃん、あんたダンスやらないの?」
政「やあだァ、俺ァ。二十円も月謝払うなんてアホらしくてよ。みんなが覚えた頃、とっつかまえて習ってやるのさ」
ナオミ「ずるいわねえ。浜さんは?」

政「二階で踊ってるよ」
ナオミと譲治、階段に向かう。

37 同・階段

譲治、上がりながら、
譲治「あいつら、何だね」
ナオミ「慶応のマンドリン倶楽部の人たち。口はぞんざいだけど、悪い連中じゃないのよ」
譲治「みんなお前の友達なのかい」
ナオミ「時々ここへ買い物に来ると会うもんだから……」
と二階に出る。
いきなり、ノーノー!という鋭い女性の声と鞭の音が響く。

38 同・ダンス練習場

男女の生徒が列になり、音楽に合わせてぎこちないステップを踏む。
白いジョオゼットの上着に、紺サージのスカートの西洋美人が鞭を片手に立っている。
シュレムスカヤ「ワン・トゥウ・トゥリー」
と見て歩いて、
シュレムスカヤ「ノー!」

中年の八の字髭の男、ステップを直される。
また間違える。

シュレムスカヤ「NO　GOOD！」
鞭で男の脚を打つ。

譲治「ずいぶん難しいもんだね。僕、やめとくよ」

ナオミ「駄目よ。ここまで来て、私に恥かかせるつもり?」
レコードを替えていた浜田、来る。

浜田「河合さん、よくいらっしゃいました。今、紹介しますから」
と譲治とナオミをシュレムスカヤ夫人の前に連れて行く。

譲治「河合です。よろしくお願いします」

ナオミ「ナオミです」
シュレムスカヤ、すっと譲治の前に手を差し伸べる。

譲治「……?」
シュレムスカヤ夫人、溢れ出るような白い胸。

譲治「(目が泳ぐ)……」
シュレムスカヤ、手を出したまま小首を傾げて、譲治を見ている。
吸い込まれるような蒼い目。
譲治、やっと握手だと分かる。思わず、強く握る。

シュレムスカヤ「WALK　WITH　ME」
シュレムスカヤ、譲治の手をとり、背中に腕をまわし、ワンステップを踏み出す。

譲治「……」

譲治、しがみつくみたいに、尾いていく。

脚がもつれ、夫人の白い露な豊かな胸に顔がつく。

譲治、一瞬、陶酔する。

譲治のM「香水と汗の混じった甘い匂いがした」

39　河合家・寝室

ナオミ、脚をひらいて喘ぐ。

胸から下腹へ、譲治の頭が下がって行く。

譲治のM「ナオミの体には匂いがない。しかし……」

譲治、ナオミの性器をひらく。

譲治のM「ナオミの秘密の場所を開くと、それは蝶々の形をしていた。ナオミのなかには蝶々がいる」

40　ダンス練習所

譲治とシュレムスカヤ夫人、踊る。

シュレムスカヤ「ワン・トゥウ・トゥリー、ワン・トゥウ・トゥリー……」

譲治、必死に踊る。

くるくる踊る。

シュレムスカヤ、声を立てて笑う。

シュレムスカヤ「譲治……」

譲治「は?」

シュレムスカヤ「GOOD……VERY　GOOD!」

シュレムスカヤ、譲治の頭を胸に抱く。

豊かな谷間で噎せそうな譲治。

譲治のN「私はナオミの肉体以外にも魅力的な肉体のあることを知った」

41　レストラン

譲治とナオミ、食事。

ナオミ「今度ね、銀座のカフェ・エルドラドオで舞踏会があるんだって」

譲治「舞踏会って、そりゃ無理だよ。僕は自信ないよ」

ナオミ「駄目よ、譲治さんは。そんな気の弱いこと言ってるから進歩しないのよ。ダンスは、人中へ出てって、図々しく踊っているうちに巧くなるのよ」

譲治「しかし、僕は人前に出るのが何より嫌いだからね」

ナオミ「じゃ、いいわ。私まアちゃんでも誘って行くから」

譲治「……あのマンドリンの男かい?」

ナオミ「そうよ。あの人なんか何処へでも出掛けて行って、踊るもんだから、すっかり巧くなっちゃって、譲治さんよりずっと上手だわ」

譲治「……」
ナオミ「どうしたの？　気を悪くした？」
譲治「いや……」
ナオミ「ねえ、行きましょうよ。私、譲治さんと踊ってあげるわ」
譲治「ウン……」
譲治、頷く。

42　河合家・アトリエ

有るだけの着物が散らかっている。
その中でナオミ、とっかえひっかえ手を通して鏡に映す。
ナオミ「ちょっと譲治さん、どれがいいこと？」
ナオミ、違う着物を羽織って、グルグルまわる。
ナオミ「変だわ。何だか、私こんなのじゃ気に入らないわ」
と、脱ぎ捨て、紙屑のように足で皺くちゃ蹴飛ばす。
ナオミ「ああ、どれもこれも気に入らない。ねえ、譲治さん」
譲治「ン？」
ナオミ「新しいの、買って頂戴」
譲治、さすがに嘆息つく。
譲治「ナオミ、これ見てご覧」

ナオミ「なによ」

譲治「今月分の請求書だよ。いったい幾ら来ていると思う?」

ナオミ「知らないわ」

譲治「鮨、鰻、割烹、洋食、牛肉、鳥、果物、洋菓子……英語と音楽の授業料・呉服屋・仕立屋・洋服屋・履物・下駄・草履」

譲治、請求書を一枚ずつテーブルに並べて行く。

譲治「それにクリーニング。キミ、足袋一足、腰巻き一枚も自分で洗濯しないのかい」

ナオミ「私、女中じゃないことよ」

譲治「……」

ナオミ「洗濯なんかすりゃあ、指が太くなっちゃって、ピアノが弾けなくなるじゃないの。この指が荒れて太くなってもいいの?」

譲治、突き出された手をとり、つくづく眺める。

譲治「分かったよ、ナオミ……」

43 二階・譲治の部屋(夜)

譲治、手紙を書く。

譲治のN「母上様……何分この頃は物価高く、二三年前とは驚くほどの相違にて、さしたる贅沢を致さざるにも、月々の経費に追われ、……なにとぞお助け頂きたく……」

44　カフェ・エルドラドオ

熱気に満ちたフロア。
譲治とナオミ、入って来る。
奇抜なドレスや色とりどりの豪奢な着物の女たち、裾を翻して男たちと踊る。
ナオミ、華やかな長い袂に重くどっしり胴体を締めつける絢爛な帯。
挑むように見渡す。

譲治「僕らには不似合いだね」
ナオミ「そんなことないわよ」
ナオミ「ホラ、浜さんもまアちゃんもいる」
譲治「どこに？」
ナオミ、ダンスの輪を突っ切って歩き出す。
譲治、慌てて、追う。
譲治、ツルッと、見事に転倒する。

譲治「アッ」
人々の嘲笑。

ナオミ「チョッ……」
ナオミ、関係ないように離れて行く。
譲治、焦って立ち上がろうとして、また滑る。
白い華奢な手が差し伸べられる。

綺羅子「大丈夫ですか?」
譲治「ハア……」
綺羅子「お気を付けなさいませ、床が滑りますから」
譲治「(頷く)……」
綺羅子、ダンスに戻って行く。
譲治、ダンスの人々にぶつかりながら、テーブルにたどりつく。
ナオミ、睨んでいる。
ナオミ「みっともないったらありゃしない」
譲治「すまない」
譲治、ネクタイを直す。
踊り終えた浜田と政、テーブルに来る。
浜田「河合さん、さっきはだいぶ派手におやりになりましたね」
譲治「(苦笑)はあ……」
ナオミ「まったく、連れてくるんじゃなかったよ」
政「(ナオミに)どうした。踊らねえのかい」
ナオミ「今、来たばかりだよ」
政「次誰と踊るんだい」
ナオミ「さあ、誰にしようかな」
政「どうだい、俺と踊ろうか」
ナオミ「嫌だよ、まアちゃんは下手糞だもの」

政「馬鹿いいねえ。月謝は出さねえが、これでもちゃんと踊れるから不思議だ」
ナオミ「ふん、威張るなよ!」
　黙っていた浜田が、
浜田「熊谷君、河合さんとは初めてじゃなかったかしら?」
政「ああ……」
譲治「河合です」
政「僕は熊谷政太郎というもんです。政太郎だから、まアちゃん……」
ナオミ「ねえ、まアちゃん、ついでにもっと詳しく自己紹介したらどうなのさ」
政「いいや、いけねえ。あんまり言うとボロが出る。詳しいことはナオミさんからお聞き願います」
ナオミ「アラ、いやだ。詳しいことなんか私が何を知ってるのよ」
政「あははは」
譲治「(苦笑)……」
　そこへ、井上菊子が春野綺羅子を連れて来る。
菊子「ご紹介しますわ。帝劇の春野綺羅子さん」
綺羅子「よろしくお願いします」
　綺羅子、着物を華奢に来て、美しさではナオミをしのいでいる。
菊子「綺羅子さん、こちらの方と踊りたいんですって」
　と譲治を見る。
譲治「ハ?」
　と綺羅子を見て、

譲治「あ……」

　　　譲治に白い手を伸ばした女だ。

譲治「失礼。僕は駄目です。とても無理です」

ナオミ「譲治さん、構わないわよ。恥かいてらっしゃいよ」

　　　それまで綺羅子を無視していたナオミ、突き放すように言う。

譲治「困ったな。僕だけならいいけど、相手にも迷惑かけちゃうし」

　　　綺羅子、微笑している。

　　　フォックストロットの音楽が始まる。

　　　踊り出す人波。

譲治「では、お願いしましょうか」

　　　譲治と綺羅子、踊り出す。

綺羅子「まあ、お上手ですわ。とても踊りやすい」

　　　綺羅子、頬を寄せて来る。

綺羅子「さっき、わざと転んだでしょう」

譲治「え？　いやぶざまな所をお見せしました」

綺羅子「女優の私は誤魔化されませんわ。ダンスだって、あんな学生たちよりずっとお上手。どうしてそんなにおどけていらっしゃるの？」

譲治「本当のことを言っていいですか？」

綺羅子「ええ」

譲治「あなたの足を見たかった……」

綺羅子「えっ、足？」
譲治、頷く。

45　同・女子トイレの中

譲治、高く挙げた綺羅子の足を口に入れる。
綺羅子「あ……」
譲治のＭ「足の奥には暗く湿った性器がある。それが私を跪かせる……」
×　×　×
窮屈な姿勢で性交する譲治と綺羅子。
譲治、見る。
譲治「……！」
汚れた壁に蝶が一羽、止まっている。
譲治「(見ている)……」
譲治のＭ「綺羅子と交わりながら、私はナオミの性器を思っていた」
蝶、ひらひらと飛ぶ。
譲治のＭ「私はナオミの蝶々から逃れられない」

46　車の中

　　譲治、ナオミ、浜田、政、乗っている。
ナオミ「ラ・ラ・ラララ……浜さん、あんた何がよかった？　私キャラバンが一番好きだわ」
浜田「おお、キャラバン！　しかしホイスパリングも悪くないな、踊りやすくって」
政「蝶々さんを忘れちゃいけねえな。俺はあれが一番好きだよ」
　　政、口笛で蝶々さんを吹く。
　　譲治、黙って聞いている。
　　雨がパラパラ降りかかる。
譲治「雨だね……」
浜田「どうする、まアちゃん。もう電車はないぜ」
ナオミ「そうだ。二人とも今夜はうちへ泊まりなさいよ」
浜田「いや、それはあんまり図々しいや」
ナオミ「ねえ、いいじゃないの。まアちゃん、あんたはどうなのさ」
政「俺はどうでもいいけどよ……浜田が帰るなら帰るよ」
ナオミ「浜さんだったら構わないわよ、ねえ、浜さん？」
浜田「ウン……」
　　と譲治を窺う。
ナオミ「ねえ、譲治さん、家で遊びましょうよ。ねえ、いいでしょう？」
譲治「（仕方なく）どうです。泊まって行きませんか。全くこの雨じゃ大変だから」

47　河合家・夜

ナオミ、階段を駆け上がって行く。

ナオミ「さあ、蒲団を敷くから三人とも手伝って頂戴」

48　二階の四畳半

ナオミ、譲治、浜田、政、蚊帳を吊る。

ぴったりくっついた蒲団に枕が三つ。

ナオミ「三人そこへお並びなさいよ。私はあんたたちの頭の上で寝るから」

政「えれえことになっちまったな。これじゃまるで豚小屋だぜ、みんなごちゃごちゃになっちまうぜ」

ナオミ「それが面白いんじゃないのさ。さあ入った入った」

譲治、浜田、政、蚊帳に入る。

男たち、体がくっつくほど狭い。

浜田「蒸し暑いな。この上ナオミさんが入ってきたら、どうもおちおち寝られないような気がするよ」

ナオミ「私のこと、いつも女のような気がしないって言ってたくせに、一緒に寝ると女なのかい」

ナオミ、蚊帳の外で着物を脱ぐ。夜目にも白い体がぼうっと浮き上がる。

ナオミ「入るわよ」

ナオミ、薄いガウンに枕を抱いて入ってくる。

ナオミ「電気を消す?」

政「ああ、消して貰いてえ」

ナオミ「じゃ消すわよ」

ナオミ、いきなり政の胸を踏台にしてスイッチを切る。

政「ウッ、痛え！」

ナオミ、バタンと飛び下りて、政の頭上にしゃがみ込む。

ナオミ「まアちゃん、煙草を吸わない？」

ほの暗い中で、ナオミの太腿とはだけた胸が白い。

ナオミ「よう、こっちをお向きよう！」

政「畜生、どうしても俺を寝かさねえ算段だな」

ナオミ「うふふふふ、よう！　向かなきゃいじめてやるよ」

政「あ、いてえ！　よせ、よせったら！　こう蹴られちゃ、たまらねえや」

ナオミ「うふふふふ」

浜田「まアちゃん、起きたのかい？」

政「ああ、起きちゃったよ、さかんに迫害されるんでね」

ナオミ「浜さん、あんたもこっちを向かないと、迫害してやるよ」

政、ポケットから煙草とライターを出して、火を点ける。

端で、静かに目を閉じている譲治の顔が浮かぶ。

ナオミ「譲治さん、あなたもこっちを見たらどう？　独りで何してるのよ」

譲治「う、うん……」

ナオミ「どうしたの、眠いの？」

譲治「うん、少しとろとろしかけた所だ」

ナオミ「うふふふふ、巧く言ってらア、わざと寝たふりをしてるんじゃないの。ねえ、そうじゃない？　気が揉めない？」
譲治「……」
ナオミ「ちょっとこっちを見てみない？　やせ我慢はおやめよ……」
譲治「分かったよ……」
譲治、ぐるりと向き直って、枕に顔を載せる。
譲治「(見る)……」
ナオミ、立て膝した足を開いて、譲治と浜田の鼻先へ向け、その真ん中で政、敷島をナオミの股間に吹かしている。
ナオミ「どう、譲治さん、この景色は？」
譲治「うん……」
ナオミ「うんとは何よ」
譲治「呆れたね……」
浜田「ナオミさん、もう止めようぜ」
ナオミ「呆れたなんて嘘なのよ。私のこんな恰好大好きなくせに。今夜はみんながいるもんだから我慢してるのよ」
譲治「ナオミ……もう寝よう」
ナオミ「うふふふふ、そんなに威張るなら、降参させてやろうか？」
政「おいおい、ちと穏やかじゃねえ。そういう話は別の晩に願いてえね」
浜田「賛成！」
ナオミ「ああ、つまんない！」

ナオミ、男たちの胸の上にバタンと倒れる。

政「ゲーッ！」

浜田「痛いよ、ナオミさん」

ナオミ「もっと遊ぼうよ。ねえ、遊ばないんなら、こうしてやる！」

ナオミ、男たちの上でバタバタ泳ぐ。でんぐり返りする。はずみで蚊帳が落ちる。

政「うわッ、こいつはたまらねえ！」

浜田「苦しいよ、ナオミさん！」

蚊帳もろともナオミ、政、浜田、ぐじゃぐじゃになる。

政「静かにしねえなら、こうしてやる！」

ナオミ「うふふふふ……」

蚊帳から弾き出された譲治の前でナオミの足がバタバタ動く。

譲治のＭ「私はこの時、気がつきました。あの無邪気で、あどけなくて、内気な、翳のある少女はもういないのだ。ここにいる女はガサツで生意気で、高慢ちきで……」

不意に、ナオミの足が譲治の目の前に投げ出される。

ナオミ「譲治さんには足あげる……」

譲治「……」

ナオミ「顔は浜さん……」

政「俺はどうなるんでえ?」

ナオミ「あんたは一番いいところじゃない」

ナオミ、うふふふ、と笑う。

× × ×

夜明け――。
蚊帳の中で眠る四人。
譲治、ふと目を覚ます。
ガウンをはだけて、ナオミの足が伸びている。
譲治、そっと撫でる。

譲治 「(見る)……」

譲治のM 「すやすやと眠っているこの真っ白な美しい足。私が毎晩お湯へ入れ、シャボンで洗ってやったのだ。小指の形も、踵の丸みも、ふくれた甲の肉の盛り上がりも、変わっていない……ああ、ナオミ……」
譲治、ナオミの足にくちづけする。

49 工場の門・退社時

雨――。
譲治、傘を差し、鞄を手に出かかる。
後ろから同僚の須田、声を掛ける。

須田 「おい、河合君、ちょっと付き合えよ」
谷、木村、平山など同僚が傘の下でニヤニヤ笑っている。

須田 「まあ、そう逃げんでもいいじゃないか」

譲治 「いや、すまないけれど、失敬させてくれたまえ。僕の所は大森だがこんな天気には路が悪くってね」

谷「あははは、巧く言ってるぜ」
木村「河合君、種はすっかり上がってるんだぜ」
譲治「……?」

50 焼鳥屋

カウンターに譲治、須田、木村、平山、谷。
譲治をのぞいて、酩酊している。

平山「驚いたなァ、どうも。河合君はご清潔な君子とばかり思っていたのになァ」
譲治「だから、何のことでしょうか……」
佐藤「白状したまえよ。君が連れて歩いている美人というのは何者かね?」

譲治、ドキッとなる。が、

譲治「美人? さあ、何のことでしょう?」
須田「まだ隠すのかね。なんでも帝劇の女優だっていうじゃないか」
譲治「違いますよ……」
谷「違うって、やっぱりいるんじゃないか」
平山「その女の巣を言いたまえよ。言わなきゃ帰さんよ」
譲治「……」
木村「おい、僕たちもその女と遊びたいんだがね」
譲治「……娼婦じゃありませんよ」

谷「え？　違うの？」

須田「なあ、木村君、君は何処から聞いてきたんだっけ？」

木村「僕の親戚に慶応の学生がいてね。ダンス場で始終会うって。名前はえーと……ナ……ナオミだ」

譲治「……！」

木村「えらい発展家で、さかんに慶応の学生なんかを荒らし廻ってるらしい」

譲治「荒らし廻るって、どういうことですか」

木村「そりゃあ君、ナニするってことさ」

譲治、すっと血の気がひく。

平山「よせ、よせ、河合が心配するから。ほら顔色が変わってるぜ」

同僚たち、あははは、と笑う。

譲治「……」

譲治、黙って飲む。

51　自宅への坂道

譲治、酒に酔い、よろよろ登って来る。

52　河合家・玄関

譲治、入って来る。

譲治「只今。……ナオミちゃん……帰ってきたよ……」
　アトリエ、がらんとしている。
譲治「ナオミ！」
　譲治、階段を駆け上がる。

53 同・二階

　譲治、ふっと脚を止める。

　四畳半にナオミ、仰向けになっている。

譲治「ナオミちゃん……」

　ナオミ、眠っている。

　ランプの下に読みさしの本を投げ、胸元をはだけ、やすらかな寝息を立てている。

譲治のM「この女が私を欺いている？……このあどけない、無邪気な、翳のある、美しい寝顔が私を裏切っている？……嘘だ！……嘘だ！」

　譲治、跪く。

　じっと寝顔を見つめる。

　譲治、涙流れる。

　ナオミ、ふっと目を開く。

ナオミ「譲治さん……」

譲治「ン？」

ナオミ「どうして泣いてるの?」
譲治「お前の寝顔を見ていたら、あんまり綺麗なんで……」
ナオミ「ふッ、可笑しな人」
譲治「まったく、変だね」
ナオミ「ねえ、譲治さん……」
譲治「なんだい?」
ナオミ「鎌倉へ行かない?」
譲治「え?」
ナオミ「いつも夏は海に出掛けてるじゃない。今年は鎌倉にしない?」
譲治「うん……」
ナオミ、パッと起き上がって、譲治の首にぶら下がる。
ナオミ「よう! 行こうよう! あのね、とってもいい座敷が貸間で出てるんですって」
譲治「だってお前、会社もあるし、そんなに長くは遊べないよ」
ナオミ「鎌倉なら、毎日汽車で通えるじゃないの。誰も知らない離座敷で私と譲治さん、二人きりで楽しく暮らすのよ。ねえ、そうしない?」
譲治「うん、そうだなァ……」
ナオミ「いいのね? 私、決めちゃうわよ」
譲治「うん……」
ナオミ「嬉しい!」
ナオミ、譲治に狂おしいほど情熱的なキスをする。

54　鎌倉・七里ヶ浜

譲治とナオミ、歩く。

55　離れの家

離れといっても独立した家で、風呂も台所も備わっている。

56　同・八畳の間

譲治、見回して、

譲治「いいねえ、やはり純和風の家は落ちつくね」

ナオミ「それご覧なさい。私の言うことときいてよかったでしょ?」

譲治「まったく、ナオミちゃんの趣味を見直したよ」

譲治、ナオミの肩を抱き寄せる。

玄関の戸が開く。

女の声「御免下さい……」

譲治「誰かな?」

ナオミ「きっと大家さんよ」

譲治、玄関に出て行く。

57　同・玄関

譲治、出て来て、アッとなる。
しっとりとした着物姿の妙子、立っている。

譲治「あの……」
妙子「大家の平岡でございます」
譲治「河合です」
妙子「なにか不都合はございませんか？　私共で間に合うことでしたら、遠慮なく仰って下さい」
譲治「いいえ、今の所は……」
妙子「そうですか。では御免遊ばせ」
行きかける。
譲治「あの……」
妙子「……？」
譲治「その節は大変失礼しました。あの、こちらへは……」
妙子「あれから、すぐに……嫁いで参りましたの」
譲治「あ……」
妙子、静かに会釈して去って行く。

58　鎌倉・崖沿いの切り通し

浴衣にパナマ帽の譲治とパラソルのナオミ、のんびり上がって来る。

譲治「ここを抜けると、また海らしいよ」

ナオミ「譲治さん、疲れた」

譲治、ナオミをおんぶして、歩く。

ふと、足を止める。

切り通しの向こうから、賑やかな音色が聞こえてくる。

だんだん近づいて来る。

譲治「(見る)……」

ちんどん屋が練り歩いて来る。

千束町で見たちんどん屋が、三度笠やピエロや女役者の扮装で、切り通しの中から湧くようにして出て来て、すれ違って行く。

譲治「見る人もないのに、化けて出たようだな」

譲治、ナオミを背負って、上がって行く。

不意に、人力車が現れる。いかめしい軍人が乗っている。

譲治、ギョッとして、ナオミを取り落とす。

ナオミ「キャッ!」

ナオミ、裾を乱して、倒れる。

軍人(平岡)、黙って、じろじろ剝き出しになったナオミの足を見ている。

譲治「失礼しました……」
平岡「……」
平岡のうしろから、妙子の人力車、追いついて来る。
妙子「あら……河合さん」
譲治「あ……今日は」
妙子「高い所から、ご免なさい。夫の平岡でございます……」
平岡「……」
譲治「初めてお目にかかります。お宅の離れをお借りしている河合です。これが……」
平岡「(ナオミを見ている)……」
譲治「ナオミと申します。僕の、あの、姪です」
ナオミ、二の腕を肩まであらわにして、乱れた髪をつくろっている。
平岡「(車夫に)行け」
動き出す人力車。
平岡、ナオミの白い腕を舐めるようにしながら、過ぎて行く。
妙子、会釈して、去って行く。
ナオミ「何よ、あいつ」
譲治「ン?」
ナオミ「あの軍人、人のことまるで品定めするみたいに、じろじろと……」
譲治「そうかね?……」
次の瞬間、ナオミ、パッと切り通しの中へ走って行く。

ナオミ「譲治さん、かくれんぼしよう！」
ナオミの姿、消える。
ナオミの声「二十かぞえてから、追っておいで！」
譲治、ゆっくり数えはじめる。
譲治「ひとつ……ふたつ……みっつ……」
譲治のM「鎌倉での暮らしは、誰に邪魔されるわけもなく、私は幸せでした」
譲治の目の前に、暗い切り通しが口を開けている。

59　七里ヶ浜・昼

日傘の下に座っているナオミと譲治。
目の前に光る海。
ナオミ、きれいな声で歌をうたっている。
政の声「ナオミさん！」
浴衣の政、後ろに立っている。
ナオミ「おや、まアちゃん、いつ来たの？」
政「今日来たんだよ。遠くから見て、てっきりおめえにちげえねえと思ってよ」
政、おーい、と松林の方へ手を振る。
ナオミ「誰？　あそこで遊んでるの？」
政「浜田だよ。関と中村と四人でやって来たんだ」

ナオミ「まあ、そりゃ賑やかだわね。どこの宿屋に泊まってるの?」
政「宿屋じゃねえよ。関の叔父さんの別荘が扇ヶ谷にあってさ」
ナオミ「私たちは海の近くさ。遊びにおいでよ」
政「四人も押しかけちゃ、邪魔だろう」
ナオミ「そんなことないわよ。ねえ、譲治さん?」
譲治「ああ、どうぞ遊びにいらっしゃい」
政「じゃ、そのうち……」
政、松林へ走って行く。
ナオミ「(鼻唄)……」
譲治、不吉な予感で海を見ている。

60 駅から海に向かって続く松並木・夜

鞄を下げた譲治が歩く。
譲治のM「それから二週間ほど、私には会社での忙しい日々が過ぎました」

61 離れの家・夜

譲治、庭から入って来る。
明かりの灯った八畳間。

譲治「只今」

家の中、静か。
譲治、縁側から上がる。
八畳の部屋、海水着やタオルや浴衣が脱ぎ捨てられ、座布団、茶器が散らかっている。
譲治、灰皿を手にする。吸殻の山。

譲治のM「ナオミは煙草を吸わない……」

譲治、湯殿を覗き、便所を調べ、勝手口に行く。

譲治「(見る) ……」

床に一升瓶が転がり、流しには食い散らした西洋料理の残骸が山になっている。

62　同・母屋・夜

譲治、玄関を開ける。

譲治「ごめんください……」

妙子の声「はい……」

妙子、奥から出て来る。

譲治「夜分、おそれ入ります。あの……うちのナオミが居ないようですが……」

妙子「……」

譲治「どこかへ出掛けると言っておりましたか?」

妙子「夕方、海からお帰りになってから、また皆様とお出かけになったようですけど」

譲治「皆様?」
妙子「あの、それは……浜田さんとか、熊谷さんとか、大層お賑やかに……」
譲治「出掛けたのは何時頃ですか?」
妙子「八時半くらいかと……」
譲治「じゃ、もう二時間にもなるんだ」
妙子、黙って譲治を見ている。
譲治「どこへ行ってたのかな……」
妙子「熊谷さんの別荘へ……」
譲治「え? 関の叔父の扇ヶ谷の別荘ではなく?」
妙子「……」
譲治「熊谷は、ここに別荘を持っていたんですか?」
妙子「すぐ、この近くに……」
譲治、愕然とする。

63 古い別荘の門・夜

熊谷の表札——。
譲治、足音を忍ばせて、入って行く。

64 同・庭・夜

暗い母屋。
一室だけ、明かりが灯っている。
譲治、そっと覗き込む。
無人の畳にマンドリンが投げ出され、飲食した跡がある。
譲治、そのまま、裏手に回る。

65　同・裏門・夜

譲治、出て来る。
海が近い。
譲治、砂浜を歩いて行く。
ふと、脚を止める。
闇の中から、ナオミの声が聞こえる。

ナオミの声「ちょっと！　靴ん中へ砂が入っちゃって歩けやしないよ。まアちゃん、あんた靴を脱がしてよ」

譲治、近づいて行く。

66　海・砂浜・夜

黒いマントを羽織ったナオミ、浴衣の着流しの浜田、政、中村、関に囲まれて、片足立ちしている。

ナオミ「あっ、あ、ははは、いやよ浜さん、そんなに足の裏くすぐっちゃ！」
浜田「くすぐってんじゃやねえよ。砂を払ってやってんじゃないか」
政「ついでにそれを舐めちゃったら、パパさんになるぜ」
どっと笑う。
酔っぱらっている。
浜田「オイ、今何時だ？　パパさん、帰って来るんじゃないか？」
関「や、もう十時半だぜ」
ナオミ「大丈夫よ。十一時半にならなきゃパパは帰って来ないよ。なにびくびくしてんのさ。私、このナリで賑やかな所を歩いてみたいわ」
政「そりゃあ見物だろうぜ。マントの下も見せちまうか？」
また、どっと笑う。
ナオミ、ふっと闇の中を見る。
ナオミ「そこにいるの、パパさんじゃない？」
譲治、松の木の陰に立っている。
ナオミ「パパさん、そんな所でなにしてんのよ。お仲間に入んなさいよ」
ナオミ、ゆらゆら近づく。
ナオミ「マントの下を見たいでしょ。見たいって言いなさいよ」
譲治「……」
ナオミ、パッとマントを開く。一糸もまとっていない。
ナオミ「あはははは……」

　ナオミ、マントを譲治に投げつける。
　浜田、政たちも笑う。
　譲治、素裸で揺れているナオミをマントで覆う。
譲治「……バイタ！」
　ナオミ、笑っている。

67　離れの部屋・夜

　ナオミ、長襦袢で不貞腐れ、ちゃぶ台に頬杖ついている。
　譲治、逆上しかかるのを押さえて、静かに言う。
譲治「母屋の奥さんに聞いたよ。あいつら僕の留守中毎日ここに入りびたりだったそうだね」
ナオミ「一人じゃつまんないから、呼んだだけよ」
　ナオミ、開き直って、図太い。
譲治「この部屋を借りたのも、熊谷の口利きだろう。熊谷の別荘が近くにあるなんて、きみは一言も言わなかったじゃないか」
ナオミ「言うと、譲治さんが心配すると思ったからよ」
譲治「何を心配するんだい？」
ナオミ「……」
譲治「ここで何をしてた？」
ナオミ「大勢で騒いで遊んでただけ」

譲治「熊谷はどうなんだい。昼間から二人きりで籠もってたっていうじゃないか」
ナオミ「ポーカーとか花札引いて、それから花札引いてたのよ」
譲治「花札引いて、それから、何をした。……寝たのか？」
ナオミ「寝ちゃいないわよ。そんなに疑るなら、証拠でもあるの？」
譲治「証拠って……さっきのあのざまは、あれは何だ？」
ナオミ「あれはみんなが私を無理に酔っぱらわして、あんななりをさせたんだもの。なんでもありゃしないわ」
譲治「あくまで潔白だと言うんだね？」
ナオミ「ええ、潔白だわ」
譲治「お前はそれを誓えるんだね」
ナオミ「ええ、誓うわ」

譲治、押し入れからロープを取り出す。
ナオミ、びくっと見る。

ナオミ「何すんの？」

譲治、ナオミの腕を押さえる、後ろ手に縛る。

譲治「お前の潔白を信じさせておくれ」
ナオミ「ヤダ！　離せ、離せ！」

譲治、暴れるナオミのロープを柱に繋ぐ。

譲治「もう、どこにも行かないでおくれ」

×　　×　　×

朝。

ナオミ、縛られたまま、寝ている。
譲治、食事させる。

ナオミ「あいつらとは何でもないのよ。信じて、譲治さん」
譲治、黙って、ナオミの口に目玉焼きを押し込む。
ナオミ、もそもそ腰を揺する。

ナオミ「おしっこ……」
譲治、ナオミの前に洗面器を置く。

ナオミ「ここで?」

譲治「(頷く)……」
ナオミ、洗面器に跨がる。
じっと、上目遣いに、凄いような目で譲治を見る。

ナオミ「するわよ……」
ちょろちょろと小水の音が響く。

譲治「……」

68 同・庭

譲治、洗面器を持って、縁側を降りて来る。
液体を捨てようとして、ふと見る。
妙子、向こうの庭から見ている。

妙子「……可哀相な人……」
譲治「僕がですか?」
　　譲治、液体を捨てる。
譲治「僕は幸せです……」
　　譲治、部屋に戻って行く。

69　同・母屋・玄関

　　譲治、開ける。
譲治「ごめんください……」
妙子「はい……」
　　妙子、奥から出て来る。
　　出勤姿の譲治、大きな風呂敷包みを抱えている。
譲治「ご迷惑でしょうが、これを預かって頂けませんか?」
妙子「え?」
譲治「ナオミの身に着ける物、一切が入ってます。あれも裸では、外へ出られない」
妙子「……」
譲治「どうか、お願いですから、しっかり預かって下さい」
　　妙子、じっと譲治を見ている。
妙子「だから、言ったでしょう。私たち、不幸になるって」

譲治「……その言葉は忘れていません」
妙子「私、あなたに縁談断られて、ここに嫁ぎました。主人は、参謀本部に詰めておりますけど……東京に芸者を囲っているんです」
譲治「……」
妙子「私は、不幸になりました」
譲治「……」
妙子、包みを取る。
妙子「たしかにお預かりしますわ」

70　同・離れの部屋

ナオミ、後ろ手のまま、もがく。
体をくねらせ、腰をよじり、縄から逃れようともがく。

71　大森・河合家・玄関

譲治、鍵を開け、入って来る。

72　同・アトリエ

譲治、設計図を探して、鞄に納め、出ようとして、脚を止める。
二階から、かすかに口笛が聞こえる。
譲治、階段へ向かう。

73　同・二階の四畳半

政、寝ころんで口笛吹いている。
ふと、見る。
譲治、頭の上に立っている。

政「ヒャッ!!」
政、仰天して、跳ね起きる。
政「か、河合さん……!」
譲治「どうして君がここにいるんだね?」
政「すいません、じつはナオミさんから鍵を貰っていて……」
譲治「……」
政「ここで、待ち合わせしてたんです」
譲治「ナオミは鎌倉から来るんだね?」
譲治、静かに殺気が漲る。
譲治「君は、もう何度もナオミと寝たのかね」
政「すいません……」

譲治「浜田も?」
政「あいつの方は、もっと……」
譲治「中村も、関も?」
政「みんなでナオミさんを共有して……」
瞬間、譲治、キレる。
殴る。
政、階段を転落して行く。

譲治「……」

×　×　×

夜。
譲治、仰向けに寝ころんでいる。
ナオミを待っている。
譲治「……(聞こえる)」
玄関のドアが開く音。

74　玄関

ナオミ、入って来る。
頭に中折れ帽、だぶだぶの譲治の背広を着ている。
ナオミ「まアちゃん……」

ナオミ、階段を上がる。

75　同・二階

ナオミ、上がって来る。

ナオミ「まアちゃん、待たしたわね。どうして真っ暗にしてるの?」

ナオミ、電灯を点けて、アッとなる。

壁に凭れて、譲治、いる。

ナオミ「譲治さん……」

譲治「……やっぱりお前は騙していたね」

ナオミ「……!」

譲治「男の背広を着て、人目は気にならなかったのか?」

ナオミ「……」

譲治「そんな思いをしてまで男に会いたかったのか?」

ナオミ「……」

譲治「教えておくれ。僕のどこがいけないんだ?」

譲治、ナオミの上着をとる。シャツのボタンを外す。

こぼれ出る白い胸。ズボンを脱がせる。下は何も着けていない。

譲治、ナオミの腰を抱く。

×××

性交。

譲治とナオミ、繋がって、動く。

ナオミ、淫乱――。

譲治のM「こんなに汚れた女の体が私には何物にも代えがたく、大事なのです」

76　同・アトリエ（数日後・昼）

ナオミ、縛られて、転がっている。

譲治、台所から、食事を運んで来る。

譲治「ナオミ、ご飯だよ」

譲治、ナオミを抱き起こす。

玄関に誰か入って来る。

須田の声「ごめんください。河合くん」

77　同・玄関

須田、立っている。

須田「ごめんください……」

譲治、出て来る。

譲治「なんでしょう……」

須田、驚いて譲治を見る。

譲治、髪は乱れ、不精髭を伸ばし、目は赤く充血している。

須田「河合くん、幾日無断欠勤するのかね。こんなことじゃ、代わりの技師を雇うしかないな」

譲治「……」

須田「そうなると、君はクビだ。どうかね。明日からでも出勤するかね?」

譲治「出勤、しません」

須田「じゃ、会社は辞めるんだな?」

譲治、頷く。

須田「河合くん、考え直したらどうかね。君は優秀な技師なんだし……」

とアトリエに目をやって、息を呑む。

素裸のナオミ、転がっている。

須田「き、きみ……」

譲治「お引き取り下さい……」

須田、逃げるように出て行く。

譲治、ぼんやり立ち尽くしている。

玄関のドア、ノックされる。

声「河合さん、電報です」

譲治、ドアを開ける。

郵便配達夫、電報を渡す。

譲治、読む。

電文——。
『ハハ　シス……』
譲治のＭ「私は職場と、それまで後ろ盾となって私を庇ってくれた母を同時に失ってしまったのです」

78　レストラン

豪華な、フルコースの料理がテーブルにあふれる。
ナオミ「譲治さん、いったいどうしたの?」
譲治「ン?」
ナオミ「だって、急にこんな所に連れて来るんだもの」
譲治「家の中に縛りつけて、きみはすっかりやつれてしまった。それが哀しい。さ、好きなだけお食べ」

×　　×　　×

譲治、グラスに残った最後のワインを飲み干す。
給仕が伝票をテーブルに置く。
譲治、じっと見る。
譲治「これで、終りだ」
ナオミ「……?」
譲治「ここの勘定払ったら、僕は無一文だよ」
ナオミ「ウソ……」
譲治「会社はクビになった。母親が死んで、もう送金もない。明日から乞食も同然だよ」

ナオミ、信じられないように譲治を見ている。

ナオミ「それじゃ、着物も買えないのね？」

譲治「(頷く)……」

ナオミ「レストランで美味しいご馳走も食べられないのね？」

譲治「みんなみんな、もう駄目だよ」

ナオミ「……」

譲治「僕に残されたのは、ナオミだけだ。ナオミ、僕を見捨てないでおくれ」

ナオミ、血の気の引いた顔で譲治を見ているが、ガタンと立つ。

ナオミ「おしっこ……」

ナオミ、手洗いに向かう。

譲治、伝票の上に札とありったけの小銭を数えて、置く。

給仕を呼ぶ。

譲治「すまんね。チップの小銭がないんだ」

給仕「結構ですとも、いつも沢山頂いて、有り難うございます」

譲治「……」

給仕「あの……お連れ様でしたら、今出て行かれましたが」

譲治「え？」

譲治、腰を浮かす。

79 同・トイレ

譲治、婦人便所を開けて見る。
からっぽ——。

譲治のM「ナオミは消えた……」

80　河合家・アトリエ

古道具屋が来て、ソファや銀の食器や譲治の背広を運び出している。
古道具屋、壁にかかったナオミの着物に目をつける。

古道具屋「旦那、この着物はお売りにならないんで?」
譲治「ああ、それは売れない」
古道具屋「惜しいな。これが一番金になるんだがね」

×　×　×

がらんと何もなくなったアトリエ。
譲治、呆然と座り込んでいる。
床に散らばったナオミの写真。
譲治、手にとり、じっと見る。
涙、こぼれる——。

81　映画館・外

前の道を冷たい風が吹く。
譲治、くたびれた背広の肩をすくめて、メリー・ピックボードのポスターを見る。
浜田、通りかかる。

譲治「浜田くん……」
浜田「あ……」
浜田、逃げ腰になる。
浜田「か、河合さん、僕はもうナオミさんと関係ありませんよ」
譲治「このポスターの女優、ナオミに似ていると思いませんか?」
浜田「(見て)あー、似てますね」
譲治「済まないけれど、十円貸してくれないか」
浜田「十円? どうするんです?」
譲治「この映画を観たいんだが、今持ち合わせがないんだ」
浜田、財布から十円出す。
浜田「ほんとに十円でいいんですか」
譲治「有り難う」
と、チケット売り場に向かう。
浜田「河合さん……」
譲治「……」
浜田「お互い、大変な女に係わったもんですね」

譲治「……」
浜田「その後、ナオミさんは？」
譲治「知らない……」
　　譲治、映画館の中へ入って行く。

82　映画館の中

　　スクリーンにメリー・ピックボードが映っている。
　　立ち見の客に混じって、譲治、食い入るように見ている。
　　エンドマークが出て、場内明るくなる。
譲治「（見ている）……」
　　中央の特別席に軍服の将校。隣に華やかな着物の女。立ち上がる。
譲治「（息を呑む）……！」
　　女は、ナオミだ。
　　男は妙子の夫の平岡だ。
　　通路を近づいて来る。
譲治「（呟く）ナオミ……」
　　ナオミ、脚を止め、ちらりと眉を寄せ、譲治を見る。
ナオミ「……（フンと笑う）」
　　ナオミ、平岡の腕に手を回したまま、じろじろと落ちぶれた譲治の身なりを眺める。

譲治、せつなくナオミを見つめる。

平岡「(譲治に)どけ」

平岡とナオミ、出て行く。

譲治「……」

譲治、立ち尽くしている。

83　河合家・アトリエ

譲治、裸で鏡の前に立つ。

ナオミに残した着物を身にまとう。

一枚、二枚、三枚――。

譲治、口紅を引く。

譲治「ナオミ……」

譲治、身悶えするような、孤独。

その時、カタンと玄関の扉がひらく。

譲治「……」

ナオミの声「今晩は……」

譲治、見る。

玄関からナオミ、華やかに上がって来る。

ナオミ「まあ、譲治さん、そのナリは何よ?」

譲治「着る物がないんだ。みんな売り払ってしまってね」

ナオミ「痩せたわねえ」

譲治「水を飲んで、しのいでるんだ」

ナオミ「落ちぶれたもんだわねえ」

譲治「僕を笑いに来たのかい？」

ナオミ「違うわ。逃げてきたのよ」

譲治「……？」

ナオミ「ああ、もうヤんなっちゃった。軍人なんて最低よ。威張ってて、乱暴で、ケチで、嫌な奴」

ナオミ、帯を緩める。

ナオミ「私、やっぱり譲治さん好きよ」

譲治「（絶句）……」

ナオミ、裾から、大腿がのぞく。

ナオミ「一休みしたら、帰るから」

譲治「……帰るのかい？」

ナオミ「車が近くで待ってるのよ。軍人たちは宴会してるわ。バカバカしいから、来ちゃった」

譲治、そっとナオミの足に手を触れる。

譲治「そいつは、きみを愛しているのかい？」

ナオミ「……贅沢させてくれるわ」

譲治「僕よりも、愛してくれるかい？」

譲治、手がナオミの大腿をすべり、その奥の行き止まりに触れる。

ナオミ「そこ、ダメ……」

譲治「(愛撫)……」

ナオミ「そこ、使えないの」

譲治「どうして?」

ナオミ「ああ、痛い……」

ナオミ、離れて行き、裾を捲くる。

剝き出しになる尻。

ナオミ、苦しげに尻を揺する。

譲治、近づいて行く。

覗き込む。

譲治「(愕然)……!」

ナオミの性器から、白い物体が顔を出している。

ナオミ「助けて……」

譲治、手を添える。

ポロンと、湯気の出そうなゆで卵が床に転がる。

ナオミ「変態よ、あの軍人」

譲治、そっとゆで卵を手に載せる。

譲治「ナオミのお腹から生まれたんだね」

ナオミ「無理に入れられたのよ」

譲治「食べて、いいかい?」

ナオミ「そんなにお腹空いてるの?」

譲治、食べる。

ナオミ、見ている。

ナオミ「おいしい?」

譲治「おいしい……ナオミの味がする」

譲治、ホクホクと食べる。

ナオミ、不意に欲情する。

ナオミ「譲治さん……怒ってないの?」

脚を大きくひらく。

譲治「ナオミ……」

譲治、それが答えのように、ナオミの足の間に顔を埋める。

譲治「蝶々だ……僕の蝶々だ……」

ナオミ、迎え入れる。

譲治、繋がる。

譲治「あ……」

譲治、物凄い歓喜に包まれる。

動く。

ナオミ、のけぞる。全身が震えている。

初めての快感が全身を震わせている。

ナオミ「ああ……!」

×　×　×

譲治、眠るナオミのからだを静かに愛撫する。

ナオミ、ふと目をひらく。

ナオミ「(呟く) なんか、変」

譲治「……?」

ナオミ「私たち、会っちゃいけないのよね。そうなった、凄く、よかった。譲治さんと、して、初めてよかった……」

ナオミ、あやうい腰つきで、立ち上がる。

譲治「帰るのかい?」

ナオミ「……会いに、来て……」

譲治「……?」

ナオミ「今度は、そっちから会いに来て」

ナオミ、出て行く。

84　走る自動車・昼

後部座席に平岡、寄り添うようにナオミ、座っている。

平岡「昨夜はどこ行ってたんだ」

ナオミ「……一人で映画、観に行ったの」

平岡「映画は夜中までやっているのか」

ナオミ「やってたわ。特別興行だったの」

平岡「ふーん……」

疑わしげにじろじろとナオミの横顔を見る。

平岡「これから軍の会議に出て来る。二時間程で戻って来る。停めろ」

乗用車、林の中で停まる。

運転手「××大将のお邸はまだ先ですが」

ナオミ「へえ！　陸軍大将のお邸？　私も見てみたい」

平岡「お前のような女を連れて上官の門前に乗りつけられるか」

平岡、車を降りる。

平岡「(ナオミに）車から出るんじゃないぞ」

平岡、運転手を促して、歩いて行く。

ナオミ、ぽつんと取り残される。

遠くの邸宅の方から憲兵二人、見回りに来る。車の中のナオミを検閲するように見る。

ナオミ、フン、と顔を背ける。

憲兵、行き過ぎる、

ナオミ、座席に残された平岡の煙草ケースから一本、抜き取る。

ナオミ「(見る）……」

煙草、菊の花の紋章が金印されている。

ナオミ、火を点け、フーッと吐く。

ふと気配に目を上げる。

林の中に譲治、立っている。

ナオミ「……来てくれたの！」

ナオミ、譲治を手招きする。

ナオミ「乗って」

譲治、脅えたように周囲を見回している。

ナオミ「（じれて）早く！」

ドアを開ける。

譲治、するりと乗って来る。

ナオミ、吸っていた煙草を譲治の口にくわえさせる。

ナオミ「あいつ、二時間帰って来ないの。早く、して」

ナオミ、自分から脚を開く。

狂おしく求め合う譲治とナオミ。

譲治「ナオミ……」

ナオミのロングドレスの下に手を差し入れる。

ナオミ、ずるっと座席に腰を滑らせる。

ナオミ「早く……早く！」

腰を高く上げる。

譲治「ナオミ……」

譲治の頭、ドレスのスカートの中に呑み込まれている。

ナオミ「ああッ……」

のけぞる。
その時、ガシャッとドアが開かれる。
憲兵だ。
譲治、引きずり出される。
憲兵1「貴様ァ！　何やっとる！」
憲兵2「どなたのお車か分かってるのか！」
ナオミ、とっさにドレスの乱れを直して、
ナオミ「助けて！　この男が無理矢理襲ってきたのよ。助けて！」
そこへ、平岡、駆けつけて来る。
平岡「何かあったのか?」
憲兵「ハッ、この男が、お車の中で……」
ナオミ「(平岡に) こいつ、あと尾けて来たのよ！　私、襲われたのよ！」
平岡、軍刀を鞘ごと抜いて譲治をぶちのめす。
平岡「連行しろ」
譲治、憲兵に引きずられながら、ナオミを振り返る。
ナオミ「……」
ナオミ、車の中で化粧を直している。

85　独房

譲治、倒れている。

譲治のＭ「私は破滅した……」

看守が歩いて来る。

看守「河合……」

譲治、顔を上げる。

凄惨な拷問の跡。

看守「特赦だ。出ろ」

譲治「……？」

看守「平岡少佐の奥様に感謝しろ」

譲治「奥様？……」

86　憲兵隊・本部

玄関を出て来る譲治。

妙子、立っている。

譲治「(見る)……」

譲治「平岡少佐夫人……」

妙子「……」

譲治「助けて下さったんですね」

妙子、黙って譲治を見ている。

87 河合家・アトリエ・夜

中央の浴槽で譲治、静かに湯に浸る。
妙子、シャボンを塗った手で傷ついた譲治の体を撫でる。
妙子、黙っている。

譲治「なぜ助けてくれたんですか」
妙子「……愛しているから」
譲治「……」
妙子「愛しちゃいけない？」
譲治「……」
妙子「あなた、ナオミのために破滅したじゃない。それでも、まだ愛してるじゃない。だったら私だって……」
譲治「……」
妙子「あなたと破滅してもいい。愛されていなくても」
譲治「なぜ、そんなに僕のことを？」
妙子「初めて見合いで会った時から……私たち、どうして結ばれなかったんでしょう」
譲治「許して下さい……」
妙子「あなた、ナオミに裏切られるたびにどんどん美しくなってゆく。そのこと、私だけが知っていた。ずっと嫉妬していた……」
譲治「……」

妙子「やっと、つかまえたのよ」
　妙子、くちづけする。
妙子「抱いて下さい……」

×　×　×

　アトリエの床――。
　あふれ出た浴槽の湯に濡れて、重なって動く譲治と妙子の体がうっすらと光っている。
妙子の声「私、北京に行きます……」
譲治の声「え?……」
妙子の声「駐在武官として赴任する夫について行きます」
　妙子、激しく燃える。

×　×　×

　譲治と妙子、虚ろに裸身を横たえている。
　妙子、ぽつりと言う。
妙子「私たち、やっぱり不幸になりましたね」
譲治「……」
妙子「あなたはナオミを忘れられない……」
譲治「……」
妙子「ナオミはね、主人から捨てられたわ。愛人を北京まで連れていけないもの」
譲治「……」
　妙子、もの憂げに着衣する。

妙子「明日の晩、カフェ・エルドラドオにいらして。平岡の栄転の祝賀会が……」
譲治「そんな所へ僕が行けるわけないでしょ」
妙子「会いたいんでしょ。ナオミに」
譲治「……」

88　雨の道・夜

譲治、傘もなく歩いて来る。
カフェ・エルドラドオのネオンが瞬く。

89　カフェ・エルドラドオ

平岡少佐、北京赴任祝賀会の張り紙。
譲治、入って来る。
受付で止められる。
受付「お前のような者が来る所じゃない。帰れ帰れ」
譲治、髪から水を垂らし、物乞いのような風体。
突き飛ばされて、階段を転がる。
よろめいて立ち去ろうとする。
妙子「お待ちなさい」

妙子、奥のフロントから出て来る。

妙子「河合さん、どうぞこちらに」

妙子、譲治の手を取って、フロアに向かう。

90　同・フロア

シャンパンの入ったグラスを片手に談笑する華やかな人々。

中央にきらびやかな軍服姿の平岡。

その周囲に春野綺羅子がいる。白い胸を露わにシュレムスカヤ夫人もいる。

綺羅子、ちらっと不審げに譲治を見やる。

あまりの落ちぶれ方に譲治だと気がつかない。

譲治、黙って立っている。

どこからかナオミの嬌声が聞こえる。

ナオミ、ソファに座って、金の指輪の太った男（金城）に抱かれて声を上げて笑っている。

譲治「（見ている）……」

妙子「ナオミは、あの男の愛人に鞍替えしたわ」

譲治「……」

妙子「あの人は愛では繋げない。お金でしか繋げない……」

譲治「……」

妙子、離れて行き、平岡の隣に寄り添って、周囲に微笑を振りまく。

譲治、ナオミに近づいて行く。
艶然と男に笑いかけていたナオミの顔が、こわばる。

ナオミ「(見る)……」

譲治「(見ている)……」

金城、不審げに譲治を見る。

金城「(ナオミに)知り合いか?」

ナオミ「違うわ……」

金城、譲治に手を振る。

金城「行け」

譲治「……」

譲治、じっとナオミを見ている。

金城「なんだ、物乞いか。金なら、やる」

金城、財布から無造作に札を一枚、抜いて、譲治に投げる。

金城「目障りだ。消えろ」

落ちた札を譲治、拾う。
目の前にナオミの白い脚、赤い靴、
爪先が泥で汚れている。

譲治「(見ている)……」

金城「あっちへ行けと言ってるんだ!」

譲治、札を握った手をそっとナオミの靴へ伸ばす。

ナオミ、ドキッと身を引く。

譲治「(哀願) このご婦人の靴を磨かせて下さい……」

金城「何だと?」

ナオミ「いいわ」

ナオミ、男にしなだれて高く組んでいた脚を突き出す。
譲治、跪き、物凄くやさしい手つきでナオミの靴を手に包む。
手の中の札で、丁寧に靴の泥を拭う。
何度も何度も拭う。
嘲笑していたナオミ、不意に、ドキンと胸がうずく。
譲治の手から、電流のように愛が通じた。

ナオミ「……!」

譲治、静かに立ち上がる。
去って行く。

ナオミ「(呟く) 譲治さん……」

その時、音楽が始まり、人々一斉に踊り始める。
その中を譲治、ぶつかり、よろめきながら離れて行く。
ナオミ、金城に腰を抱かれながら、見ている。
譲治、人々の向こうに消えかかる。
ナオミ、パッと金城の手を払いのける。
走り出す。

走りながら、靴を脱ぐ。

ナオミ、裸足で譲治を追う。

ナオミ「譲治さん！」

ナオミ、振り向いた譲治の胸に飛び込む。

譲治、ナオミを抱きしめる。

譲治「ナオミ……踊ろう……」

二人、もつれるようにターンする。

フロアの中央に出て行く。

二人、抱き合って、踊る。

サーッと周囲の人波が引いて、譲治とナオミ、二人だけのタンゴを踊る。

気押されたように見つめる一同。

その中に、妙子がいる。綺羅子がいる。シュレムスカヤ夫人がいる。平岡が睨んでいる。金城、呆然――。

譲治とナオミ、狂おしく踊っている。

終

あとがき

ある日、突然、知り合いの編集者から電話がきて、あなたの本を出版したいという人がいるんですけど、会ってくれませんか、と言われた。

脚本集なら出さないよ、と答えると、脚本じゃなくて文章ですよ、と言う。

はて、と困惑した。私には今更わざわざ出版しなければならないほどの、質と量の備わった文章を書いた覚えがない。

とにかく待ち合わせの喫茶店にいくと、若い女性（久山めぐみ）が座っていて、私が席につくや、ここにヨーゾーさんの書いたものが全部あります、と言って、大きな鞄からどす黒いコピー用紙の束を山のようにテーブルの上に積んだ。

それを見て、あっと記憶が甦った。たしかに私はずっと昔に週刊誌に読み物を連載していた。「異能人間」シリーズと「犯罪調書」シリーズである。およそ四十年前のことである。そのあと日活ロマンポルノの脚本家になって、以来、ずっと脚本家をなりわいとしてきた。脚本家の仕事は、文章を殺すことである。だから読み物として書いた文章のことなど、頭の中からすっ飛んで、消えた。

その消えた筈のものが、目の前に山となっている。私はなんだか、証拠文書を突きつけられた悪人になったような気がした。

どうぞ、お好きなように、と頭を下げた。


それから下川耿史氏に連絡をとった。氏は今は著名な風俗資料研究家になられているが、当時は『週刊サンケイ』の記者であり、私に、「異能人間」と「犯罪調書」を書かせた人である。日常の底に沈んでいる奇人変人、異常犯罪の調書を見つけ出し、取材の交渉をしてくれた。

この本を仮に、人外魔境篇としたが、これは四十年ぶりに「異能人間」を読み返して、あの頃は下川氏ともども人間と魔物の境を行き来していたな、という感慨にとらわれたせいである。

田中陽造

フィルモグラフィ

映画

（※特記がない限り、脚本を担当した作品。★は別名義）

■裏切りの季節　※脚本、助監督
（脚本　★大谷義明…大和屋竺／田中陽造）
66年12月13日公開　製作　若松プロダクション
監督　大和屋竺　撮影　伊東英男
出演　立川雄三／谷口朱里／寺島幹夫／一の瀬弓子

■殺しの烙印
（脚本　★具流八郎）
67年6月15日公開　製作　日活
監督　鈴木清順　撮影　永塚一栄
出演　宍戸錠／小川万里子／真理アンヌ／南原宏治

■非行少年　若者の砦
（脚本　藤田敏八／★来栖三郎）
70年4月4日公開　製作　日活
監督　藤田敏八　原作　立原正秋
撮影　萩原憲治
出演　地井武男／石橋正次／南田洋子／松原智恵子

■艶説女侠伝　お万乱れ肌
72年8月26日公開　製作　日活
監督　藤井克彦　撮影　萩原憲治
出演　サリー・メイ／高橋明／林美樹／山科ゆり

■㊙女郎市場
72年9月16日公開　製作　日活
監督　曽根中生　原作　荒木一郎
撮影　高村倉太郎
出演　片桐夕子／益富信孝／加納愛子／五條博

■㊙弁天御開帳
72年12月16日公開　製作　日活
監督　武田一成　撮影　萩原憲治
出演　潤まり子／林家九蔵／二條朱実／谷村昌彦

■女子大生　SEX方程式
73年1月13日公開　製作　日活
監督　小原宏裕　撮影　畠中照夫
出演　田中真理／青山美代子／カルーセル麻紀／城新子

■実録白川和子　裸の履歴書
73年2月21日公開　製作　日活
監督　曽根中生　撮影　森勝
出演　白川和子／殿山泰司／五條博／織田俊彦

■㊙女郎責め地獄
73年4月14日公開　製作　日活
監督　田中登　撮影　高村倉太郎
出演　中川梨絵／山科ゆり／あべ聖／薊千露

■色道講座　のぞき専科
73年4月25日公開　製作　日活
監督　武田一成　撮影　山崎敏郎
出演　二條朱実／潤ますみ／薊千露／葵梨香

■やくざ観音・情女《いろ》仁義
73年7月14日公開　製作　日活
監督　神代辰巳　撮影　安藤庄平
出演　岡崎二朗／安田のぞみ／絵沢萠子／丘奈保美

■㊙極楽紅弁天
73年8月25日公開　製作　日活
監督　曽根中生　撮影　森勝
出演　片桐夕子／芹明香／薊千露／山本涼

■ためいき
73年11月20日公開　製作　日活
監督　曽根中生　原作　宇能鴻一郎
撮影　森勝
出演　立野弓子／中島葵／山科ゆり／桑山正一

■愛欲の罠
73年12月15日公開　製作　天象儀館
監督　大和屋竺　撮影　朝倉俊博
出演　荒戸源次郎／絵沢萠子／安田のぞみ／中川梨絵

■㊙女子大生　SEXアルバイト
74年1月26日公開　製作　日活
監督　小原宏裕　撮影　森勝
出演　潤ますみ／梢ひとみ／牧れい子／真湖道代

■続ためいき
74年2月16日公開　製作　日活
監督　曽根中生　原作　宇能鴻一郎
撮影　水野尾信正
出演　梢ひとみ／葵三津子／中島葵／山科ゆり

■実録エロ事師たち　巡業花電車
74年4月9日公開　製作　日活
監督　林功　原作　吉村平吉
撮影　安藤庄平
出演　星まり子／殿山泰司／二條朱実／武智豊子

■花と蛇
74年6月22日公開　製作　日活
監督　小沼勝　原作　団鬼六
撮影　安藤庄平
出演　谷ナオミ／坂本長利／石津康彦／藤ひろ子

■狂乱の喘ぎ
74年10月5日公開　製作　日活
監督　西村昭五郎　撮影　前田米造
出演　ひろみ麻耶／梢ひとみ／星まり子／織田俊彦

■生贄夫人
74年10月26日公開　製作　日活
監督　小沼勝　撮影　森勝
出演　谷ナオミ／東てる美／坂本長利／影山英俊

■秘本袖と袖
74年10月26日公開　製作　日活
監督　加藤彰　撮影　高村倉太郎
出演　風間杜夫／井上博一／宮下順子／梢ひとみ

■下苅り半次郎　㊙観音を探せ
75年1月29日公開　製作　東映
監督　原田隆司　原作　小池一雄／神江里見
撮影　国定玖仁男
出演　伊吹吾郎／森崎由紀／山城新伍／外山高士

■主婦の体験レポート　おんなの四畳半
75年4月26日公開　製作　日活
監督　武田一成　原作　香山佳代
撮影　安藤庄平
出演　川崎あかね／宮下順子／絵沢萠子／殿山泰司／麻生彩子

■玉割り人ゆき
75年5月14日公開　製作　東映
監督　牧口雄二　原作　三木孝祐／松森正
撮影　塩見作治
出演　潤ますみ／森崎由紀／大下哲矢／奈辺悟

■好色元禄㊙物語
75年10月14日公開　製作　東映
監督　関本郁夫　撮影　塩見作治
出演　ひし美ゆり子／橘麻紀／山田政直／中林章

■新・仁義なき戦い　組長の首
（脚本　佐治乾／田中陽造／高田宏治）
75年11月1日公開　製作　東映
監督　深作欣二　撮影　中島徹
出演　菅原文太／梶芽衣子／渡瀬恒彦／成田三樹夫／織本順吉／室田日出男

■玉割り人ゆき　西の廓夕月楼
76年2月14日公開　製作　東映
監督　牧口雄二　原作　三木孝祐／松森正
撮影　塩見作治
出演　潤ますみ／坂口徹／中島葵／森崎由紀

■暴走パニック　大激突
（脚本　神波史男／田中陽造／深作欣二）
76年2月28日公開　製作　東映
監督　深作欣二　撮影　中島徹
出演　渡瀬恒彦／杉本美樹／室田日出男／小林稔侍

■「妻たちの午後は」より　官能の檻
76年5月1日公開　製作　日活
監督　西村昭五郎　原作　中山あい子
撮影　姫田真佐久
出演　宮下順子／北斗レミカ／渡辺外久子／古川義範

■嗚呼!!花の応援団
76年8月21日公開　製作　日活
監督　曽根中生　原作　どおくまんプロ
撮影　山崎善弘
出演　今井均／香田修／深見博／宮下順子

■嗚呼!!花の応援団　役者やのォー
76年12月25日公開　製作　日活
監督　曽根中生　原作　どおくまんプロ
撮影　山崎善弘
出演　井上治之／香田修／深見博／なぎらけんいち

■大奥浮世風呂
77年2月11日公開　製作　東映
監督　関本郁夫　撮影　塚越堅二
出演　松田英子／ひろみ麻耶／渡辺とく子／風戸佑介

■不連続殺人事件
（脚本　田中陽造／大和屋竺／曽根中生／荒井晴彦）
77年3月12日公開　製作　日本アートシアターギルド／タツミキカク
監督　曽根中生　原作　坂口安吾
撮影　森勝
出演　瑳川哲朗／夏純子／田村高廣／小坂一也／内田裕也

■嗚呼!!花の応援団　男涙の親衛隊
77年3月19日公開　製作　日活
監督　曽根中生　原作　どおくまんプロ
撮影　森勝
出演　本間進／宮下順子／川畑信三／深見博／沢田情児

■性と愛のコリーダ
（脚本　田中陽造／鹿水晶子）
77年4月23日公開　製作　日活
監督　小沼勝　撮影　安藤庄平
出演　八城夏子／宮井えりな／小川亜佐美／神田橋満／本田博太郎

■地獄の天使　紅い爆音
（脚本　田中陽造／荒井晴彦／内藤誠）

77年10月1日公開　製作　東映
監督　内藤誠　撮影　中島芳男
出演　入鹿裕子／舘ひろし／森下愛子／福田勝洋／津和のり子

■肉体の門
77年12月24日公開　製作　日活
監督　西村昭五郎　原作　田村泰次郎
撮影　山崎善弘
出演　加山麗子／渡辺とく子／山口美也子／志麻いづみ

■生贄の女たち　※原案
78年6月3日公開　製作　東映セントラルフィルム／東映芸能ビデオ
監督　山本晋也　脚本　佐治乾／山本晋也
撮影　鈴木史郎
出演　ハリー・リームス／飛鳥裕子／松井康子／東てる美

■青い獣　ひそかな愉しみ
78年9月9日公開　製作　にっかつ
監督　武田一成　撮影　水野尾信正
出演　水島美奈子／加納省吾／三谷昇／秋野美弥子／稲川順子

■宇能鴻一郎原作　むれむれ夫人
（脚本　田中陽造／山本晋也）
78年公開
監督　向井寛　原作　宇能鴻一郎
撮影　鈴木史郎
出演　飛鳥裕子／サロメ角田／桜マミ／小松方正

■禁じられた体験
79年3月17日公開　製作　にっかつ
監督　西村昭五郎　撮影　山崎善弘
出演　日向明子／宮下順子／木瓜みらい／安達清康

■俺達に墓はない
79年5月26日公開　製作　東映セントラルフィルム
監督　澤田幸弘　撮影　仁村秀信
出演　松田優作／岩城滉一／志賀勝／竹田かほり

■地獄
79年6月3日公開　製作　東映
監督　神代辰巳　撮影　赤塚滋
出演　原田美枝子／岸田今日子／石橋蓮司／林隆三

■ひと夏の秘密
79年8月4日公開　製作　にっかつ
監督　武田一成　撮影　森勝
出演　原悦子／渡辺とく子／江角英明／萩原友絵

■真田幸村の謀略
（脚本　笠原和夫／松本功／田中陽造／中島貞夫）
79年9月1日公開　製作　東映
監督　中島貞夫　撮影　赤塚滋
出演　松方弘樹／寺田農／あおい輝彦／ガッツ石松

■夢一族　ザ・らいばる
79年12月22日公開　製作　東映
監督　久世光彦　原作　コーネル・ウールリッチ　撮影　増田敏雄
出演　森繁久彌／郷ひろみ／内田裕也／岸本加世子

■ツィゴイネルワイゼン
80年4月1日公開　製作　シネマ・プラセット
監督　鈴木清順　撮影　永塚一栄
出演　原田芳雄／大谷直子／藤田敏八／大

楠道代／真喜志きさ子／麿赤児

■おんなの細道　濡れた海峡
80年4月12日公開　製作　にっかつ
監督　武田一成　原作　田中小実昌
撮影　前田米造
出演　桐谷夏子／山口美也子／小川恵／三上寛

■女教師　汚れた放課後
81年1月23日公開　製作　にっかつ
監督　根岸吉太郎　撮影　米田実
出演　風祭ゆき／太田あや子／三谷昇／藤ひろ子

■仕掛人梅安
（脚本　田中陽造／志村正浩）
81年4月11日公開　製作　東映
監督　降旗康男　原作　池波正太郎
撮影　宮島義勇
出演　萬屋錦之介／小川真由美／真行寺君枝／宮下順子

■ラブレター
81年8月7日公開　製作　にっかつ／幻燈社
監督　東陽一　原作　江森陽弘
撮影　川上皓市
出演　関根恵子／中村嘉葎雄／加賀まりこ／仲谷昇

■陽炎座
81年8月21日公開　製作　シネマ・プラセット
監督　鈴木清順　原作　泉鏡花
撮影　永塚一栄
出演　松田優作／大楠道代／加賀まりこ／楠田枝里子／原田芳雄

■セーラー服と機関銃
81年12月19日公開　製作　角川春樹事務所／キティ・フィルム
監督　相米慎二　原作　赤川次郎
撮影　仙元誠三
出演　薬師丸ひろ子／渡瀬恒彦／風祭ゆき／大門正明／三國連太郎

■魚影の群れ
83年10月29日公開　製作　松竹
監督　相米慎二　原作　吉村昭
撮影　長沼六男
出演　緒形拳／夏目雅子／佐藤浩市／矢崎滋

■化粧
84年5月12日公開　製作　松竹
監督　池広一夫　原作　渡辺淳一
撮影　坂本典隆
出演　松坂慶子／池上季実子／和由布子／京マチ子

■上海バンスキング
（脚本　田中陽造／深作欣二）
84年10月6日公開　製作　松竹／シネセゾン／テレビ朝日
監督　深作欣二　原作　斎藤憐
撮影　丸山恵司
出演　松坂慶子／風間杜夫／平田満／宇崎竜童／志穂美悦子

■魔の刻
85年1月26日公開　製作　東映セントラルフィルム
監督　降旗康男　原作　北泉優子
撮影　木村大作
出演　岩下志麻／坂上忍／岡本かおり／伊武雅刀

■雪の断章　情熱
85年12月21日公開　製作　東宝

監督　相米慎二　原作　佐々木丸美
撮影　五十畑幸勇
出演　斉藤由貴／榎木孝明／岡本舞／矢代朝子

■キャバレー
86年4月26日公開　製作　角川春樹事務所
監督　角川春樹　原作　栗本薫
撮影　仙元誠三
出演　野村宏伸／鹿賀丈史／三原じゅん子／原田知世

■めぞん一刻
86年10月10日公開　製作　キティ・フィルム／東映
監督　澤井信一郎　原作　高橋留美子
撮影　仙元誠三
出演　石原真理子／石黒賢／伊武雅刀／藤田弓子

■黒いドレスの女
87年3月14日公開　製作　角川春樹事務所
監督　崔洋一　原作　北方謙三
撮影　浜田毅
出演　原田知世／永島敏行／藤真利子／藤タカシ／菅原文太

■光る女
87年10月24日公開　製作　ヤングシネマ'85共同事業体／大映／ディレクターズ・カンパニー
監督　相米慎二　原作　小檜山博
撮影　長沼六男
出演　武藤敬司／安田成美／秋吉満ちる／出門英

■夢二
91年5月31日公開　製作　荒戸源次郎事務所
監督　鈴木清順　撮影　藤澤順一
出演　沢田研二／原田芳雄／毬谷友子／宮崎萬純

■夏の庭　The Friends
94年4月9日公開　製作　讀賣テレビ放送
監督　相米慎二　原作　湯本香樹実
撮影　篠田昇
出演　三國連太郎／坂田直樹／王泰貴／牧野憲一

■居酒屋ゆうれい
94年10月29日公開　製作　サントリー／テレビ朝日／東北新社／キティ・フィルム
監督　渡邊孝好　原作　山本昌代
撮影　藤澤順一
出演　萩原健一／山口智子／室井滋／三宅裕司

■新　居酒屋ゆうれい
96年9月28日公開　製作　東宝／テレビ朝日／東北新社／ケイファクトリー
監督　渡邊孝好　原作　山本昌代
撮影　藤澤順一
出演　舘ひろし／松坂慶子／鈴木京香／津川雅彦

■天国までの百マイル
00年11月25日公開　製作　日活／チームオクヤマ／テレビ朝日／読売広告社
監督　早川喜貴　原作　浅田次郎
撮影　田村正毅
出演　時任三郎／八千草薫／大竹しのぶ／羽田美智子

■透光の樹
04年10月30日公開　製作　朝野勇次郎／「透光の樹」製作委員会／東洋コンツェルン
監督　根岸吉太郎　原作　高樹のぶ子
撮影　川上皓市
出演　秋吉久美子／永島敏行／高橋昌也／

吉行和子

■ヴィヨンの妻　桜桃とタンポポ
09年10月10日公開　製作　フジテレビジョン／パパドゥ／新潮社／日本映画衛星放送
監督　根岸吉太郎　原作　太宰治
撮影　柴主高秀
出演　松たか子／浅野忠信／室井滋／伊武雅刀／広末涼子／堤真一

■最後の忠臣蔵
10年12月18日公開　製作　ワーナー・ブラザース映画／電通／角川映画／日本映画衛星放送／レッド・エンタテインメント／角川書店／Yahoo! Japan／メモリーテック／読売新聞
監督　杉田成道　原作　池宮彰一郎
撮影　長沼六男
出演　役所広司／佐藤浩市／桜庭ななみ／山本耕史／安田成美／片岡仁左衛門

テレビドラマ

■**木乃伊《みいら》の恋**
70年製作、73年1月8日放送　CX
演出　鈴木清順　原作　円地文子
出演　渡辺美佐子／川津祐介／浜村純／大和屋竺／加藤真知子／田中筆子

■**右門捕物帖　第四十一回「謎の蛇皮線」**
74年1月15日放送　NET
演出　原田隆司
出演　入江若葉／稲葉義男／北村英三／北原義郎／蝦名由紀子

■**ふりむくな鶴吉　第九回、第二十八回、第四十回**
74年12月13日～75年8月22日放送　NHK
演出　松尾武／原嶋邦明／北村充史
出演　沖雅也／伊吹吾郎／西田敏行／ハナ肇

■**旅ゆけば**
75年7月20日放送　HBC
演出　長沼修
出演　堀内正美／鈴木ヒロミツ／坂口良子／岸田今日子

■**事故**
75年11月8日放送　NHK
演出　松本美彦　原作　松本清張
出演　田村高廣／佐野浅夫／山本陽子／千昌夫／火野正平

■**早筆右三郎　第二十回「遠い花火」**
78年8月23日放送　NHK
演出　松本美彦　原作　小山内美江子
出演　江守徹／せんだみつお／浅茅陽子／中条静夫／角野卓造

■**柳生一族の陰謀　第二十回「花の吉原で何かが起きる？」**
79年2月13日放送　KTV
演出　工藤栄一
出演　河原崎建三／鹿内孝／清水彰／千うらら／金沢碧

■**探偵物語　第二十二回「ブルー殺人事件」**
80年2月19日放送　NTV
演出　澤田幸弘　原案　小鷹信光
出演　松田優作／寺田農／片桐夕子／成田三樹夫／竹田かほり

■**悪女の仮面　扉の陰に誰かが…**
（脚本　田中陽造／伊藤秀裕）
80年1月12日放送　ANB
演出　神代辰巳
原作　シャーロット・アームストロング
出演　いしだあゆみ／山本圭／酒井和歌子／浅野温子／中尾彬／河原崎長一郎

■**真夜中のヒーロー（1、3、7～9話）**
80年3月28日～5月23日放送　NTV
演出　久世光彦
出演　芦田伸介／大場久美子／岸本加世子／岩城滉一／伊東四朗／結城しのぶ

■**九時まで待って**
89年11月1日放送　NTV
演出　黒沢直輔　原作　田辺聖子
出演　田中裕子／伊原剛志／財津和夫／友里千賀子／永島敏行／長門裕之

■**あなたには帰る家がある**
97年製作、03年12月3日放送　BSフジ
演出　水谷俊之　原作　山本文緒
出演　斉藤由貴／大浦龍宇一／余貴美子／内藤剛志／朝丘雪路／根岸季衣

初出一覧

夏の病院

夏の病院　（『映画芸術』一九九四年　Winter）
刺青の皮　（『小説 club』一九九五年一月号）
彫文の緋牡丹　（『季刊 KEN』No.2　一九七〇年）
品川須磨屠殺場　（『地下演劇』一九七三年八月号）

無用者の栄光　映画批評1969〜1974

映画監督　石井輝男論
（『随筆サンケイ』一九六九年十二月号「無用者の系譜④　腐肉を喰らう禿鷹の栄光　映画監督石井輝男」改題）
アシタ死ノオ氏の三つめの眼球　『ポルノ時代劇　忘八武士道』（『映画芸術』一九七三年四月号）
悪意の人体飛行機は飛翔するか　『書を捨てよ町へ出よう』（『映画芸術』一九七一年五月号）

大和屋竺について（『映画評論』一九七二年七月号「大和屋竺の白けた領域」改題）
白菊流衆道論——天象儀館『食卓の騎士』を見て——（『映画評論』一九七四年三月号）
嫌いな神との交流『ブルジョワジーの秘かな愉しみ』（『映画芸術』一九七四年六、七月号）

シナリオの根　自作について

『風流宿場女郎日記』『㊙女郎市場』（『シナリオ』一九八一年十一月号「作家たちのにっかつ十年」改題）
ポルノチックなおとぎ話『ためいき』（『シナリオ』一九七四年一月号）
近代秘本の三傑作から『秘本袖と袖』（『シナリオ』一九七四年十月号）
ポルノがうまい顔『玉割り人ゆき』（『シナリオ』一九七五年六月号）
プロデューサーの殺し文句『玉割り人ゆき　西の廓夕月楼』（『シナリオ』一九七五年八月号）
映画屋の一蓮托生『大奥浮世風呂』（『シナリオ』一九七七年三月号）
飢えの時代への新たな挑戦　対談　西村昭五郎『肉体の門』（『シナリオ』一九七八年二月号）
三百七十枚と百数十枚『セーラー服と機関銃』（『シナリオ』一九八二年一月号）
『キャバレー』（『シナリオ　キャバレー』一九八六年四月「メッセージ」改題）
幽霊を濁らせず浄化するのに苦労した　インタビュー『居酒屋ゆうれい』
（『シネ・フロント　221号』一九九五年三月「シネフロント・ベストテン　一九九四年受賞者インタビュー」改題）
対談　渡邊孝好　インタビュー・文　北川れい子（『居酒屋ゆうれい』パンフレット　一九九四年十月）
居酒屋の危うさを『新　居酒屋ゆうれい』（『シナリオ』一九九六年十一月号）

地獄までの百マイル　『天国までの百マイル』（『シナリオ』二〇〇〇年十二月号）
映画の魔法　『透光の樹』（『シナリオ』二〇〇四年十一月号）
満開の桜の下　『ヴィヨンの妻　桜桃とタンポポ』（『シナリオ』二〇〇九年十一月号）
『最後の忠臣蔵』（『最後の忠臣蔵』パンフレット　二〇一〇年十二月）
作家の世界　インタビュアー　山根貞男（『シナリオ』一九八一年四月号「作家の世界①田中陽造」改題）

美しい人　1991～2016

作家通信（『シナリオ』一九九二年十二月号）
作家通信（『シナリオ』一九九四年三月号）
作家通信（『シナリオ』一九九四年七月号）
作家通信（『シナリオ』一九九五年六月号）
作家通信（『シナリオ』一九九六年五月号）
作家通信（『シナリオ』一九九七年七月号）
このおこげの頭の中身がさっぱり分からない（『映画芸術』一九九二年 Summer）
私情で言うのじゃないけれど（『映画芸術』二〇〇〇年 Spring）
90年代日本映画——私のベスト5（『映画芸術』二〇〇〇年 Spring）
早すぎる死（『日本名作シナリオ選　上巻』二〇一六年）
生意気だった頃（『映画芸術』二〇〇二年 Summer/Autumn）

美しい人　（『映画芸術』二〇〇一年 Summer）
ぶっとばされて床に落ちたときのかなしい顔　（『映画芸術』一九九四年 Autumn）
バカ者の砦の頃　（『映画芸術』一九九八年 Spring）
神代さんとはぐれてしまった　（『映画芸術』一九九五年 Summer）
死んじゃうぞ、おまえ　（『映画芸術』一九九一年 Spring）

人外魔境――異能人間たち

死体から美を切り出す
（『週刊サンケイ』一九七〇年十一月二十三日号　「死体から美を切り出す〝錬金術〟――刺青皮収集の医学博士」改題）
刺青皮・再説――刺青皮収集の医学博士
（『週刊サンケイ』一九七〇年十一月三十日号　「霊魂三千に取り巻かれて――刺青皮収集の医学博士」改題）
遊侠の彫師・凡天太郎　（『週刊サンケイ』一九七〇年十月十二日号　「女を惑乱させる遊侠の彫師」改題）
女の呪いで――犬になった画伯
（『週刊サンケイ』一九七〇年十一月九日号　「女の呪いで七日間――犬になった画伯」改題）
大奇人・観方　（『週刊サンケイ』一九七〇年十二月七日号　「金も女も投げ捨てて〝過去の生活圏〟を渉猟する画家」改題）
蛇使いの女　（『週刊サンケイ』一九七〇年十二月十四日号　「小屋の舞台を唯一の安住地に怨火吐く女芸人」改題）
津軽凧絵師　（『週刊サンケイ』一九七一年一月四日号　「蒼穹に〝色彩の氾濫〟を展開する＝津軽凧絵師」改題）
鳥に飼われている画家　（『週刊サンケイ』一九七一年三月一日号　「鳥――この奇怪なる生物に飼われる画家」改題）

生き残り　（『週刊サンケイ』一九七一年四月五日号　「〝千人斬り〟元手に女人国への水先案内」改題）
怪獣は愛である　（『週刊サンケイ』一九七一年四月十二日号　「〝奇想天外な世界〟を再現する怪獣気違い」改題）
俄、浪花節の元祖――くずれ琵琶師の旭貫堂　（『週刊サンケイ』一九七一年五月三日号）
〝目撃・日本海大海戦〟――孤島の神職
（『週刊サンケイ』一九七一年五月十七日号　「〝目撃・日本海大海戦〟の語部――孤島の神職」改題）
浮名を美声で流した大川端　（『週刊サンケイ』一九七一年八月九日号　「浮名を美声で流した大川端の半世紀」改題）
ルソン島飢餓地獄（上）
（『週刊サンケイ』一九七〇年十月十九日号　「女を喰った軍曹が告白するルソン島飢餓地獄（上）」改題）
ルソン島飢餓地獄（下）
（『週刊サンケイ』一九七〇年十月二十六日号　「女を喰った軍曹が告白するルソン島飢餓地獄（下）」改題）
死刑囚の〝つかの間の生〟
（『週刊サンケイ』一九七一年七月十二日号　「死刑囚の〝つかの間の生〟を導く教誨師」改題）

犯罪調書

〝アル中船長、酔狂夢遊〟事件　（『週刊サンケイ』一九七二年三月三日号）
富山〝教室内猟銃殺人〟事件　（『週刊サンケイ』一九七一年十二月二十四日号）

企画協力　小林俊道

Special thanks to:　大木雄高、下川耿史、東宝（株）映像事業部（パンフレット協力）

文遊社編集部

編集担当　久山めぐみ

制作　山田高行

＊今日の人権意識に照らして不適切と思われる語句や表現については、
時代的背景と作品の価値をかんがみ、そのままとしました。

田中陽造著作集　人外魔境篇
2017年4月25日初版第一刷発行

著者：田中陽造

発行所：株式会社文遊社
東京都文京区本郷4-9-1-402　〒113-0033
TEL: 03-3815-7740　FAX: 03-3815-8716
郵便振替：00170-6-173020

装幀：黒洲零
印刷：中央精版印刷

　ISBN 978-4-89257-126-8